황 현 산 의

사
소
한 부
탁

황현산의

사소한 부탁

ㄴㄴ > < ㄷㄴ

머슴새와 '밭 가는 해골'

박새를 민간에서는 흔히 머슴새라고 부른다. 저녁 어스름이나 해가 뜰 무렵에 이랴낄낄! 이랴낄낄! 소를 몰아 밭 가는 소리로 크게 울어대기 때문에 붙은 별칭이다. 옛날에 한 머슴이 혹독한 주인 밑에서 일을 했다. 주인은 머슴에게 밤낮으로 쉴 틈 없이 일을 시켰다. 낮에 밭을 간 머슴에게 밤에도 밭을 갈게 했다. 머슴은 지쳐 쓰러져 죽었다. 죽어서 머슴새가 된 머슴은 지금까지도 어스름 저녁과 어스름 새벽에 소를 몰아 밭을 간다.

그런데 살아서 그 고생을 하던 머슴은 왜 죽은 뒤에까지도 그 고생을 계속해야 하는 것인가. 이제 그 고통스러운 세상에서 육신이 해방되었으니 혼이라도 편안해야 하는 것이 아닌가. 이 질문은 자못 엄숙하다. 인간의 운명을 그 핵심에서 묻는 것이기 때문이다.

프랑스의 시인 보들레르는 19세기 중엽에 우리와 똑같은 질문을 했다. 파리 센강 변에 즐비하게 늘어선 고서점의 고서 더미에서 보들레르는 신기한 그림 한 장을 발견한다. 인체의 골격을 보여주기 위한 이 해부도는 앙상한 해골만을 보여주는 것이 아니다. 화가는 그림에 제 생각 하나를 덧붙여, 해골이 그 골격을 곧추세워 밭을 갈고 있는 모습을 묘사했다. 벌써 저 세상의 몸이 된 이 해골에게도 아직 이 세상의 고생이 끝나지 않은 것이다. 두 개의 시로 되어 있는 이 시의 뒷부분을 약간 길지만 그대로 인용한다.

서글픈 체념의 촌놈들아,
너희들의 등뼈나 껍질 벗겨진
그 근육의 온갖 노역으로,
파서 일구는 그 땅으로부터,

말하라, 납골당에서 뽑혀온 죄수들아,
어떤 괴이한 추수를
끌어낼 것이며, 어떤 농가의
광을 채워야 하는가?

너희들 (너무도 혹독한 운명의
무섭고도 명백한 상징!), 너희들이
보여주려는 바는, 무덤구덩이에서마저

약속된 잠이 보장된 것은 아니며,

허무가 우리에게 등돌리는 배반자이며,

모든 것이, 죽음마저, 우리를 속인다는 것이며,

슬프다! 영원무궁 변함없이,

우리는 필시

알지 못하는 어떤 나라에서

거친 땅의 껍질을 벗겨야 하며

우리의 피 흐르는 맨발로

무거운 보습을 밀어야만 한다는 것인가?

해골들은 벌써 죽음의 세계, 허무의 세계에 들었지만, 죽음과 함께 영원한 휴식을 얻게 되리라는 약속은 실현되지 않았다. 그들은 여전히 우리가 모르는 어떤 나라에서 "거친 땅의 껍질을 벗겨야 하며", 피 흐르는 맨발로 보습을 밀며 노역해야 한다.

그들은 죽음 뒤에까지도 영원히 험한 노동을 해야 하는 것이다. 이 부당한 처사에 대해 우리는 왜 입을 다물고 있는가. 그것은 우리들 자신이 고생하는 자는 영원히 고생하게 되어 있다고 믿는 "서글픈 체념의 촌놈들"이기 때문이 아니겠는가.

평소에 염두에도 두지 않았던 이런 모순에 갑자기 의문이 생기는 순간을 나는 문학적 시간이라고 부른다. 문학적 시간은 대부분 개인의 삶과 연결되어 있기 마련이지만, 사회적 주제와 연결될 때 그것은 역사적 시간이 된다. 그것은 또한 미학적 시간이고 은혜의 시간이고 깨우침의 시간이다.

나는 이 세상에서 문학으로 할 수 있는 일이 무엇인가를 오랫동안 물어왔다. 특히 먼 나라의 문학일 뿐인 프랑스 문학으로 그 일을 할 수 있는지 늘 고뇌해왔다. 내가 나름대로 어떤 슬기를 얻게 되었다면 이 질문과 고뇌의 덕택일 것이다. 『밤이 선생이다』 『우물에서 하늘 보기』 이후에 썼던 글을 묶은 이 책은 다른 책들과 마찬가지로 그 고뇌의 어떤 증언이기도 하다.

난다의 김민정 시인에게 깊은 감사를 드린다.

2018년 초여름

황현산

3부

4부

5부

1
부

차린 것은 많고
먹을 것은 없고

호남 지방에 내려가 웬만한 식당에 들어가면 스무 가지 서른 가지 반찬이 그득하게 차려진 밥상을 받을 수 있다. 감탄하는 사람들이 많다. 그러나 호남 사람들이, 비록 부잣집에서라고 하더라도, 일상적으로 그런 밥상을 차려놓고 먹었던 것은 아니다. 내 아버지 세대 사람들의 말에 의하면, 그런 차림은 일제 강점기에 목포나 군산 등지 미두장에 투기꾼들이 모여들면서 생겨난 여관의 밥상에서 비롯했다고 한다. 어린 시절에 잔칫집 같은 데서 "이게 여관집 밥상인가" 하며 불평하는 어른들을 본 적이 있다. 차린 것은 많은데 먹을 것은 없다는 뜻이다.

나는 요즘 빈 시간에 여기저기 인터넷 사이트를 돌아다니다가 이 '여관집 밥상'이라는 말을 다시 생각해냈다. 인터넷에서 얻은 것이 없는 것은 아니다. 사실 나는 몇 해 전부터 열 권이 넘는 사전을 모바일 기기의 '앱'으로 대체했으며, 구하기 어려운 옛날 책들을 인터넷에서 내려받아 이용한다. '구텐베르크 프로젝트' 사이트에는 우리가 세계 명작이라고 부르는 대부분의 책들이 영어나 프랑스어 같은 서양어 텍스트 파일로 올라와 있으며, 애플에서는 바로 그 책들을 'e북' 형식으로, 그것도 무료로 제공한다. 프랑스의 국립도서관에서는 수년 전부터 소장 도서 전체를 스캔하여 이미지 파일로 만드는 작업을 진행하고 있다. 중세에서 현대에 걸쳐 대작가들과 군소 작가들의 저작이 거기 포함되어 있는 것은 말할 것도 없고, 그 사람들이 점유하고 있던 조선 왕조의 2백 몇십 권 의궤까지 우리에게 보내주기 전에 이미지 파일로 만들어 올려놓고 있다. 인터넷 후진국이라는 프랑스가 그렇다. 놀라운 것은 캐나다 퀘벡 대학의 사회과학연구소다. 이 연구소의 사회학 고전 사이트에는 플라톤에서 니체나 프로이트에 이르는 저명 사상가들과 사회학자들의 주요 저작이 프랑스어 텍스트 파일과 PDF 파일로 올라와 있다. 동양 고전의 프랑스어 번역본 파일만 해도 수백 권에 이른다. 사서삼경과 『도덕경』을 비롯한 경서류는 말할 것도 없고, 『죽서기년竹書紀年』이나 사마천의 『사기』 같은 역사서와 『개자원화전芥子園畵傳』 같은 미술서가 거기 끼어 있다. 그런데 유감스럽게도 이 사이트들이 모두 서양 사람들이 운영하는 외국 사이트이다. 그런 곳에서 우리말로 되어 있는 책을 만나기는 나무에서 물고기를 구하기보다 더 어렵다.

인터넷 강국이라는 한국의 온라인은 변화롭기 그지없지만 그 알

맹이를 생각하면 쓸쓸하다. 누리꾼들이 만들어가는 위키백과만 해도 한국어 항목은 부끄러울 정도로 초라하다. 그래서 저 밥상을 생각하게 된다. 문화를 과시하고 소비하려는 기획은 많지만, 문화의 창조나 진정한 의미에서의 생산적 이용의 전망을 발견하기는 어려운 것이 우리 온라인의 실정이다.

한번은 내가 잠시 관여했던 번역연구학회에서 지난 1950~60년대에 발간된 세계문학전집 전체를 디지털 텍스트로 만들어 번역문체 연구 자료로 쓰려 한 적이 있었다. 연구비를 주겠다는 재단도 있었지만, 해당 출판사들의 허락을 얻을 수 없었다. 이미 상업성이 없어진 텍스트들이지만 그 출판사들이 인력과 자본을 투입하여 만든 것이니 그에 대한 권리 주장을 탓할 수는 없다.

문제는 문화관광부가 됐건 교육부가 됐건, 새로 만들어진다는 미래창조가 됐건, 정부 기관이 이런 일에 손을 써야 한다는 것이다. 책임 있는 자들은 인터넷의 난맥상을 말하며, 실명제를 들었다 놨다 하며 갈팡질팡하고, 정치적 억압의 기미까지 내보이고 있지만, 계엄령을 선포하여 출판물에 먹칠을 하던 시대의 발상법으로 온라인을 바로잡을 수는 없다. 인터넷 문화를 진심으로 바로잡고 싶다면 질이 좋은 콘텐츠를 그것도 대량으로 제공하는 길밖에 다른 방책이 없다. 물론 비용이 드는 일이다. 그러나 무엇을 위한 것인지도 아리송한 저 거창한 토목 공사에 비하면 사실 과자값에 불과하다.

높은 자리에 있는 한 사람이 그 일이 중요하다고 생각만 하면 될 일이다. 그런데 이렇게 말하고 보니 역시 어려운 일이다. 높은 자리에 있는 사람이 왜 갑자기 그런 생각을 하겠는가. (2013. 3. 9.)

전쟁을 안 할 수 있는 능력

"지난 세기의 나는 무엇이었던가? 나는 오늘날에야 내 모습을 다시 보게 된다. 이제는 방랑자도 없고, 이제는 이유가 불분명한 전쟁도 없다. 열등 민족이 모든 것을 덮고 있다." 천재 시인이라고 일컬어지는 랭보가 그의 산문시집 『지옥에서 보낸 한철』의 「나쁜 피」에 썼던 말이다. 랭보는 인류가 진보한다는 생각을 전적으로 믿지는 않았지만, 자기처럼 좋은 혈통을 물려받지 못한 평민이 역사적으로 자의식을 갖게 되고, 거지의 행렬이나 다름없는 유랑자의 무리가 사라졌으며, 귀족 영주들의 땅따먹기일 뿐이었던 전쟁이 없어진 것 따위가 진보라면 진보라고 생각했다.

랭보의 이 생각이 전적으로 맞는 것은 아니다. 유랑민들은 사라졌지만, 이 시집이 인쇄된 시기를 전후해서 이주 노동자와 이민 노동자들이 유럽의 대도시에 몰려들기 시작했다. 전쟁에 대해서도 그렇다. 랭보의 문학에 결정적인 영향을 미친 1870년의 프러시아─프랑스 간 전쟁만 해도 나폴레옹 3세와 프랑스의 우파들이 조금만 더 현명했더라면 충분히 피할 수 있는 재난이었다. 이 전쟁에 패한 나폴레옹 3세는 3년 뒤 망명지 영국에서 세상을 떠났으며, 패전의 여파로 성립한 1871년의 파리 코뮌에서는 수만 명이 학살을 당해 센강이 일주일 넘게 붉은 물을 흘려보냈다.

전쟁은 없어지지 않았다. 전쟁의 기술은 더욱 발전했고, 랭보의 시대에는 상상하기조차 어려웠을 만큼 어마어마한 파괴력을 뿜내는 살상 무기들이 앞을 다투어 개발되었다. '불분명한 이유'는 폐기된 것이 아니라 그럴싸한 이데올로기와 찬란한 명분을 둘러썼을 뿐이다. 세계의 질서나 국가의 안녕 같은 말은 그렇다 치더라도 평화라는 말까지 전쟁의 명분이 되었다. 그러나 이유와 명분이 일치하는 경우는 드물고, 전쟁의 진정한 목적은 자주 감춰져 있기에 그 불분명함은 여전하다.

평화라는 말은 추상적인 개념을 담고 있지만, 전쟁이라는 말은 그렇지 않다. 그것은 무고한 사람들의 무수한 죽음이며, 우리가 삶을 영위하고 있는 이 터전의 돌이킬 수 없는 파괴다. 전쟁에 패한 집단의 불행이야 말할 나위도 없고, 승리한 집단이라고 하더라도 행복한 것은 아니다. 이긴 쪽도 물질과 정신의 양면에서 후유증에 시달려야 하며, 나쁜 믿음에 빠지기 십상이다. 실제로 프러시아-프랑스 간 전쟁에서 승리한 독일이 그런 경우였다. 그 전쟁에서 세력을 얻은 국가주의의 망령은 독일에 두 번에 걸쳐 세계대전을 일으키게 했고, 그 결과는 우리가 아는 바와 같다. 독일의 통일은 그 불행의 마지막 청산과 다른 것이 아니다.

지금 남북 관계는 한국전쟁 이후 어느 때보다도 더 위급한 상황을 맞고 있다. 남북 평화의 마지막 보루이자 가장 효과적인 보루인 개성공단은 폐쇄 위기에 놓여 있고, 북한의 대남 기구인 조국평화통일위원회가 "전쟁은 이제 시간문제이며 남은 것은 무자비한 징벌뿐"이라고 말했다는 단신도 읽게 된다. 어느 장관이 "이성적으로 생각할 때 북한이 전쟁에 돌입하는 일은 없을 것"이라고 말했다는 소식도 있다. 아마 맞는 말일 것이다. 그러나 문제는 전쟁이 항상 이성적으로 결정되는 것이 아니라는 데 있다. 전쟁은 그것이 처참할수록 이유가 불분명했다.

긴말이 필요 없이 우리에게 전쟁은 민족의 공멸을 뜻한다. 남북의 삶이 뿌리까지 파괴되고 민족이 돌이킬 수 없는 불행에 빠지게 된다면 경제적으로 부를 쌓은들 그게 무슨 소용이 있으며, 젊은 두뇌들이 학문을 연마하고 재주 많은 사람들이 문예의 꽃을 피운들 그게 무슨 가치가 있겠는가. 민족의 한쪽이 나쁜 결정을 내리지 않도록 도와야 하는 것은 우리다. 남북은 가장 가까운 핏줄로 연결되어 있고, 수천 년 동안 같은 운명 앞에 서 있었고, 또다시 긴박한 위험을 목전에 두고 같은 운명을 고뇌하고 있다. 함께 번영한다는 것이 무엇인가를 깨닫고 실천하는 지혜가 진정한 앎이며, 한쪽의 동포가 비극적인 결단을 내리지 않도록 도울 수 있는 힘이 진정한 국력이다. 거기에서가 아니라면 한 국가의 자존심을 어디서 찾을 것인가. (2013. 4. 13.)

문제는
또다시 민주주의다

근자에 팝아트협동조합이 '박정희와 팝아트 투어'라는 이름의 '박정희 관광'을 진행하고 있다는 소식을 한 일간지 지면을 통해 읽었다. 그 행사의 기획자인 강영민씨의 팝아트 작품 〈박정희〉는 박정희의 흑백 사진을 화면 한가운데 박아넣고 그 둘레에 각기 다른 색깔의 사진을 배치하고 있다. 흑백을 넘어서서 각자의 다양한 감성으로 박정희를 해석할 수 있다는 것을 보여주기 위함이라고 한다. 나만 하더라도 머리와 가슴에 여러 개의 박정희가 있다. 나는 박정희를 독재자라고 서슴지 않고 말하며, 앞으로도 그러겠지만, 우리의 경제 발전에 그의 공이 적지 않다는 의견을 완전히 부인하지 않으며, 그 나름대로는 애국자였다고 믿고도 싶다. 그러나 모든 감성이 이런 해석의 노력에 보답해줄 수 있을까.

나의 이런 의문에 대답이라도 하듯이, 예의 신문 기사는 비평가 전인권씨의 말을 전한다. 전인권씨는 "민주 발전의 가장 결정적인 순간은 '관용의 시간'을 통과할 때"이며, 반대파 용인의 단계가 곧 "민주주의의 핵심적 단계"라고 말했다. 그 반대파에는 화해의 감정을 느끼기 불가능할 정도로 적대적 감정을 자극하는 반대파가 포함된다고도 말했다. 훌륭한 말이지만 그래도 의문은 남는다. 우리가 반대파를 용인하게 되는 저 민주주의의 핵심적 단계는 우리가 반대파를 용인함으로써 오게 되는 것이 아니라, 우리가 민주 발전의 결정적인 순간을 통과했기 때문에 반대파를 용인하고 관용할 수 있는 시간을 갖게 되는 것이 아닐까. 물론 이 단계들은 선후 관계가 아니라 동시적 관계를 갖는다고 말할 수 있겠지만, 이때에도 최소한 쌍방이 모두 민주 발전을 염원하고 민주화의 온갖 노력을 존중한다는 전제나 조건이 필요할 것이다. 그렇지 않다면 이런 관용과 용인이 무엇을 위한 용인이고 무엇을 위한 관용인지 모호해질 것이며, 끝내는 그 노력이 딛고 설 바탕 자체가 사라져버릴 것이기 때문이다.

오늘은 5·18의 서른세 돌이 되는 날이다. 그런데 보훈처장이란 사람이 그 기념행사에서 무슨 수를 써서라도 〈임을 위한 행진곡〉을 퇴출시키려 애쓰고 있다. 국가의 돈으로 노래를 하나 만들어주겠다는 생각이야 갸륵하지만, 만일 그날 광주에서 봉기했던 사람들을 여전히 저주하고 지난 1980년대에 그 행진곡을 부르며 민주화 운동을 했던 사람들을 증오하는 마음에서, 결국 민주주의를 부인하려는 마음에서 그런 의견이 나온 것이라면, 민주 발전의 초보 단계에서건 핵심 단계에서건 그 의견을 어떻게 용인할 수 있을 것이며, 더 나아가선 그것을 의견이라고 말할 수 있기나 한 것일까.

프랑스는 16세기에 극심한 종교 전쟁을 치렀다. 성바르톨로메오 축일 하루 동안에 학살된 3천 명의 위그노 신교도들을 포함해서 수만 명의 시민들이 그 전쟁에서 죽었다. 대학에서 프랑스 문학사를 강의하는 시간에 한 학생이 물었다. "이 사람들의 복수는 누가 해줍니까?" 복수를 해주는 사람은 아무도 없다. 그러나 유럽에서건 우리 사회에서건 종교나 종파가 다르다고 해서 서로 죽이지는 않는다. 이것이 복수라면 복수다. 어떤 의미에서는 가장 거대한 복수다. 그것은 바로 화해이면서 복수고, 복수이면서 화해이기 때문이다. 이것이 내 대답이었다. 그해 5월 광주에서 학살되었거나 모진 고문을 받고 감옥살이를 했던 사람들의 복수는 누가 해주는가. 아무도 해주지 않는다. 그들이 바라던 세상이 한 걸음 가까워졌다는 것만이 복수라면 복수다. 그들을 폭도라고 부르고 싶은 생각이 어떤 세력의 머릿속에 남아 있는 한, 용인과 관용의 터전은 성립하지 않는다. 대통령을 수행하여 외국에 나갔던 고위 관리가 인턴으로 일하는 젊은 여자를 옛날 양반 지주들이 여종을 대하듯 하는 한, 어떤 늙은이가 29만 원을 내세우며 버티고 있는 한, 계약서에 갑을 대신 무슨 말을 쓰건 모든 갑들은 세상을 비웃을 것이며, 모든 을들은 피를 흘리며 쓰러질 것이다. 쓰러지는 자가 누구를 용인하고 무엇을 관용하겠는가. 문제는 민주주의다. 민주주의 안에서만 민주 발전의 결정적 순간도 있고 핵심 단계도 있다. (2013. 5. 18.)

한국일보에는
친구들이 많다

내가 한국일보를 구독하기 시작한 것은 김훈, 박래부 두 기자가 번갈아서 '시를 찾아서'를 연재하고 있을 때이니, 1980년대의 어느 날이었을 것이다. 문학을 가르치는 교수였고 문학비평가가 되기 위해 이것저것 준비를 하던 나는 그 연재를 꼼꼼히 읽었고, 자주 메모도 해두었다. 박래부 기자의 글은 진중하고 철학적이었고, 김훈 기자의 글은 경쾌하고 감각적이었다. 나는 두 기자의 문체를 모두 좋아했다. 내가 매우 늦은 나이에 비평가로 문단에 나왔을 때는 김훈이 한국일보를 떠난 뒤였다. 그는 이미 널리 알려진 문장가였고 나는 어쩔 수 없는 신인 비평가였지만, 그와 내가 같은 시기에 같은 대학을 다녔다는 이유로 둘을 엮어서 말하는 사람들이 많았고, 나는 그런 이야기를 유쾌한 마음으로 들었다.

내가 한 문학잡지의 편집위원으로 일할 때, 한국일보의 문학 담당은 서화숙 기자였다. 어느 날 그 잡지의 저녁 회식 자리에 서 기자가 한국인의 피를 물려받기도 했다는 일본 작가 사기사와 메구무와 함께 나타났다. 당시 한국어를 배우고 있던 사기사와는 우리말에 관해 여러 가지 까다로운 질문을 했고, 내가 주로 대답을 해주었다. 서 기자와 사기사와가 2차를 마다하고 일어설 때, 내게는 그 두 사람이 어쩐지 자매처럼 보였다. 사기사와가 2005년 어느 날 도쿄의 자택에서 목을 매달아 자살한 후, 서 기자의 기사를 읽을 때마다 내게 짠한 마음이 드는 것은 아마 그 때문일 것이다. 그러나 서화숙 기자는 씩씩하다. 문장이 잘 조직된 그의 칼럼에는 늘 높은 통찰력이 담겨 있다. 게다가 인터뷰어로서 그는 우리의 삶과 사회에 대해 누구보다도 통렬한 고뇌를 지니고, 그것으로 대화 상대의 깊은 속 이야기를 끌어내곤 한다.

뛰어난 에세이스트이며 소설가인 고종석씨도 잠시 한국일보에 몸을 담았다. 그의 칼럼이 또한 아름다웠다. 그의 산문에는 분노와 아이디어가 동시에 충만했다. 우리가 일상으로 쓰고 만들어가는 말을 그보다 더 다각도로 생각해온 사람은 드물다. 내가 번역에 관해 생각할 때 가장 많은 영감을 주었던 것도 언어에 대한 그의 긴 연재였다. 그가 한국일보에서 물러나고 기자로서의 직업에서 멀어졌을 때 아쉬워하는 사람이 아주 많지는 않았을 터이지만, 그 아쉬움의 심도는 매우 컸다.

내가 지난해 초에 번역 출간한 앙드레 브르통의 『초현실주의 선언』에 관해 서평 기사를 쓴 것은 이훈성 기자였다. 그는 번역에 붙인 내 해설이 문예 사조의 본질을 짚은 것이라고 말해주었다. 뒤이어 발간된 두번째 평론집 『잘 표현된 불행』과 관련해 인터뷰 기사를 쓴 것도 역시 이훈성 기자였다. 그는 시가 기존의 이론 체계로 환원되지 않는다는 내 말을 특히 강조해 기사의 제목으로 삼았다. 나는 이 두 기사가 고마웠다. 내가 한국일보사에서 주관하는 팔봉비평문학상을 수상할 때, 인터뷰를 했던 이훈성 기자는 수상식 전날 국제부로 발령을 받았다. 그래서 수상식에 참석해 그 기사를 쓴 것은 이윤주 기자였다. 이 기자는 나에게 지난겨울 신춘문예 심사를 맡긴 데 더하여 그 수상식의 축사를 할 사람으로 나를 지명했다. 최윤필 기자에 대해서도 말해야 한다. 내가 지난번에 쓴 칼럼은 그의 기사에서 착상을 얻은 것이다. 그래서 김정환 시인의 집안 혼사에서 그를 만났을 때 나는 오랜 친구를 만난 것처럼 반가웠다.

내가 개인사에 해당하는 이런 이야기를 여기에 주절주절 늘어놓는 것은 저 씩씩한 기자들이 지금 거리로 내몰리고 있기 때문이다. 신문사를 경영한다는 사람들이 편집실을 폐쇄하고 용역을 불러 기자들의 출입을 가로막고 있다. 나는 이 사태에 관해 나름대로 정리해둔 의견이 있지만, 아직은 그걸 드러내놓고 말할 수 있는 처지는 아니다. 다만 나는 한 사람의 문인으로서, 실력과 열성을 두루 갖춘 저 기자들이 아니었더라면 한국의 문학이 이만큼의 발전을 누리기

도 어려웠을 것이라고는 분명히 말할 수 있다. 악독한 강철이 지나

간 자리는 봄도 겨울이라는데, 이 얼어붙은 여름을 보자고 우리가

그토록 오랫동안 민주화를 염원해온 것은 아닐 터이다.

(2013. 6. 22.)

그의 패배와
우리의 패배

  우리의 영혼은 시를 통해서 무덤 너머에 있는 모든 찬란한 것들을 엿볼 수 있다고 보들레르는 말했다. 이때 '무덤 너머'라는 말은 물론 '죽음 이후에'라는 말인데, 이를 풀어서 말하자면 '우리의 정신이 이 세상에서 어쩔 수 없이 견뎌내야 하는 모든 물질적인 제약을 벗어버린 후에'라는 뜻이 된다. 사후 세계를 전혀 믿지 않는 사람이라 하더라도, 보들레르가 생각했을 한 점 티끌도 없이 완전히 찬란한 어떤 빛을 이해할 수 없는 것은 아니다. 보들레르는 가난한 노동자들이 죽음 뒤에 얻게 될 휴식처를 상상했고, 동반 자살한 연인들이 죽음 뒤에 이루게 될 완전한 사랑을 꿈꾸기도 했다. 죽음 속에서만 새로운 것을 찾을 수 있다고도 했다. 그러나 그가 스스로 목숨을 끊으려 한 적은 없다. 이 세상에서 그 빛을 볼 수는 없지만, 죽는 날까지 내내 시를 씀으로써 저 빛 속의 삶과 가능한 한 가장 가까운 삶을 이 땅의 우여곡절 안에서 실천하려고 했다. 이 열정은 현대시의 윤리가 되었다.

경기도 어느 지역에서 끔찍한 살인 사건이 일어났다. 열아홉 살 청년이 평소에 알고 지내던 한 10대 소녀를 모텔로 끌어들여 성폭행을 하려던 끝에 목 졸라 살해했다. 그가 잔혹하게 시신을 훼손한 이야기는 차마 입에 담기조차 어렵다. 그는 인터넷 어느 구석에 남겨놓은 글에서 자신이 살해한 여자에게 "활활 재가 되어 날아가세요"라고 썼다. 악감정이건 좋은 감정이건 어떤 감정도 없었다는 말 끝에 "날 미워하세요"라고 덧붙인 것을 보면, 그 무도한 마음속에도 후회의 감정이 전혀 없었던 것은 아닌 것 같다. 그는 지옥에 가고 싶었던 자기에게 동반자가 필요했다는 뜻으로 해석될 수 있는 말도 했다. '지옥'을 넓게 해석하자면 죽음 뒤의 세계 전체를 가리키는 말일 터인데, 그 어둠의 세계에 가려 했다는 고백이 빈말이 아니라고 생각되는 것은 그가 두 해 전에 인천의 월미도를 찾아가 자살을 시도한 적도 있다고 알려졌기 때문이다. 슬픈 감정도 분노도 없이 "오늘 이 피비린내에 묻혀 잠들어야겠다"는 말도 동일한 감정의 표현이다. 그에게는 죽음의 세계에 대한 어떤 정염이 있었던 것으로 짐작된다.

그의 평소 생활에 대해서도 이런저런 사실이 알려졌다. 그는 기타에 특별한 애착을 나타냈다. 그는 이름 있는 기타를 소유했으며, 그가 마지막까지 지니고 있던 기타는 이미 생산이 중단되어 전 세계에 20대밖에 남아 있지 않은 명품이라고 한다. 기타에 대한 그의 열정이 깊었다는 것은 그가 악기 수리를 전문으로 하는 프랑스의 어느 예술 학교에 입학하기 위해 유학 정보를 모으고 있었다는 사실로도 알 수 있다. 그의 기타 연주 실력도 상당한 정도였다고 하니, 이런 사실들을 종합해보면 그가 보인 죽음의 열정에는 어느 정도 예술가적 기질이 결부되어 있었던 것이 분명하다.

그러나 그와 예술가들, 좁게 말해서 시인들 사이에는 명백한 차이가 있다. 보들레르의 열정을 이어받은 현대의 시인들은 '무덤 뒤의 찬란함'에 자주 도취하면서도, 현실에서는 그 빛을 일상적 실천의 등대로 삼는다. 언제나 물질의 제약을 받는 이 세상에서 그 찬란한 빛을 볼 수는 없다. 그러나 도달할 수 없는 곳을 향해 가는 발걸음은 바로 그 도달할 수 없다는 사실 때문에 결코 멈추어지지 않는다. 시인들에게는 다른 세계의 빛이 이 세계의 실천을 지시한다. 저불행한 청년은 이 실천이 두렵고 세상의 온갖 장애가 두려워, 이 세상을 파괴하고 저를 파괴하였으며, 마침내 저 찬란한 빛을 꺼버림으로써 자신이 가고 싶어했던 죽음 뒤의 세계마저 지옥으로 만들었다. 그가 어떤 글을 써서 어떻게 자신을 과시하건 그는 패배한 사람일 뿐이다.

문제는 이 패배가 그에게서 그치지 않는다는 것이다. 흉악 범죄가 일어날 때마다 반복되는 일이지만, 폐지된 것이나 마찬가지인

사형 제도를 부활해야 한다고 주장하는 사람들이 많다. 그것은 문제를 해결하기보다 없애버려야 한다고 말하는 것이나 같기에 우리의 패배를 증명하는 꼴이 된다. 게다가 문제는 없어지지 않는다. 흉악범들이 두려워하는 것은 죽음이 아니라 일상이기 때문이다.

(2013. 7. 20.)

국경일의 노래

우리나라의 4대 국경일인 삼일절, 제헌절, 광복절, 개천절의 노래는 모두 정인보 선생이 노랫말을 지었다. 선생은 일제 강점기에 독립지사였고, 민족의 얼을 지키려는 교육자이자 언론인이었다. 가장 존경받는 국학자일 뿐만 아니라 시조 시인이기도 했으니, 정부를 수립하고 제도를 새로 마련할 당시 국가적인 노래의 작사자로서 그 권위를 부인할 사람은 없었을 것이다. 실제로 선생의 가사에는 해방의 감격 속에서 나라를 새로 건설하려는 겨레의 고양된 감정과 국권을 지키고 드높은 문화를 창달하려는 굳은 의지가 간절하면서도 절제된 문체로 표현되어 있다.

삼일절의 노래는 1절로 구성되었다. 처음 3행에서 "기미년 삼월 일일 정오"에 온 겨레가 태극기를 들고 독립 만세를 부르던 장엄한 풍경과 감동을 전하고 독립 선언의 의의를 말한다. "이날은 우리의 의요, 생명이요, 교훈이다." 독립 선언은 그 자체가 정의의 실현이다. 그것은 우리가 실천하는 정의이며, 우리가 지닌 정당한 생명의 발로이자 생명이 지향해야 할 길이다. 그것은 우리가 다짐해야 할 가르침이며, 세계만방을 위한 우리의 가르침이다. 그래서 한강 물은 우리 안에서 다시 흐르고 백두산은 세상 위로 우뚝 솟았다. 글자마다 뜻이 단단하고 높다.

개천절의 노래가 단군에 터를 두는 것은 당연하지만, 제헌절의 노래도 제1절은 단군의 고사를 원용한다. "비, 구름, 바다 거느리고 인간을 도우셨다"는 말이나 "우리 옛적 삼백예순 남은 일"이라는 말은 모두 단군의 아버지인 환웅이 풍백, 우사, 운사를 거느리고 농업과 치병과 선악의 판별 등 360가지 인간사를 관장하여 세상을 다스리고 교화했다는 옛 기록을 상기한다. 그 다스림이 "하늘 뜻 그대로였다"는 것은 옛 법도의 종교적 성격을 말하려는 것이 아니라 인간 세상이 마땅히 지녀야 할 좋은 법의 보편적 성격을 말하려는 것일 테다. 그래서 우리가 최초로 제정하게 된 민주 헌법도 "옛길에 새 걸음으로 발맞추"면서 인간의 보편적 지성을 실천할 것이기에 "대한민국 억만 년의 터"가 된다. 비유 체계가 뛰어나다.

개천절의 노래는 3절을 다 불러야만 두서가 잡힌다. 물에는 샘이 있고, 나무에는 뿌리가 있듯이, "이 나라 할아버님은 단군"이라는 것이 제1절이고, 그 할아버님에 의해 우리의 하늘이 처음 열린 것이 "시월상달에 초사흘"이라는 것이 제2절이며, 이 오랜 전통을 잘

이어받아 "빛내오리다"라는 맹세가 제3절이다. 개천절의 노래는 구성이 아름답다.

광복절의 노래에는 모호한 구절이 없지 않다. 해방의 기쁨을 말하는 "흙 다시 만져보자 바닷물도 춤을 춘다"에 이은 "기어이 보시려던 어른님 벗님 어찌하리"를 어떻게 이해해야 할까. 이 구절이 필경 조국의 광복을 보지 못하고 눈감아야 했던 선열들을 안타깝게 추모하는 마음의 표현인 것은 다음 구절 "이날이 사십 년 뜨거운 피 엉긴 자취니"로 알 수 있다. 마지막 구절 "길이길이 지키세"에도 목적어가 없다. 그러나 그것이 다시 회복한 조국의 광영이며, 다시는 빼앗길 수 없는 이 나라의 국권임을 모를 수는 없다. 이 과감한 생략법은 그날의 감격에 대한 직접적인 표현이기도 하다.

이들 노래는 모두 경축의 노래이지만 그 한끝에는 한결같이 슬픔이 있다. 국권을 상실했던 시절의 기억이 서려 있다는 것이 가장 큰 이유이지만, 그것만이 아니다. 국경일이 제정된 것은 1949년 9월인데, 작사자 위당 선생은 1950년 한국전쟁 때 납북되어 그해 11월 묘향산 근처에서 세상을 떠났다고 알려졌으나, 이 노래가 불리는 행사에 미처 다 참석하지 못했다. 노래들은 모두 인본 문화의 창달과 민주 세계의 건설을 열망하는데, 우리의 굴곡진 현대사도 노래에 짙은 그늘을 드리웠다.

말 그대로 연례행사에 한 번 부르고 접어두는 노래가 국민 애창

곡이 되기도 어려운 일이지만 그것을 마냥 환영할 일도 아니다. 그렇더라도 국경일의 노래를 깊게 해설하는 책 한 권쯤은 있어야 하는 것이 아닐까. 위당 선생의 노래비라도 어디에 따로 세워야 하는 것이 아닐까. (2013. 8. 17.)

외래어의
현명한 표기

이명박 정권이 들어설 때, 한 유명 인사가 '아륀쥐' 발언으로 크게 물의를 일으켰다. 이 발언으로 그는 개인적으로도 상당한 타격을 입었고, 더 나아가 지식인 사회에서는 새 정부의 문화·교육 정책에 대한 우려가 시작되었으며, 알다시피 그 우려는 기우가 아니었다. 그런데 최근에 미국에서 공부를 하고 돌아온 젊은 학자가 그 사건을 두고 내게 따지듯 질문을 했다. '오렌지'보다는 '아륀쥐'가 미국인들의 발음에 더 가까운 것이 사실인데 왜 한국인들이 그 발언을 문제삼았느냐는 것이다. 나는 생각나는 대로 대답을 해주었지만, 말을 하다보니 그 사건의 당사자도 왜 자신의 '지당한 발언'이 비난을 받아야 했는지 아직까지 이해하지 못했을 수도 있겠다는 생각이 들었다.

이 문제는 외래어 정책의 근간과도 연결되기에 외래어와 외국어는 다르다는 상식적인 설명을 새삼스럽더라도 늘어놓지 않을 수가 없을 것 같다. 간단히 말해 '오렌지'는 한국말이고 '아륀지'는 미국말이다. 물론 오렌지는 원래 미국말에서 연유한 것이지만, 황금빛 껍질 속에 새콤달콤한 과육이 들어 있는 한 과일을 한국의 어떤 권위 있는 기관에서 그 말로 부르기로 결정했으면, 미국말이 어떻게 변하건 우리에게서는 그 말이 내내 유지되어야 한다. 이 간단한 상식이 자주 오해되는 데는 한글의 우수성에도 원인이 있다.

한글은 창제 당시부터, 인간의 말은 물론이고 개와 닭의 소리까지 표기할 수 있다고 평가되었지만, 그렇다고 한글이 외국어를 표기하는 발음 기호는 아니다. 우리가 오렌지를 오렌지로 표기하는 것은 한국어로 말하는 사람들 간의 소통을 위한 것이지, 외국어를 학습하는 데 목적이 있는 것이 아니다. 지극히 당연하면서도 잊히기 쉬운 사실이다.

그뿐만 아니라 외래어를 어떤 글자로 표기하든지, 그 말이 유래한 외국어를 아는 사람과 모르는 사람이 읽는 방식은 다르다. 벌써 20년 전의 일이지만, 프랑스에 오래 체류했던 한 언론인이 베르사유 미술관을 '베르사유'라고 했더니 알아듣는 프랑스 사람이 없더라고 했다. 무엇보다도 프랑스어 'Versailles'에 들어 있는 'R'의 발음이 문제였던 것이다. 그래서 이 언론인은 '벡사이유'라는 표기를 제안했다. 그러나 프랑스어를 어느 정도 아는 사람은 이 표기를 프랑스인처럼 읽겠지만, 그렇지 않은 사람들은 '백사 이유104 理由'처럼 읽을 가능성도 없지 않을 것이다. 아무런 실익도 없이 한글을 발음 기호의 자리로 끌어내릴 수는 없다.

또한 외래어의 표기는 우리말 전체와 그 외래어의 관계도 염두에 두어야 한다. 우리가 오래전부터 써오던 말들과 외래어가 이음매 없이 어울리기는 어렵지만, 그 이음매가 가능한 한 의식되지 않아야 한다는 뜻이다. 교수들의 농담에 프랑스를 국문과 교수는 '프랑스'라고 하는데, 불문과 교수는 '불란서'라고 한다는 말이 있다. 젊은 세대와 나이든 세대 간의 차이는 있으나, 이 농담은 어느 정도 사실이다. 프랑스어문학 전공 교수들 가운데는 'F'를 염두에 두지 않고, 또는 무시하여 '프랑스'라고 하고 나면 어딘지 모르게 꺼림칙한 느낌이 남고, 우리말을 하는 중에 조음 기관을 낯설게 긴장시켜 서양 사람처럼 '프랑스'라고 말하려면 어쩐지 유난을 떠는 것 같아, 차라리 '불란서'라고 말하는 편이 낫다고 생각하는 사람들이 많다. '프랑스'는 'France'에서 온 말이지만, 'France' 그 자체는 아닌 것이다. 국문과 교수들은 그 점에 자신이 있다.

말이 나온 김에, 우리말에서 차지하는 한자어의 지위에 관해서도 언급해두는 것이 좋겠다. 어떤 사람들은 한자어도 외래어로 여기지만 내 생각은 다르다. 한자에는 중국이나 일본과 다른 우리 고유의 발음이 있다는 점을 우선 말해야겠으나 중요한 것은 그것만이 아니다. 한자어를 발음하는 음절 하나하나는 이미 오래전부터 우리말 속에 넓고 탄탄한 그물을 형성하고 있다. 우리말에서 '오므리다'의 '오'는 '호박오가리'의 '오', '오그랑떡'의 '오', '오글오글'의 '오', '옴찔'이나 '옴팍'에 들어 있는 '오'와 긴밀하게 연결되어 있다. 마찬가지로 '오성悟性'의 '오'는 '오도悟道'의 '오', '오열悟悅'의 '오', '각오'의 '오'와 연통하며, '오만傲慢'의 '오'는 '오기'의 '오', '오상고절'의 '오'와 '오연傲然한' 그물을 짜고 있다. 그러나 '오렌지'의 '오'는 우리말 속에서 무엇인가. 외래어는 외국어에서 왔을 뿐만 아니라 다른 언어 속에서 외롭게 사는 언어라는 뜻도 된다. 외래어의 현명한 표기가 어느 정도는 그 외로움을 달랠 수도 있겠다.

(2013. 9. 14.)

방언과 표준어의 변증법

'곤반불레'라는 풀이 있다. 눈이 녹고 밭고랑의 보리 순이 생기를 얻기 시작할 때, 우리네 들판 어디서나 파랗게 돋아나는 풀이다. 전라도 남쪽 지역에서는 초봄에 그 어린 풀을 보리 순과 섞어 된장국을 끓인다. 깊은 향취가 있다. 홍어 내장을 조금 넣는다면 더 바랄 것이 없다.

달포 전에, 담양에서 신병을 치료하며 소설을 쓰고 있는 고등학교 선배가 전화를 걸어 인사말도 끝나기 전에 대뜸 질문을 했다. 표준말로 곤반불레를 뭐라고 부르느냐는 것이다. 어조가 심상치 않아 나는 가능한 한 조심스럽게 대답했다. "별꽃이라고 하는 것 같던데요." 곧바로 노기 띤 목소리가 되돌아왔다. "아니 곤반불레로 국 한번 끓여 먹은 적 없는 것들이 왜 저희들 마음대로 별꽃이야." 전화는 곧 끊겼다. 선배의 불평에는 부당한 점이 없지 않다. 온갖 풀과 나무의 이름을 정해야 하는 사람들이 그들 식물 하나하나와 특별한 인연을 맺는다는 것이 어찌 가능한 일이겠는가. 그렇긴 하나, 별꽃을 영어로 chickweed라고 하지만 starry라고도 부른다는 데에 생각이 미치면 어쩐지 찜찜한 느낌이 남는다. 우리의 '별꽃'이 영어의 속명을 옮겨놓은 것일 리는 없겠지만, 역시 별을 뜻하는 라틴어 stellaria가 들어 있는 학명을 곧바로 번역한 것일 수는 있겠다는 의심이 들기 때문이다. 그게 사실이라면 우리의 '곤반불레'가 식물학자들에게서는 한때 이름 없는 고아였더란 말인가.

영남 사람이 경상도 말을 하고, 호남 사람이 전라도 말을 하는 것은 극히 자연스러운 일이다. 진정한 의미에서의 모국어란 따지고 보면 한 사람이 태를 묻고 성장한 땅의 방언이기도 하다. 이 방언은 세상의 모든 말을 익히고 이해할 수 있는 터전이 된다. 좋은 문체를 지닌 지방 출신 작가의 글을 살펴보면 그 문체가 그의 방언과 표준어의 교섭 속에서 성립되었음을 어렵지 않게 발견할 수도 있다. 방언은 자주 우리의 언어 감각을 현실의 가장 깊은 바닥까지 끌고 내려간다.

그러나 바로 이 때문에 경상도 사람이 어디서나 경상도 말을 하고, 전라도 사람이 어디서나 전라도 말을 하는 것을 경계함이 또한 마땅하다. 방언은 혈연과 지연에서 비롯되는 원시적 감정 속으로 우리를 자주 끌고 들어간다. 공공성이 앞서야 할 모든 자리에서 이런저런 지역 갈등이 온갖 선의를 망쳐버리기도 하는 우리의 현실에서는 더욱 그렇다. 표준어를 장려하는 언어 정책은 지역 간의 소통을 원활하게 하고 모국어에 대해 통합된 의식을 갖게 하는 데도 목적이 있겠지만, 우리들이 저마다 지니고 있는 깊은 감정을 공공의 광장으로 끌어내는 데도 목적이 있다. 이 점에서 방언을 자기 고백의 언어라고 한다면 표준어를 토론의 언어라고 하더라도 무방하다.

한편으로는 방언과 연결되어 있는 은밀한 정서가 표준어의 틀 안에서 표준화되어버릴 염려가 없는 것은 아니다. 실제로 학술 발표회 같은 행사에서 깔아놓은 멍석 위에서의 토론은 짧고 메마르게 끝나고 뒤풀이 자리에서 풍성한 대화가 오가는 사례를 적지 않게 본다. 공공성이 강조된 언어의 억압이 그만큼 큰 것이다. 그러나 문학과 예술을 비롯한 여러 문화적 제도의 역할이 요청되는 것도 그 지점이다. 문학의 언어는 고백의 언어이면서 동시에 토론의 언어다. 이를테면 시의 여러 기능 가운데는 방언을 떠나서는 표현될 수없을 것 같은 마음의 은밀한 구석에 선명한 이미지를 만들어주고 그것을 공공의 언어로 표현하는 일도 포함된다. 그렇다고 모든 사람들이 자신의 방언을 버리고 시를 써야 한다고 말하려는 것은 물론 아니다. 한 사람에게 진실인 것은 어느 날 다른 사람에게도 진실이 되듯이, 지극히 은밀한 방언의 정서도 공공성의 빛 속으로 개화할 수 있다는 믿음을 가질 필요가 있다는 뜻이다.

그 믿음이 내내 유지되기 위해서는 공공의 제도도 그 폭이 넓어지고 유연해져야 할 것은 당연하다. 토론은 고백을 끌어안아야 토론이고 표준어는 방언을 포섭해야 표준어다. 강원도에 가면 쉽게 먹을 수 있는 곤드레밥을 고려엉겅퀴밥이라고 부를 수 없듯이, 곤반불레된장국을 별꽃된장국이라고 고쳐 말할 수는 없다. '곤드레밥'과 '곤반불레'를 표준어로 인정하고, 각기 '고려엉겅퀴의 어린잎을 넣고 지은 밥', '식용할 수 있는 별꽃의 새순' 정도로 뜻을 달아 주면 그만이다. 공공의 언어는 게으를 수 없다. (2013. 10. 12.)

홍어와 근대주의

어느 망나니 누리꾼이 홍어를 들먹여 고 김대중 전 대통령을 모욕한 사진과 글을 '일베'에 올려 유족에게 고소를 당했다는 소식을 듣는다. 고인에 대한 모욕도 모욕이거니와 홍어가 겪은 수난도 가슴 아프다.

홍어는 홍어목 홍엇과에 속하는 납작한 마름모꼴의 물고기로 제대로 성장할 경우 길이가 1.5미터를 넘는다. 제주도에서 흑산도를 거쳐 서해안 일대에 이르는 연안에서 고루 잡히는 바닷고기다. 그러나 옛날부터 홍어를 즐겨 먹었던 전라도 남쪽 해안 지방에서는 전통적으로 동지에서 설날 전후에 이르는 한겨울에 흑산도 근해에 알을 낳으러 왔다가 잡히는 홍어를 특정해서 '홍어'라고 부른다. 그것이 '진짜 홍어'다. 물고기의 맛을 결정하는 것은 그 물고기가 잡히는 바다의 플랑크톤인데, 한겨울의 흑산도 바다에는 발광 플랑크톤이 많다고 한다. 그 발광 플랑크톤이 홍어 피부의 '곱'에 달라붙어 우리가 알기 어려운 어떤 작용을 하는 것이 틀림없다.

　냉동 시설이 없었던 옛날에 홍어회는 겨울에나 먹을 수 있는 음식이었다. 추수가 완전히 끝난 겨울에, 혼례를 치르는 집에서는 잔치 음식의 기본으로 돼지 한 마리와 홍어 한 닢을 준비한다. 거기에 김장김치를 곁들이면 자연스럽게 삼합이 된다. 잔칫상에 반드시 홍어가 놓여야 하는 것은 막걸리 안주로 홍어만한 것이 없기 때문이다. 적당하게 삭힌 홍어 한 점을 입에 넣고 우물거리다가 어금니와 볼 사이에 그것을 밀어넣고 제대로 빚은 막걸리를 마시면 무어라고 설명할 수 없는 맛이 난다. 그래서 '홍탁'이라는 말이 생겼다. 막걸리 없는 홍어회는 완전한 홍어회가 아니다.

　어느 입심 좋은 사람의 책에서 삭힌 홍어의 유래를 설명하는 글을 읽었다. 옛날 우리 선조들이 흑산 앞바다에서 홍어를 잡아 열흘 넘게 배에 실어 목포나 영산포로 운송하는 동안 신선도를 잃고 부패한 홍어에, 암모니아성의 역한 냄새에도 불구하고, 그 나름대로 독특한 맛이 있다는 것을 발견하였다는 내용이다. 그럴듯한 말이지만, 나 같은 홍어의 본고장 사람이 듣기에는 가당치도 않은 설명이다. 냉동 시설이 없는 옛날에도 어부들은 끊임없이 바닷물을 길어 생선에 붓는 방식 등으로 상당한 기간 그 선도를 유지할 줄 알았다. 그래서 연평도에서 잡은 조기나 신안에서 잡은 민어가 신선한 상태로 서울 사람의 밥상에 오를 수 있었다. 더구나 홍어는 겨울에

잡는 물고기여서 열흘이나 보름 안에 부패할 수는 없다. 내가 중학생이던 1950년대 말만 해도 연안 어선은 거의 모두 옛날과 다름없는 돛단배들이었지만 어시장에 부려진 홍어는 싱싱했다. 삭히느냐 마느냐는 먹는 사람의 일이었다. 우리집에서는 어른들이 홍어 한 닢을 사오면 대개 연골이 붙은 부분은 삭혀 술안주로 썼지만, 양날개의 신선한 살은 양념간장을 발라 구워 반찬으로 썼다.

운송중 부패 운운하는 식의 설명에 내가 늘 흥분하는 것은 거기서 천박한 과학주의나 일종의 식민지주의 같은 것을 보기 때문이다. 식민지주의라는 말이 지나치다고 생각하는가. 저 불행한 대에 일본인들이 우리의 김치나 온돌을 헐뜯을 때 들이대던 논리가 그런 것이 아니었던가. 섣부른 근대주의자들의 주장이나 설명 방식에는 이해가 쉽지 않은 것들을 가난이나 몽매함의 탓으로 돌려 농어촌을 도시의 식민지로 삼으려는 음모가 종종 숨어 있다. 그 음모 속에서 삶의 깊은 속내는 모든 것을 다 알고 있다고 자만하는 자들의 천박한 시선 아래 단일한 평면이 되어버린다. 나름대로 삶의 중심이었던 자리들이 도시의 변두리로 전락하는 것은 그다음 수순이다. 식민주의의 권력자들은 삶을 통제하기 전에 먼저 삶을 수치스러운 것으로 만든다. 물론 이 일은 도시 안에서도 일어나고 한 사람의 도시민 내부에서도 일어난다. 포스트모던 이론가들이 모더니즘에서 탈출을 시도할 때 염두에 두는 것도 따지고 보면 이와 다른 것이 아니다. 어떤 의미에서 근대주의는 한 시대의 과학으로 (또는 그 과학에도 미치지 못하는 허접한 지식으로) 미래의 지혜만이 해명할 수 있는 것들을, 또는 미래의 지혜 그 자체를 억압하는 일이기도 하기 때문이다.

홍어회는 부패한 음식이 아니다. 그것은 발효의 효과를 이용하여 조리된 음식이다. 우리의 불투명한 내부는 우리 삶의 부끄러움이 아니다. 그것은 우리 삶이 다른 삶의 식민지가 되지 않았다는 증거다. (2013. 11. 9.)

예술가의 취업

예술가 친구들을 만나 당신이 애써 만들어낸 작품을 나는 어떤 방식으로 이해했다고 말하는 것이 평론가인 내 삶의 가장 큰 기쁨에 속한다. 게다가 딸이 연극배우가 되어 아직 병아리 수준이지만 이런저런 연극에 출연하기 시작하니 예술가들의 삶에도 관심이 많다.

딸이 대학을 졸업하고, 예술가를 양성하는 학교에 다시 입학하던 날, 그 학교 총장 명의의 서신을 받았다. 어떤 재능을 지닌 사람이건 자신이 지원하는 기예에 성공하기 위해서는 최소한 1만 시간을 연습에 몰두해야 한다는 당부의 말이었다. 이른바 1만 시간의 법칙이다. 자기 재능을 끌어내어 작품으로 실현시키는 데 필요한 이 시간은 하루에 열 시간씩 연습한다고 쳐도 얼추 3년의 세월에 해당한다. 내 경우에도 비평가가 되기 위해, 갖가지 지식을 쌓는 시간을 제외하고, 내게 알맞은 문체를 만들어내고 작품을 보는 눈을 기르기 위해서만도 그 정도의 시간이 필요했다는 생각이 들어, 딸이 그 편지를 정성 들여 읽기를 바랐다. 한 사람이 예술가가 되는 이 3년 세월에는 깨어 있는 시간은 말할 것도 없고 잠을 자며 꿈을 꾸는 시간까지 오직 그 열망에 바쳐야 한다.

그런데 딸이 또다른 이야기를 한다. 같은 길에 들어선 자기 친구들이 정작 괴로워하는 것은 그 연습의 고통이 아니라는 것이다. 연습의 고통이야 자기 길을 찾은 사람이 누릴 수 있는 행복의 다른 모습이기도 하지만, 왜 자기가 그 일을 해야 하는지, 부모와 친척들을 설득하는 시간이 연습하는 시간보다 더 많다는 것이다. 연습에는 진전이 있지만 설득에는 진전이 없다.

물론 그 부모나 친척들의 마음을 이해할 수 없는 것은 아니다. 나도 그 부모들과 같은 처지가 아닌가. 어느 부모나 제 아들딸이 내세울 만한 직업을 지녀서 윤택하고 번듯하게 살기를 바란다. 아침마다 정장을 하고 직장에 출근하여 월말에 봉급을 받아오는 직업 이외의 다른 직업을 상상하지 못하는 부모들도 없지 않겠다. 아니 상상한다 하더라도 마찬가지다. 예술이 좋다는 말이야 늘 들어왔지만, 피나는 노력에도 불구하고 내내 가난하게 살아야 하는 그 일을 왜 하필 자기네 아들딸이 해야 하느냐고 묻는 부모도 있겠다. 나만 하더라도 연극을 하겠다는 딸을 말린 적은 한 번도 없지만, 순수 예술가로 성공할 수 있다고 예견되는 아이를 찾기보다 왕이 될 아이를 찾는 편이 더 쉽다는 드니 디드로의 말이 뇌리를 떠난 적도 없다. 재능이 있다고 해서, 노력한다고 해서, 성공한다는 보장이 없는 것이 이 길이기 때문이다.

그러나 부모의 마음과 선생의 마음은 다르다. 재능 있는 학생을 만난 선생은 그 고생스러울 삶을 안타까워하지만, 그의 결심을 격려하고 그를 훌륭한 예술가로 키우기 위해 온갖 노력을 다한다. 그런데 한 국가에 마음이 있다면 그 마음은 어떤 것일까.

최근에 어느 예술 대학에 교수로 재직하는 한 시인을 만났다. 이름을 말하면 이 글의 독자들이 다 알 만한 사람이고, 그의 제자들 가운데는 벌써 이 스승 못지않게 유명해진 사람들도 많다. 그가 학교를 그만두고 싶다고 말한다. 학생들을 취직시키라는 학교의 등쌀을 이길 수 없기 때문이라고 한다. 대학 평가에 취업률이 높은 비중을 차지하고 있다는 것이야 모든 사람이 알고 있다. 예체능계의 취업률은 예외 사항이 되지 않았느냐고 했더니, 그것은 4년제 대학에나 해당하고, 2년제 전문대학에는 적용되지 않는다고 한다. 전문대학은 전문 직업인의 양성이 설립 취지이니 취업률이 중요하다는 것이 관료들의 주장이라고 한다. 예술도 밥을 먹어야 할 수 있는 일이니 밥벌이를 하는 것이 중요한 것은 사실이다. 그러나 직업이라고 하는 것이 무엇일까. 논의를 좁혀 문학에 관해서만 말한다면, 문학 관련 학과를 졸업한 많은 작가가 출판계나 문화 관련 직종에서 직장인으로 생활하기도 하지만, 한 문인이 취직을 하지 않는다면 그가 작가로서 성공했음을 말하는 것이기도 하다. 글쓰기에 방해가 된다고 해서 교수직을 그만둔 작가도 많다. 그들이 자기 모교에 불명예를 안겼는가. 대통령이 어디선가 가수 싸이를 창조경제의 모범으로 꼽았다는데 싸이가 4대 보험 직장인인가.

나는 창조경제에 관해서는 아는 것이 없지만 창조를 모른다고 할 수는 없다. 정장을 하고 4대 보험 직장에 출근하는 것만이 취업이 아니란 것을 아는 것이 창조의 시작이다. (2013. 12. 7.)

날카로운
근하신년

이제 '근하신년謹賀新年'이란 네 글자는 '새해 복 많이 받으세요' 나 '해피 뉴 이어'의 등쌀에 완전히 밀려나버린 것 같다. 10여 년 전만 해도 이 문자는 신년 카드나 달력의 표지에 빠짐없이 찍혀 있었고 백화점 정면의 연말연시 장식에서도 오만 가지로 모양을 내고 반짝거렸다. 물론 그때도 벌써 이 어구는 상투적이어서 행서나 해서로 쓴 그 네 글자는 무슨 말이라기보다는 장식처럼 보였던 것이 사실이다. '새해 복 많이 받으세요'가 상투성이 덜한 것은 아니지만, 보내는 사람과 받는 사람의 처지에 따라 내용을 조금씩 바꾸기 쉽다는 장점은 있다. 그래서 한때는 '새해 부자 되세요' 같은 무지막지한 인사말이 유행하기도 했다.

상투적인 말들도 사라질 때가 되면 그게 무슨 뜻이었는지 문득 되짚어보게 하는 힘을 회복하는 수가 있다. '근하신년'은 '삼가 새해를 축하한다'는 말일 터인데, '삼가다'에 잠시 마음이 머물게 되

는 것도 그 때문일 것 같다. 의례적인 새해 인사라도 이모저모 생각
해보면 삼갈 이유가 없진 않겠다.

우선은 그 인사가 의례적이기에 더욱 몸을 가다듬어 한껏 진심을
끌어내야 할 것이다. 이 삼간다는 말속에는 공경하고 조심한다는
뜻 외에 두려워 인사하기조차 꺼려진다는 뜻도 들어 있겠다. 네가
무슨 상관이건대 내게 이런 하례를 하느냐고 오만하게 구는 사람
이나 네 인사가 내 삶을 더욱 번잡하게 한다고 짜증을 내는 사람인
들 어찌 없겠는가. 그래서 이 삼간다는 말은 서양 말투를 빌린다면
감히 이런 인사를 드려도 괜찮겠냐고 묻는다거나, 이런 인사를 드
리도록 허락해달라고 간청하는 뜻으로도 풀이된다.

그러나 이런 물음이나 간청은 원칙적으로 상대방의 허락을 기다
려야 하지만, 적어도 '근하신년'은 조심스러운 가운데서도 내질러
감행하는 인사라서 경우에 따라서는 비장한 감이 없지 않다.

옛날 고속버스에 안내원이 꼬박꼬박 탑승할 때의 이야기다. 젊
은 시절에 불운했던 내 친구의 이야기다. 고향의 쓰러져가는 집에
노모를 두고 서울로 돌아오던 친구는 "손님 여러분의 행운과 가정
의 평화를 빈다"는 안내원의 인사를 그날따라 유심히 들었다. 그 의
례적인 인사가 제 가슴속으로 파고드는 것 같았다. 그는 그길로 월
부 책 장사를 시작하여 약간의 자금과 경험을 쌓았다. 시절의 변화
에 따라 그는 몇 차례 업태를 바꾸었는데 하는 일마다 성공을 하여

지금은 비록 작은 건물이지만 빌딩의 주인이 되었다. 그는 지금도 고속버스 안내원의 그 의례적인 인사를 자신이 귀담아들었던 덕에 말 그대로 행운이 찾아온 것이라고 믿는다. 상투적인 말이지만 그 안에 어떤 비장한 힘이 숨어 있어 공덕의 말이 되었다고 해야 할까.

어쩌면 모든 상투적인 말이 다 비장한 말이라고 해야 할지도 모르겠다. 늘 염원하면서도 내내 이루어지지 않았던 희망을 그 상투적인 말이 한순간도 포기하지 않고 끌어안고 있을 것이기 때문이다. 그 말이 상투적인 말이 되도록 놓아둔 것은 늘 보던 것 외에 다른 것을 보려 하지 않는, 다른 것을 볼까봐 오히려 겁을 먹는 우리들의 나태함일 것이 분명하다. 말은 제 힘을 다해 우리를 응원하는데, 우리가 먼저 포기해버린 탓일 것이 분명하다. 상투적인 말들도 처음에는 그 날카로운 힘이 우리의 오장에 파고들게 하기 위해 만들어졌다. 말이 나를 넘어뜨리고 내 안일을 뒤흔들 것이 두려워 우리가 철갑을 입을 때 말도 상투성의 철갑을 입기 시작할 것이 분명하다. 그래서 시인들이 말의 껍질을 두들겨 그 안에서 비장한 핵심을 뽑아내려고 사시사철 애쓰고 있는 것이 아니겠는가.

문인 친구가 새해 인사를 대신해서 카톡으로 푸른 말 그림을 보내왔다. 뒷부분을 가볍게 들어올린 갈기에 땅에까지 닿을 듯 찰랑거리는 꼬리, 감은 눈에 숙인 고개가 부끄러움 많은 처녀 같기도 하지만, 그 탄탄한 근육의 긴장된 힘을 그 정숙함으로 어찌 다 감출 수 있겠는가. 이제 달릴 일만 남았다고 푸른 말은 선언한다. 그래서 그림 속의 말은 자못 요염하다. 다시 말해서 나태한 우리를 깨워 일으킬 생명의 요청으로 가득차 있다. 말은 그저 말일 뿐이라고 믿어버릴 만큼 편안해진 자신을 넘어뜨리고 한마디 인사말이라도 마음을 다 모아 영접할 준비를 하라고 당부한다. 순결한 학생처럼 말 한마디 한마디를 피와 살로 삼으라고 격려한다. 날카로운 근하신년이다.

(2014. 1. 4.)

말의 힘

한때 중고등학생들의 일상어에서 욕설에 해당하는 말이 '졸졸' 흐르는 사태를 크게 염려하는 어른들이 많았다. 지금이라고 해서 이 사태가 크게 달라졌을 것 같지는 않다. 나로서는 그런 사태를 놀라워하거나 염려하는 편이 아니며, 실상은 그것을 사태라고 생각하지도 않는다. 아마도 그것은 무슨 시대적 현상이기보다는 그 나이대의 생리라고 해야 옳지 않을까 싶기도 하다.

반세기 전에 내가 고등학생이었을 때도 나나 내 친구들이 순화된 말을 사용했던 것은 아니다. 분노나 증오의 표현에 욕설이 앞선 것은 말할 것도 없고, 뜻밖의 행운에 놀랄 때도, 친구에게 우정을 전할 때도 질펀한 사투리에 상소리로 강조점을 찍곤 했다.

욕설이 언어에 생기를 주었던 듯도 하지만 그것이 폭력이었던 것은 말할 것도 없다. 지나가는 길에 공연히 나뭇가지를 부러뜨리고 의자를 발로 차던 어린 시절의 방자함이 가장 만만한 것 가운데 하나인 말을 가만히 놓아둘 리 없었다.

언어를 왜곡하고 학대하는 방법은 여러 가지였다. 어마어마한 수를 말한답시고 '2만 8백 3만 2천 개' 같은 소리를 주워섬기는 것은 흥부전에서 배운 말투였고, '조예가 깊다'를 '조지가 깊다'라고 말하는 것은 한자를 조금 알고 있다는 거들먹거림이었다(한자를 많이 쓰던 시절이었지만 한자 '造詣'를 '조지'로 읽는 사람들이 실제로 없지 않았다).

말에 필요 없는 음절을 집어넣는 방법은 고전적이기까지 하다. 우리 때는 음절마다 '앵애'를 넣은 어법이 유행했다. 이 어법에서 '사랑'은 '사앵애라앵앵'이 되고 '손톱'은 '소앵앤토애앱'이 된다.

나는 이 '앵애어'를 자유자재로 쓰기 위해 특별한 연습을 한 적도 있다. 불필요한 음절을 집어넣어 말을 헷갈리게 쓰는 방법은 외국어에도 예가 없지 않다.

프랑스 시인 로베르 데스노스의 「개미」는 10행에 그치는 짧은 시다. 제1차 세계대전 직후에 스위스의 볼테르 카바레에 몰려 있던 유럽의 젊은 문인들은 이 시에 곡을 붙여 그것을 다다이즘의 찬가라고 일컬었다.

그 시에 "프랑스어를 말하고 라틴어와 자바네를 말하는 개미"라는 구절이 있다. 젊은 강사 시절 이 시를 강의하던 나는 '자바네'를 '자바어'라고 성급하게 번역하였다. 그것이 19세기 말에 유행했던,

자음과 모음 사이에 'javais'를 집어넣은 방식의 은어 어법인 것을 알고 얼굴을 붉힌 것은 한참 후의 일이다.

청년기에 접어드는 학생들이 말에 가하는 폭력은 말과 자아를 함께 발견하는 한 방법이기도 하고, 자기를 둘러싼 세상의 의미 체계를 은근히 깨부숴보려는 소심한 모험이기도 하다. 그것을 탓할 생각은 없다. 거친 말이 거친 심성을 만든다고 걱정하는 사람들도 있으나 오히려 이미 거칠어진 심성이 그렇게 순화되고 있다고도 생각할 수 있는 일이다.

그러나 나는 청소년들의 과도한 말의 축약이 자주 마음에 걸린다. 거리에서 한 학생이 제 친구에게 "버정에서 기다려, 버카충하고 올게"라고 말한다. 인터넷에서 '버정'을 검색했더니, '버스 정류장'이란다. 그렇다면 '버카충'은 '버스 카드 충전'이겠다.

축약의 남발도 말에 가하는 폭력의 일종이지만, 욕설이나 '앵애어'와는 성질이 조금 다르다. 욕설 등속은 말을 여전히 말로 대하는 반면에 과도한 축약어는 말을 오직 기호로만 대한다. 기호를 소통의 도구로 삼는 사람은 오직 외부와 소통할 수 있을 뿐인데, 말을 말로 대접하여 말하는 사람은 저 자신과도 소통한다. 그것이 말의 힘이다.

언젠가 서울의 교외에서 '들꽃 피는 언덕'이라는 간판을 단 카페를 본 적이 있다. 아름다운 말이다. 그러나 옛날 같으면 단지 '언덕'

이라는 말만으로도 저 아름다움을 드러낼 수 있었을 것이다. '언덕'은 꽃 피는 언덕도 되고 눈 내린 언덕도 된다. 언덕 앞에 붙는 다른 말의 길이만큼이나 우리말이 힘을 잃었다고 생각할 수밖에 없다.

그 카페의 풍경에 대학의 박사학위 심사 모습이 겹치는 것도 그 때문이다. 이 단어를 무슨 뜻으로 썼느냐고 심사위원이 물으면, 그 단어는 영어의 어느 단어에 해당한다는 대답이 나오고 좌중은 고개를 끄덕인다. 말이 그 힘을 외부에서 빌려오는 것이다.

(2014. 2. 8.)

대학이 할 일과
청소 노동자

대략 30년 전의 일이다. 몇몇 대학이 입학 전형에서 교직원 자녀들에게 가산점을 주었던 사실이 밝혀져 크게 물의가 일었다. 내가 재직하던 대학도 여기에 포함되었는데, 특히 학교에서 청소하던 한 아주머니의 자녀가 이 가산점 덕으로 합격해서 의아하게 생각하는 사람들이 적지 않았다. 한 일간 신문은 이 일을 두고 '평등주의인가 가족주의인가'라는 제목으로 사설을 게재하기도 했다. 굳이 대답을 하자면 가족주의 안의 평등주의라고 해야 할 것인데, 평등주의가 아무리 좋다고 한들, 공공성을 띤 기관인 대학이 밖에 있는 사람과 안에 있는 사람을 차별했으니 그 평등주의 자체가 의심스러운 것은 말할 것도 없다. 그러나 대학이 그 청소하는 아주머니를 어떤 사안에서 교수들과 똑같이 가족으로 대했다는 점은 일단 기억해둘 만하다.

그 일이 일어난 지 몇 년 후의 일이다. 학부 시절에 같은 동아리에서 일했던 후배가 내 연구실로 찾아왔다. 무슨 컨설팅 회사의 간부였던 그는 학교의 아웃소싱과 관련하여 자문을 해주고 인사차 내 방에 들렀다고 했다. 아웃소싱이 한 업체에서 할 일을 외부 업체에 맡겨 처리하는 것을 의미한다는 정도는 나도 알고 있었지만, 학교에서 외주를 할 일이 어떤 일인지는 알 수 없었다. 물어보지는 않았지만, 학교라는 것이 지식을 개발하고 그것을 전수하는 조직이라고 해서 꼭 그 일만을 하게 되는 것은 아니니, 그 가운데 어떤 일을 외부에 맡길 수도 있을 것 같았다. 아무튼 나와는 무관한 일이었다. 그러나 결코 무관한 일이 아니라는 것을 몇 년 후에 알게 되었다.

　방학중인 어느 날 학교에 나갔더니 조교가 사색이 되어 있다. 연구실의 컴퓨터가 없어졌다는 것이다. 앞뒤 사정을 살펴보니 도둑이 들었던 게 분명했다. 없어진 것이 컴퓨터뿐이었으니 손실이 크지는 않았다. 컴퓨터는 신품이었지만 특별히 비싼 것은 아니었다. 나는 그때도 지금처럼 집의 서재에서 야간작업을 하는 것이 습관이었기 때문에 컴퓨터에는 외부 유출을 염려해야 할 자료 같은 것도 들어 있지 않았다. 그러나 연구실에 도둑이 들었으니 학교에 보고도 해야 하고, 그 책임도 물어야 한다. 전화를 받은 관계자가 사태를 파악해서 다시 연락하겠다고 했다. 잠시 후에 아주머니 한 분이 찾아와서, 연구실이 있는 건물의 청소 반장이라고 자기소개를 했다. 전날 대청소를 하는 날이어서 모든 연구실 문을 열어놓고 물청소를 하는 중에 외부인이 들어온 것 같다고 말했다. 이 일이 용역 업체에 알려지면 내 방을 청소했던 분이 일을 그만두어야 한다면서 컴퓨터값에 해당하는 돈을 내밀었다. 그 돈이 어디서 나왔는지 묻지 않고도 짐작할 수 있었다. 죄라고는 내 방을 청소한 죄밖에 없는 분의 돈을 받을 수는 없었다. 책임을 묻는 일은 내가 서둘러 포기해야 했다. 나는 그때 내가 얼마나 가혹하고 허약한 세계 위에 서 있는지를 알았다.

며칠 전 전국 14개 대학의 청소 노동자들이 모여 시위를 하고 있다는 뉴스를 들었다. 그들이 플래카드를 들고 서 있는 곳이 내가 강의하던 대학의 교정이다. 청소 노동자들은 5,700원의 시급을 7,000원으로 올려줄 것을 요구한다. 하루에 8시간, 한 달 20일로 계산하면 그들이 현재 매월 받는 임금은 저 도둑맞은 컴퓨터값보다 몇만 원이 더 많다. 맞벌이하는 사람들도 있겠지만 이 수입으로 한 가정의 생계를 유지하고 자녀들을 뒷바라지해야 하는 사람들도 있다. 그들은 모두 비정규직이다. 봉건적인 의미에서건 민주적인 의미에서건 그들은 이제 가족이 아니다. 언제 어느 바람에 날아갈지 모르는 마른잎처럼 그들의 처지는 허약하고 불안정하다.

대학은 책임이 없다. 용역 회사만 상대하면 그만이다. 학교 다닐 때 그렇게도 명석했던 동아리 후배가 대학에 추천했던 것이 바로 이 제도다. 아니 추천하기도 전에, 너도나도 CEO인 것을 자랑하는 총장들이 오죽 잘 알아서 일을 꾸몄겠는가. 그러나 대학이 해야 할 일 가운데 하나는, 어쩌면 가장 먼저 해야 할 일은, 좁은 울타리 안에서나마 모든 사람이 행복한 삶의 모델을 만들고 실천하는 일이다. 대학은 미래의 거울이라고 하지 않는가. (2014. 3. 8.)

공개 질문

지난 주말, 어느 디자인 학교에 들렀다가 그 뜰에 벚꽃이 만개한 것을 보았다. 나는 그때 비로소 우리 아파트에도 무슨 꽃이 하얗게 피어 있었고, 꽃잎이 바람에 흩날리기까지 했다는 생각이 들었다. 아직 벚꽃이 필 때가 아니라는 생각에 무심하게 지나쳤던 것이다. 입으로는 무슨 말 같은 소리를 하려 애쓰면서도 늘 이렇게 고정관념에서 벗어나기가 어렵다. 너무 갑작스럽게 꽃을 피워버린 나무에도 책임이 없는 것은 아니다. 꽃을 보는 데도 마음의 준비가 필요한데, 꽃나무들이 내게 그 시간을 주지 않았다.

나는 젊었을 때 마산의 경남대학교에서 여러 해 동안 강의를 했다. 마산과 창원과 진해가 아직 통합되기 이전이다. 봄이면 진해의 군항제가 화제에 오르곤 했다. 진해시는 해마다 3월 마지막 주와 4월 첫 주를 놓고 축제 기간을 선택하느라 고심한다는 말을 들었다. 벚꽃이 만개한 시기와 군항제 기간이 일치하느냐 아니냐에 진해시의 한 해 운명이 결정된다는 것이다. 그런데 진해에 있어야 할 벚꽃이 서울에 있으니 군항제를 걱정하게 된다.

통영에서 마산까지 깊이 바닷물이 들어오는 진해만 연변은 벚꽃으로만 봄이 아름다운 것은 아니다. 간만의 차가 심하지 않고 물이 호수처럼 잔잔해 바다와 접한 산록의 진달래꽃이 산 그림자와 함께 물에 어린다. 나는 그 진달래 때문에 미친 사람 취급을 당하기도 했다. 동료 교수의 차를 타고 마산에서 해안 도로를 따라 배둔으로 가는 길에 그 꽃 그림자를 보려고 잠시 멈춰 섰는데, 한복을 차려입은 할머니들이 마을로 들어간다. 차를 몰던 교수가 어디 다녀오시느냐고 인사를 했다. 군항제에서 벚꽃 구경을 하고 오는 길이란다. 내가 여기 꽃이 더 좋다고 했더니, 노인네들은 아주 미쳤나보다고 말하면서 큰 소리로 웃었다. 이제는 그 산 굽이굽이의 작은 만들이 메워져 봄 풍경이 예전 같지 않다고 들었다.

마산에서 통영으로 이어지는 버스길은 그 진해만을 빠져나가는 길이다. 어느 계절이건 그 길은 아름다웠다. 길은 산길에서 해안으로 해안에서 산길로 이어졌다. 차창 밖을 내다보면 왼쪽에서 보이던 바다가 오른쪽에서 보이고 다시 또 왼쪽에서 보였다. 이제는 고속도로가 생겼고, 여러 작은 만이 메워져 아파트가 들어섰으니, 버스는 산길로 가지 않으며 왼쪽 오른쪽의 바다는 벌써 전설이 되었다.

한려수도는 한산도에서 여수로 이어지는 뱃길이지만, 진해만도 넓게 보면 그 뱃길에 속한다고 적어도 나에게는 말해야 할 이유가 있다. 내가 읽은 생애 가장 아름다운 산문은 그 한려수도에 관한 것이었고, 그 글과 똑같이 아름다운 풍경을 진해만에서 보았기 때문이다. 나처럼 1950년대에 초등학교에 다닌 사람들은 6학년 1학기 국어책에 실렸던 그 유창한 글을 기억할 것이다. 그 산문은 글쓴이가 동영이라는 이름의 자기 조카에게 보내는 편지투의 기행문이었다. 그는 한산도에서 여수로 배를 타고 가며 그 연변의 풍경을 묘사하고 국토의 아름다움을 예찬했다. 책이 귀하던 시절이라 나는 그 글을 스무 번도 더 읽어 오랫동안 외우고 있었는데, 이제는 "유리알을 깔아놓은 듯 잔잔한 바다 위를 배는 망아지처럼 달려간다"는 한 구절이 겨우 기억에 남아 있다.

　나는 글쓴이가 누구인지 알지 못한다. 글의 첫대목에서 그가 조카에게 등불 아래 지도를 펴놓고 남쪽 해안을 살핀 다음 눈을 감고 생각에 잠기라고 했던 것을 떠올려보면, 그는 보들레르의 시를 읽은 사람일 것 같기도 하다. 보들레르의 『악의 꽃』을 끝내는 시 「여행」에는 "지도와 판화를 사랑하는 어린이에게 세계는 그의 식욕만큼이나 방대하다"라는 구절이 있기 때문이다. 그러나 단지 짐작일 뿐이다.

　보들레르를 읽지 않았다고 해서 이런 생각을 못할 사람이 있겠는

가. 아무튼 나는 그를 알고 싶어했으나 여태껏 알지 못했다. 노력은 하지 않은 채 언젠가는 알게 될 날이 있을 것이라고만 생각했다. 그러나 이제는 그 언젠가가 영원히 오지 않는 날일 수도 있다는 것을 알 만큼 나이가 들었다. 그래서 이 귀중한 난을 단 한 번 사적으로 사용할 결심을 한다. 그 글을 쓴 사람을 알려달라고 지혜로운 자들에게 부탁한다. (2014. 4. 5.)

악마의 존재 방식

보들레르는 「너그러운 노름꾼」이라는 기이한 산문시를 썼다. 시인이 마귀들의 왕인 사탄을 만난 이야기다. 마음씨 좋은 늙은 귀족의 풍모를 지닌 마왕은 온갖 지식에 통달한 존재이며, 특히 인문학에 이르러서는 그 체계 하나하나가 어떻게 성립되어 어떻게 발전했는지 꿰뚫어 알고 있다. 이런 사탄도 단 한 번뿐이긴 하지만 간담이 서늘한 적이 있다. 어느 예리한 설교자가 "악마의 가장 교묘한 술책은 그 자신이 존재하지 않는다고 사람들에게 믿게 하는 것이라는 점을 결코 잊지 말라"고 말했을 때였다. 이 말은 악이 늘 평범한 얼굴을 지니고 있을 뿐만 아니라 인간들이 온갖 미명을 동원하여 받들고 있는 제도와 관습 속에 교묘하게 숨어들어 있다는 사실에 대한 은유일 것이다.

그러나 저 "악마의 교묘한 술책"을 은유로만 여기지 않는 사람들도 있다. 부지런한 보들레르 연구자이며 19세기 프랑스 문학의 전문가인 막스 밀레르는 1960년 『프랑스 문학에 나타난 악마』라는 책을 출간했다. 상·하권을 합해 천 쪽 가까이 되는 이 책의 서문에서 저자는 그 연구의 동기가 제2차세계대전의 참극에서 시작되었다고 쓴다. 그 끔찍한 집단적 범죄, 인간 행위의 일반적 척도를 넘어서는 악독한 힘의 폭발이 오직 인간의 의지와 능력으로만 이루어진 것일까. 인간의 내부에는 개인적 차원과 집단적 차원을 망라해서 어떤 알 수 없는 명령에 복종하도록 준비된 악덕의 심연이 도사리고 있는 것은 아닌가. 바로 이런 의문이 끊임없이 문학의 주제가 되어온 악마의 존재를 다시 검토하게 했다고 말한다. 끝을 알 수 없는 악 앞에서 느끼는 인간의 무력감이 그 거대한 책을 쓰게 한 것이다.

이 거대한 무력감을 우리는 지금 이 시간에 다시 느끼고 있다. 수많은 생령, 아니 더 정확하게 말해서, 3백 명이 넘는 생명이 물속에서 숨졌거나 실종했음을 알게 된 순간에 우리는 우리 자신이 한도 끝도 없는, 그래서 설명할 길이 없는 악 속에 침몰해 있는 것을 문득 깨달았다. 막스 밀레르가 생각해본 것처럼, 이 침몰이 정말 악마의 책동에 의한 것이라면 악마는 이 참극을 아주 오래전부터 준비한 것이라고 해야 할 것 같다.

악마는 먼저 우리 마음을 무디게 만들었다. 쉽게 잊어버리는 우리의 기억에 남아 있는 사건만 이야기하자. 그것이 2009년이던가,

한겨울에 용산에서 제 삶의 터전을 지키려던 사람들이 망루에서 불에 타 숨졌을 때 사람들은 한동안 애통해하였지만 끝내 없던 일이 되어버리고 말았다. 같은 해 여름부터 지금까지, 일자리를 잃은 2천여 명 쌍용차 노동자 가운데 스물다섯 명이 비통하게 세상을 떠났지만, 우리는 내내 막장 드라마를 보며 세상이 평화롭다고 믿으려 했고, 도시 정비니 고용 유연성이니 희망 퇴직이니 하는 아름다운 말들을 악마는 아무데나 내걸었다.

악마는 용의주도했다. 비정규직 노동자들이 그렇게 아우성을 쳤고 여전히 아우성을 치건만, 저 위험한 배를 비정규직들이 몰아도 그것을 예삿일로 여기도록 끝내 세상을 훈련시켰다. 악마는 제 시선을 벗어난 사람들이 그 몰상식을 고발하더라도 그들을 '종북 빨갱이'로 몰도록 프로그램된 사람들을 높은 자리, 낮은 자리에 뿌려놓았다. 악마의 친화성도 한몫을 했다. 기우뚱거리는 배에 수많은 사람을 태워 바다로 내보내는 회사에 그것을 감시해야 할 사람들이 상을 주었다. 감시해야 할 사람들과 또 그것을 감시해야 할 사람들을 악마가 차례차례 포섭한 것이다.

악마는 섬세하기도 했다. 기울어진 배를 물살이 그렇게 세다는 맹골 수로까지 몰고 가게 했다. 그 위급한 시간에 크게 활약해야 할 사람들이 딴짓을 하게 만든 것도 악마의 셈에 들어 있다. 제 이름으로건 남의 이름으로건 그 회사를 설립하고 이런저런 명목으로 돈을 훑어내어 회사를 빈껍데기로 만든 사람에게 예술가라는 직함을 붙여주기도 했다. 악마는 눈뜨고 그 생때같은 아이들을 잃는 순간에도 우왕좌왕할 정부를 기다려 배를 침몰시켰다. 아이들을 다 구했다는 유언비어를 책임 있는 사람들의 입을 통해 퍼뜨리기도 했다. 악마는 빠뜨린 것이 없었다.

물론 나는 악마를 믿지 않는다. 그러나 악마를 믿지 않는다고 해서 악마만이 저지를 일을 이 땅의 사람들이 저질렀다는 사실이 없어지지는 않는다. 그것이 악마의 처사였다면 악마의 연구로 끝날 텐데, 그것이 우리의 죄이니 우리는 이제 앉았던 자리를 털고 일어서야 한다. 나 자신을 용서하지 말고 리본을 달건 촛불을 들건 무슨 일이든지 해야 한다. (2014. 5. 3.)

진정성의 정치

    세월호 참사 이후, 대통령이 유족과 국민들에게 사과 또는 그에 해당하는 연설을 할 때마다, 신문과 방송은 '진정성'이라는 낱말을 사용하였다. 대통령을 둘러싼 사람들이 그 연설에 담겨 있다고 말하려 했던 것이 바로 이 '진정성'이었지만, 그 내용을 마뜩잖게 여긴 사람들이 늘 부족하다고 여기고 의심하였던 것도 바로 그것이었기 때문이다. 대통령이 눈물을 흘리고 방송이 그 얼굴을 클로즈업해서까지 증명하려 했던 '진정성'인데, 정작 이 말은 국립국어원에서 발간한 〈표준국어대사전〉에 올라 있지 않다. 그렇게도 빈번하게 사용된 이 낱말이 아직 공식적으로는 한국어가 아닌 셈이다.

    이 낱말은 처음 외국어 사전 편찬자들이 서양말 'authenticity'에 대응할 한국어를 찾다가 만들어낸 말이다. 서구어는 어떤 말이나 행위 절차가 공식적 권위를 지녔다거나 말이 사실에 어긋나지 않는다는 뜻을 지니지만, 문서가 위조된 것이 아니라거나 골동품이 진품이라고 말할 때도 사용된다. '진정성'을 외국어 사전에서 해방한 것은 1980년대의 운동권으로, 그때 이 말은 담론의 진실성과 효력을 뜻했다. 한자로는 물론 '眞正性'이다. 그러나 이 말을 유행시킨 것은 1990년대의 문학비평이다. 문학에서 말은, 특히 시의 말은 그 한마디 한마디가 감정의 크고 작은 굴곡과 일치하는 것으로 여겨질 때 특별한 효과를 거둔다는 것이 이 '진정성'의 이데올로기이다. 아마도 이 낱말을 표제어로 올려놓은 유일한 사전일 '고려대 한국어사전'이 그 한자를 '眞情性'이라고 쓴 것도 이 맥락과 무관하지 않을 것이다.

대통령의 말이 시인의 말과 같은 방식으로 평가를 받는다는 것이 바람직한 일인지는 모르겠으나, 거기에도 그럴 만한 이유가 있고 역사적 정황이 있다. 우리가 같은 사안, 같은 말에 같은 감정을 지니고 있는지를 조금 심각하게 묻다보면 곧바로 민주주의의 문제와 만나게 되고 결국은 민주화운동의 역사를 다시 돌아보게 된다. 지금 이 시간에도 어두운 바닷물 속에 다시 돌아올 길 없이 잠긴 생령들을 생각하며, 뭇사람들의 인정이 그에 대한 슬픔과 안타까움과 죄의식을 어떤 방식으로건 표현하고 싶어할 때, 다른 한편에는 그 애도의 마음을 의심하고 우려하는 눈초리로 바라보며 그 감정까지 차단하려는 사람들이 없지 않다. 거대한 권력을 쥐고 있거나 그 언저리를 맴도는 그들은 수많은 사람이 동일한 생각이나 감정을 공유하는 것 자체가 위험한 일이라고 믿고 있다. 게다가 그 사람들이 위험하다고 여기는 감정 가운데는 조국의 민주화를 바라는 오랜 열망이 거의 첫자리에 포함되어 있다.

5·18광주민주화운동 34주기 기념일을 맞게 된 것은 세월호 참사가 일어난 지 한 달여를 넘기고 애도의 감정이 깊고 넓어졌을 때였다. 기념식에서 정부의 관계 부처는 여러 가지 핑계와 낯익은 수단들을 동원하여 〈임을 위한 행진곡〉의 제창을 막았다. 〈임을 위한 행진곡〉은 광주민주화운동과 깊이 연결되어 한 시대의 슬픔과 희망을 동시에 드러내고 고창하는 노래이지만, 멀리는 만주 독립군들의 의기에서부터 가까이는 4·19혁명 이후 조국을 민주화하려는 비원이 고스란히 담겨 있는 노래다. 우리의 현대사가 지극한 고통 속에 들어 있는 순간에 지극히 고결한 정신으로 만들고 부른 이 노래는 바로 그 이유 때문에 어떤 사람들의 증오를 사고 오명을 둘러쓰게 된 것도 사실이다.

대단한 이야기를 할 것도 없다. 이 노래를 부르며 거리로 나가는 젊은이들을 붙잡아 고문했던 사람들은 그만두고라도 그들을 바라보며 '공부하기 싫어서 데모를 하는 놈들'이라고 굳게 믿으려 했던 사람들은 이 노래와 함께 이루어진 민주화가 자신들의 삶을 부정하고 조롱하는 것만 같을 것이다. 그들은 입으로는 민주주의를 말하지만 조국의 민주화를 역사적 발전이라고 생각하기는커녕 세상이 잠시 물구나무를 서고 있다고 믿으려 할 것이며, 도처에서 비정상이 정상의 자리를 차지하고 있는 도착된 현실을 볼 것이다. 저 깊고 넓은 애도의 감정을 불안한 시선으로 바라보며 한탄하고 있을 그들의 사과나 애도에 진심이 담겨 있을 리 없다. 그들은 자신의 경험을 넘어서지 못하기에 역사 속에서 자신을 객관화하지 못한다.

대통령은 그동안 통일 '대박'을, '원수' 규제를, 해경 '해체'를 말하였다. 대통령은 감정의 동의를 얻기보다는 감정의 파도를 일으키고 싶어한다. 파도에는 격렬한 출렁임이 있을 뿐 깊이가 없다. '진정성'이 어떻게 정의되건 그것은 한 인간이 제 마음 깊은 자리에서 끌어낸 생각으로 자신을 넘어서서, 자신을 객관화할 수 있을 때에만 확보된다. (2014. 5. 31.)

2
부

종이 사전과
디지털 사전

1990년대 초에 춘천에서 서적 출판과 관련해 조금 특별한 학술 회의가 열렸다. 그때만 해도 한국에 범용 인터넷망이 깔리기 전이었지만, 각종 문서들을 디지털화하는 추세에 불안을 느낀 출판인들이 책이 맞게 될 운명을 미리 타진하고 그 방책을 세우려는 데 목적이 있었다. 나도 질의자로 참석했다.

대학 강단의 연구자이거나 문화 예술계 인사인 발표자들은 거의 대부분 당시 유행하던 포스트모던의 문화이론을 들이대며 거대한 문화 혁명의 도래를 예고했다. 그러나 출판인들에게 위안을 주는 말도 없지 않았다. 저명한 문학이론가로 연세대 영문과에 재직하며, 당시 '연세대 한국어사전'의 편찬을 책임지고 있던 이상섭 교수의 발언이 인상적이었다. 이런 내용이다. 당신은 한국어사전을 편찬하면서 옥스퍼드 대사전을 자주 참조한다. 그 방대한 사전이 콤팩트디스크 한 장에 들어가 있으니 더없이 편리하다. 나르기 쉽고,

컴퓨터에 돌려 낱말들을 검색하거나 정렬할 수 있으며, 관련 예문들을 입체적으로 추출할 수 있다. 여기까지 말하고 이교수는 어조를 바꾸었다. 그러나 당신이 더 좋아하는 것은 종이로 출판된 옥스퍼드 사전이다. 책과 잉크의 냄새가 어떤 분위기를 형성하고, 한 낱말을 찾다가 다른 낱말에 한눈을 팔 수도 있으며, 책의 수택에 연구자로서 긍지를 느끼기도 한다. 그리고 무엇보다도 사전을 뒤적이다 피곤할 때는 그 두꺼운 사전을 베고 잠을 잘 수도 있다. 시디를 베고 잠을 잘 수는 없지 않으냐. 이교수가 여기까지 이야기하자 만장한 출판인들이 박수를 치며 환호성을 질렀다. 이교수의 발표보다 더 인상적인 것은 그 박수와 환호성이었다. 나는 그게 아닌데 싶었지만, 내 속생각을 마음대로 털어놓을 수 있는 분위기가 아니었다.

현실은 노학자의 고결한 취향을 무참하게 배반했다. 거대한 사전을 편찬하는 사람들이 이제는 종이책으로 그런 사전을 기획하는 일이 드물다. 사전이 학습용을 넘어서면, 출판사도 이용자도 디지털 버전에 더 많은 기대를 건다. 나의 경우에도 종이책 사전을 펴는 일은 거의 없다. 20종에 가까운 어학사전과 백과사전을 모바일 기기에 담아 작은 가방에 넣고 다니며, '앱'으로 판매되지 않는 사전은 인터넷을 통해 이용한다. 디지털 사전들을 베고 잠을 잘 수는 물론 없지만, 눈을 감고 종이책으로는 듣지 못할 음악을 들을 수 있다.

디지털 문명의 시대가 전반적으로 서적 출판에 불리한 사태만 몰고 온 것은 아니다. 어떤 사람들은 성급하게 활자의 죽음을 말했지만, 활자는 그 '활活'의 본분을 이제야 완수할 수 있다는 듯이 어디서나 질주하고 어디에나 파고든다. 우리 시대보다 더 많은 글자를 소비한 시대가 있었던가. 종이에 갇혀 있던 글자들이 이제는 허공으로 날아다닌다. 책을 만드는 일도 그만큼 쉬워졌다. 원고가 출판사에 들어가서 일주일도 되기 전에 책이 되어 나오는 일이 예사다. 원고가 벌써 책의 형태를 갖추고 있다. 출판 방식의 변화가 출판의 개념까지 바꾸려 한다.

그러나 우리의 경우, 사전에 관해 말하게 되면, 이 디지털 환경이 능동적으로 이용되고 있는 것 같지는 않다. 우리말로도 여러 종의 사전이 디지털 앱으로 출간됐고, 인터넷에서도 이런저런 사전을 손쉽게 이용할 수 있지만, 그 대부분이 이미 종이책으로 발간됐던 사전을 디지털화한 것일 뿐이다. 내가 과문한 탓도 있겠지만, 방대한 사전이 디지털로 기획되고 있다는 이야기를 들은 적이 없다.

사전을, 특히 방대한 사전을 디지털로 출간하게 되면 여러 가지 이점이 있다. 무엇보다도 디지털 기기의 저장 용량이 무한대를 운운할 만큼 커졌기에 사전의 부피 같은 것을 염려하지 않아도 된다. 새로운 학문적 성과를 지체 없이 반영할 수 있다는 점은 이 사전의 본질적 장점에 속한다. 이용하기에도 편리하다. 종이 사전이라면 수십 권에 수만 쪽으로도 부족할 내용을 도서관이나 특정 기관에 찾아가지 않고도 저마다 제가 있는 곳에서 작은 기기 하나로 검색할 수 있다. 종이로는 엄두를 낼 수 없는 것을 디지털로는 엄두를 낼 수 있다. 그런데 왜 엄두를 내지 않을까. 종이책의 역사를 디지털로 내면화하는 일에 우리가 아직 서툴뿐더러 그 일을 두려워하기 때문이라면 국가가 앞장서야 하지 않을까.

물론 국가가 앞장설 리는 없다. 계몽주의 시대의 프랑스는 20여 년의 세월에 걸쳐 180여 명의 집필자를 동원해 본문 17권 도판 10권의 '백과전서'를 만들었다. 그때도 국가는 그 집필과 출간을 막기 위해 온갖 수단을 동원했다. 사전의 이념은 민주주의다. 디지털은 그 이념에 또하나의 환경을 제공한다. (2014. 7. 5.)

어느 히피의 자연과
유병언의 자연

　한국인으로 국제 히피인 오승연씨의 사진전이 지난달 23일부터 29일까지 경인미술관에서 열렸다. 오씨는 히피의 삶을 살며 여섯 대륙의 구석구석을 찾아다닌 여행가이지만, 그의 카메라에 담긴 풍경에 명승이나 절승은 거의 없다. 사진전의 제목이 '우리는 모두 연결되어 있다'인 것처럼, 자기 존재 전체를 자연에 맡기며 살고, 서로 멀리 떨어져 그렇게 사는 사람들을 한 끈으로 연결하고, 그 사람들과 다른 사람들을 연결하려고 애쓰는 사람들이 늘 그의 카메라를 매혹하였다. 그들은 최소한의 물질로 미래를 걱정하지 않고 살아가며 가장 작은 것으로 행복해지는 방법을 알고 있다. 태어난 땅이 가난해서 최소한의 것으로 살아야 하는 사람들도 있지만, 그 가난에서 건강한 삶을 발견하고 그 삶에 자진해서 몸을 바친 사람들도 적지 않다.

　그 가운데는 호주 남쪽의 섬 태즈메이니아의 플로렌타인 숲을 벌목 회사에 맞서 지켜내기 위해 일곱 해 동안 싸워온 사람들도 있다. 플로렌타인은 유칼립투스 원시림이다. 숲을 지키려는 사람들은 60미터가 넘는 나무 위에서 살며, 무장 경찰을 앞세우고 불도저가 들어올 때는 그 거대 권력의 하수인들 앞에서 음악을 연주하고 춤을 추고, 서커스 저글링도 하고 명상도 한다. 끝내는 엉엉 울기도 하고 땅에 뒹굴기도 한다. 그렇다고 권력이 감동하여 마음을 고쳐먹는 것은 물론 아니다. 숲을 지키려는 사람들은 자주 감옥에 끌려갔고, 그들의 캠프는 자주 불에 탔다. 중요한 것은 세상에 또하나의 삶이 있음을 자신들의 몸으로 증명하는 일일 터다. 실은 그 숲에서 발가벗은 한 쌍의 남녀가 그 건강하고 아름다운 몸으로 거대한 유칼립투스를 끌어안으려는 모습을 찍은 사진이 이 전시회의 표제 사진이다. (다행히 유네스코는 지난 7월 초에 이 숲을 세계 유산으로 지정하였다.)

타클라마칸의 화염산이나 애리조나의 세도나를 찾아가는 사람들이 많다. 그러나 폭염 속에 풀 한 포기 없이 서 있는 거대한 바위산을 바라볼 때도, 층층이 쌓인 붉은 사암의 중턱에서 명상의 자세를 취할 때도 문명 세계에 살고 있는 우리가 어떤 신비에 접하기는 쉽지 않다. 천축국으로 불경을 얻으려 가는 스님의 눈으로 화염산을 보기 어렵고, 백인들에게 쫓겨나기 전의 인디언의 눈으로 세도나의 붉은 봉우리들을 바라볼 수 없기 때문이다. 문명 세계의 보호를 받는 우리가 어느 오지에 잠시 들어가 무슨 모험 하나를 벌인다 한들, 그것은 부모들이 모든 허물을 깔끔하게 처리해주는 부잣집 아들의 반항이나 다를 것이 없다. 그러나 화염산을 지나가던 스님의 두려움이나 붉은 사암의 꼭대기에 오르던 인디언의 경외심을 인간 전체의 기억 속에서 끌어내어 되새기기 위해 제 존재 전체를 걸고 또하나의 삶을 살아가는 사람들에 관해 말한다면, 그 노력은 헛된 것이 아니다. 몸을 온갖 이기로 무장하지 않고 살아야 하는 그 삶은 무엇보다도 이 폭력적인 문명이 실은 얼마나 허약한 것인가를 알게 할 것이기 때문이다.

순천의 어느 매실밭에서 시신으로 발견된 유병언도 그 나름으로는 자연을 사랑하였던 것이 분명하다. 그는 자연 풍광과 숲의 생명들을 지속적으로 찍어 전시했고 책으로도 발간하였다. 그와 깊이 관련되어 있는 구원파와 그의 일가는 전국에 열 개에 이르는 농장을 사들여 경영하고 있으며, 프랑스에서는 농촌 마을 하나를 통째로 매입하기도 했다. 그는 에덴동산에 버금하는 자연 낙원을 꿈꾸었을 터이다. 구원파의 본산인 금수원도 숲속에 있고, 그의 마지막 은둔처였던 순천 송치재 별장 이름도 '숲속의 추억'이다. 그는 자연을 멋진 것으로 생각하였다.

그러나 그가 숨어 있는 별장에 수사관들이 들이닥쳐 조력자들이 잡혀가거나 도망가버린 나머지 혼자 남게 되었을 때, 자연이 그를 따뜻하게 품어주지는 않았던 것 같다. 생명 유지에 필요한 가장 작은 일까지도 시중드는 사람들의 도움을 받아왔던 그 귀한 사람은 그들의 손을 놓치자마자 더할 나위 없이 무능한 인간이 되었다. 그가 자연의 본성을 알게 된 것은 별장을 떠나 숲을 헤매다 매실밭의 풀 속에 눕기까지 일주일이 채 안 되는 시간이었을 것이다. 자연은 돈으로 매수할 수 없고 권력으로 호령할 수 없다. 자연 속에 이 안온한 삶을 그대로 옮겨놓으려는 자에게 돈과 권력은 자연을 파괴하는 데만 소용될 뿐이다.

저 오승연씨와 그의 친구들처럼 튼튼한, 그래서 벌거벗을 수 있는 몸과 마음으로 자연을 끌어안은 사람들만 자연을 말할 권리가 있다. (2014. 8. 2.)

어떤 복잡성 이론

조제팽 술라리라는 프랑스 시인이 있었다. 19세기 중엽에 재기 있는 시들을 제법 많이 발표했지만 뒤이어 나온 보들레르, 말라르메 같은 거대한 이름에 묻혀버려 지금은 거의 잊힌 시인이다. 그의 고향인 리옹에 그의 이름을 붙인 거리가 하나 있고, 보들레르의 평문에 그의 이름이 한 번 등장해서 전문가들의 호기심을 자극하는 정도다. 그의 제목 없는 소네트에 이런 시구가 있다. "함께 자던 나비 날아가니, 혼자 자는 장미 끝에 폭풍 인다." 한 사람이 떠난 후, 뒤에 남은 사람의 꿈이 어지럽다는 뜻을 비유하는 말이다.

그런데 한 세기도 더 후에 기상학자 로렌즈 같은 사람이 "브라질에서 나비 한 마리가 날갯짓을 해서 텍사스에 토네이도를 일으킬 수 있는가"라고 물으며, 하나의 원인이 하나의 결과를 초래하는 복잡한 과정을 과학적으로 예측하는 일이 지극히 어렵다는 뜻으로 말을 했을 때, 나비의 날갯짓과 폭풍을 함께 언급한 술라리의 저 시구를 상기하는 사람이 전혀 없었을까. 물론 로렌즈가 술라리의 시구를 알았을 가능성은 거의 없다. 그러나 로렌즈를 포함한 과학자들의 복잡성 이론이나 혼돈 이론을 믿는다면, 어떤 과학 이론과도 무관한, 더구나 전문가들에게조차 망각된 19세기의 시구 하나가 우여곡절을 거쳐 20세기 후반에 이론의 돌풍이 되어 나타났을 가능성이 전혀 없다고 장담하기도 어려운 일이다.

내가 술라리의 나비와 로렌즈의 나비를 함께 생각하게 된 계기가 있다. 시내의 어느 대형 서점에 딸린 커피점에서 다리를 쉬고 있는데, 머리를 짧게 깎은 한 중년 남자가 인사를 한다. 내가 머뭇거렸더니, 학생 시절에 내 수업을 두 학기 정도 들었다며, 학사 장교로 복무하고 중령으로 전역한 후 어느 기관에서 국방 관련 업무를 보고 있다고 자기소개를 했다. 그가 군인이었고 여전히 군인이나 다름없으니, 두 사람의 화제가 최근에 군에서 일어난 끔찍한 사건들로 채워지는 것은 당연했다.

그는 자기 일이 정훈 업무와 무관하지 않아서 일말의 책임을 느낀다고 말하면서 내게 조언을 구했지만, 사병으로 3년 복무한 경험, 그것도 40년 전의 경험밖에 없는 내가 군사 전문가인 그에게 해줄 수 있는 말이 무엇일까. 내가 마지못해 나이든 국민으로 상식적인 이야기라도 하게 되면 그의 대답은 언제나 "문제가 참으로 복잡합니다"였다.

문제가 복잡할 수밖에 없다. 이 징병제 국가에서는 한 인간이 제 적성이나 희망으로 군인이 되는 것이 아니다. 군대의 폐쇄된 환경에서는 아버지에게 맞고 자랐던 상처가 총기 사건으로 폭발할 수도 있고, 학교에서 따돌림받았던 기억이 한 젊은이를 목매달게 할 수도 있다. 그보다 더 작은 사건도 어떤 계산할 수 없는 과정을 거쳐 더 큰 사건의 씨앗이 될 수 있고, 끝내는 조직의 토대를 허물고 여러 사람의 목숨을 위기에 몰아넣을 수 있다. 군대의 지휘관들이 이 나라의 모든 상처와 기억을 그 계산할 수 없는 작용까지 함께 관리해야 하는 셈이니 복잡하지 않을 수 없다.

그러나 모든 원인이 사병에게만 있는 것은 물론 아니다. 어느 육군 대장이 취중에 추태를 보였다거나 공군 간부들이 민간인에게 성추행을 했다는 따위의 사건은 오히려 작은 일이다. 역시 최근의 소식이지만, 어느 육군 장교가 초등학교에서 반공 교육을 하면서, 북한의 실상을 알리겠다며 잔학하기 이를 데 없는 장면을 보여주어, 몸서리를 치고 악몽을 꾸는 아이들이 많았다는 이야기도 들었고, 군대의 정훈 교육에서 북한의 여성 응원단과 관련하여 적화 통일을 위한 미인계 운운했다는 이야기도 들었다.

반공 교육이건 안보 교육이건 당면 목표가 있겠지만, 그 목표가 민족의 미래와 인류의 공영을 바라보는 더 큰 목표와 어느 선에서건 연결되지 않으면, 벌써 알 것을 다 알고 있는 장병들에게 진정한 사기를 진작시킬 수 없다. 우리가 그런 시대에 살고 있다. 각급 지휘관들이 이 시대에 살기를 거부하는 한 저 기억과 상처들을 하나의 힘으로 묶기 어렵다. 내가 이런 소회를 말하자 그는 같은 대답을 했지만 어조가 달랐다. "참으로 복잡하군요."

원인이 결과에 이르는 과정을 계산할 수 없다는 말은 그에 대한 관측과 추론을 포기해야 한다는 말이 아니다. 복잡성 이론을 내가 공부한 분야의 말로 이해한다면 나쁜 믿음에 빠지지 말자는 말이 되고, 그러기 위해서는 부지런해야 한다는 말이 된다. 유신 시대의 흑백 필름을 지금 또다시 한번 돌리면 병사 하나가 피를 토하고 죽는다. (2014. 9. 13.)

한글날에 쓴
사소한 부탁

제 나라 글자와 말을 기리고 가꾸기 위해 기념일을 제정한 국가는 많지 않을 것이다. 한국이 한글날을 만들어 그날 하루만이라도 나라의 언어생활에 특별한 관심을 나타내는 것은 우선 한글이 오래오래 기림을 받아야 할 우수한 문자이기 때문이지만, 제 나라의 말과 글을 마음놓고 쓰지 못했던 한 시기와 관련된 역사적 한에도 그 이유가 있을 듯하다. 한글날을 맞으면 사람들은 외래어의 범람이나 언어의 왜곡된 사용을 염려한다. 신문과 방송이 가끔 한글을 발전시킨 인물들에 관한 특집 기사를 준비하기도 하더니, 요즘은 외국인들을 불러 한글을 예찬하게 하는 것이 유행이다. 그러나 관심은 그 선에서 크게 벗어나지 않는다. 국가나 민간에서 한국어의 발전을 위해 대대적인 사업을 기획했던 적은 없는 것 같다.

내 관심도 그런 선에 머물러 있기에, 바람직하고 실현 가능한 사업을 제안하기는 어렵지만, 신뢰하고 사용할 수 있는 언어 사전의 편찬이나, 이제는 만인의 필기구가 된 문서편집기의 정비 같은 것을 생각해볼 수는 있다. 그러나 이 역시 나 같은 평범한 사용자가 엄두를 낼 만한 일은 아니어서, 그와 관련된 몇 가지 지엽적이고 사소한 부탁이나 해보려 한다. 말 그대로 사소한 부탁이지만, 이들 지엽적인 부탁이 어떤 알레고리가 되기를 바라는 마음이 없지는 않다.

먼저 국립국어원의 〈표준국어대사전〉에 관해서. 이 사전의 아이패드 앱 최근 버전은 '줄금'이란 낱말을 두 개의 표제어로 올리고 있다. 첫번째 '줄금'에 관해서는 '금'과 같은 말이라고 했으니 '접거나 긋거나 한 자국'을 뜻하는 말이 된다. 두번째 '줄금'에 관해서는 '줄기'와 같은 말이라고 했다. 그런데 용례가 문제다, "비가 한 줄금 쏟아지다"를 두번째 '줄금'의 용례로 소개했는데, 납득하기 어렵다. 지금도 아랫녘의 평야 지대에서는 '비가 한 줄금 반 내렸다'나 '두 줄금이 못 되게 내렸다'는 말을 흔히 쓴다. 이때 '줄금'은 옛날 강우량을 측정하는 도구에서 그 단위를 나타내는 '금'을 말한다. 사라져가는 말, 또는 서울에서 쓰지 않는 말에 대해서는 그 용례를 채집하는 데 특별한 노력이 필요할 것 같다.

두번째 부탁이다. '석작'이라는 용기가 있다. 가는 대오리를 엮어만든 직육면체 상자 형태에 뚜껑이 있는 바구니다. 위에서 내려다본 모양이 직사각형일 때는 '긴석'이고 정사각형일 때는 '말석'이며, 가끔은 원통형도 있어서 '둥글석'이라고 한다. 이바지 음식을 담아갈 때 쓰는 고급 그릇이고 흔히 보는 그릇이다. 인터넷을 뒤져 보면 이 용기를 '석작'이라는 이름에 '한과 바구니'라는 말을 붙여 상품으로 판매하는 사람들이 있다. 참고로 말하자면 동구리와는 여러 면에서 다르다. 자주 쓰는 그릇에 이름이 없다는 것은 이상한 일이다. 하다못해 사투리라는 꼬리표를 달아서라도 사전에 올려주 기를 부탁한다.

　한글과컴퓨터에 부탁한다. '한컴오피스 한/글'(2014년판)의 맞춤 법 검사 기능은 매우 유용하다. 그런데 '감옥에 들어갔다'고 쓰면 '감옥'에 붉은 줄이 그어진다. '교도소'로 고치라는 것인데, 모든 감 옥이 교도소는 아니다. '말은 하기 쉽다'고 쓰면 '하기'에 붉은 줄이 그어진다. '다음'이나 '아래'로 고치라는 것이다. '키가 크다'라고 쓰면 '키'에 붉은 줄이 그어진다. '열쇠'로 고치라는 것이다. 이 기 능에 또다른 문제도 있다. 로마자로 표기하지만 영어가 아닌 글, 이 를테면 프랑스어로 된 글을 올리면 모든 낱말에 붉은 줄이 그어진 다. 잘못된 영어라는 것이다. 물론 이 기능에는 사용자 설정 메뉴가 있어서 검사 언어에서 영어를 제외하면 문제가 해결되지만, 설정 이 저장되지 않으니 매번 다시 설정해야 한다. 맞춤법 검사 기능을 좀더 섬세하게 다듬어주기를 부탁한다.

　한글과는 무관하지만 또하나의 부탁이 있다. 로마자로 쓴 글에서 긴 낱말이 줄 끝에 걸리면 하이픈을 찍고 분철을 한다. 그래서 긴 단어에 '무른 하이픈'을 찍어두면 그 단어가 줄 끝에 걸릴 때 자동으로 분철이 되면서 하이픈이 찍힌다. 프랑스어에는 원래 하이픈이 들어 있는 낱말들이 많다. 그 하이픈이 있는 자리에서 분철을 하면 좋은데, 그 자리에 '무른 하이픈'을 찍어두면 분철하면서 두 개의 하이픈이 찍히게 된다. 영어가 아닌 외국어에도 사전까지는 바라지 않지만 신경을 써주기를 부탁한다.

언어는 사람만큼 섬세하고, 사람이 살아온 역사만큼 복잡하다. 언어를 다루는 일과 도구가 또한 그러해야 할 것이다. 한글날의 위세를 업고 이 사소한 부탁을 한다. 우리는 늘 사소한 것에서 실패한다. (2014. 10. 11.)

인문학의
어제와 오늘

우리 세대의 인문학 연구자들이 처음 대학 강단에 설 때, 선배 교수들은 3년에 논문 한 편씩을 쓰면 학자로서 성공할 수 있다고 말했다. 한 해는 주제를 설정하여 자료를 모으고, 한 해는 논문을 구상하여 얼개를 짜고, 마지막 해는 논문을 집필한다는 것이다. 시간이 매우 넉넉했을 것 같지만 그때에도 논문 쓰는 사람들은 크게 압박을 받았다. 진지한 연구자들은 지금 자신이 쓰고 있는 논문에 자신의 미래가 걸려 있을 뿐만 아니라 자신이 추구하는 학문의 방향이 결정될 것이라고 생각했다. 세상은 이 넉넉한 시간을 용서하지 않았다.

언론사의 대학 평가가 시작되면서 학교는 교수들에게 1년에 최소한 논문 한 편씩을 쓰라고 독려했다. 특히 IMF 사태 이후에는 '교수 철밥통론'이 나오기 시작했다. 존경받는 교수 같은 것이 없어진 것도 이 무렵부터다. 내가 아는 인문학 분야에서만 말한다면 교수들은 지금 내가 처음 교수 생활을 할 때보다 10배 정도 논문을 더 쓴다. 그래서 인문학이 그만큼 발전했는가. 양적으로는 그렇다. 다만 이런 말을 덧붙여둘 필요가 있다. 옛날에는 연구자들이 적어도 자기 분야에서는 다른 연구자들의 논문을 열심히 읽었으며, 누가 어떤 논문을 썼는지 알고 있었다. 지금은 다른 연구자의 논문을 열심히 읽지 않는다. 논문을 읽는 사람은 쓴 사람 자신과 두세 명의 심사자뿐이라는 말도 있다.

옛날에는 어떤 분야에서 교수가 대학원생의 논문을 가로챘다는 이야기가 들려오면 인문학 분야의 교수들은 그 상황 자체를 납득하기 어려웠다. "대학원생들이 내 시간을 빼앗지만 않아도 다행일 텐데." 내 주변의 연구자들은 늘 이렇게 말하곤 했다.

지식의 양에서건, 사실의 해석에서건, 표현 역량에서건, 선생과 학생의 격차는 매우 커서 교수가 학생의 논문에 자신의 이름을 붙일 수 있는 경우가 극히 드물었다는 이야기다. BK나 HK 프로젝트가 생겨난 이후 이 상황은 달라졌다. 다량의 논문을 생산해야 하는 이들 프로젝트에서 연구에 참여한 대학원생들의 보고서 수준의 논문에 교수들이 자기 이름을 얹는 일이 이제는 비일비재하다. 논문의 주제를 정하고 써야 할 방향을 지시한 것이 교수이기도 하니 따지고 보면 딱히 나무랄 수도 없는 일이다. 논문의 질은 심사를 통과할 수 있는 수준으로 평준화되었다.

이 심사에 관해서도 이야기해야 한다. 연구자들이 논문을 쫓기면서 써야 하는 편 수 늘리기 체제에서는 논문을 심사받는 사람과 심사하는 사람이 모두 같은 처지에 몰려 있다. 그들은 심사에 엄격하기 어렵다. 질이 평준화된 상태에서 좋은 논문과 그렇지 않은 논문을 가리기도 어렵다.

그렇더라도 학술지가 '괜찮은' 학술지로 인정받고 연구 재단의 검열에 대비하려면 투고된 논문 가운데 3분의 1에서 절반 정도의 논문은 떨어뜨려야 하니 희생양을 찾게 되고, 그 일이 만만치 않으면 편법을 쓰게 된다. 투고된 논문의 일부를 짐짓 떨어뜨리는 척했다가 다음 호에 게재하거나, 실체가 없는 명목상의 논문을 만들어 탈락률을 높이는 일도 그런 편법에 속한다.

교수들을 압박하면서 인문학의 발전을 저해하는 것 가운데는 영어 강의나 영어 논문 쓰기도 들어간다. 한 학문 분야에서 고급한 내용을 지닌 첨단적 사고는 이미 국제어가 된 영어로 집필되어 그 학문의 새로운 길을 세계적 수준에서 향도함이 바람직한 일인 것은 말할 것도 없다.

그러나 적어도 인문학 분야에서라면, 그 첨단적 사고는 제 나라 말로 강의하고 제 나라 말로 글을 쓰는 과정에서만 돌출될 수 있다는 것이 내 생각이다. 인간의 깊이란 의식적인 말이건 무의식적인 말이건 결국 말의 깊이인데, 한 인간이 가장 자유롭게 사용할 수 있으면서도, 그 존재의 가장 내밀한 자리와 연결된 말에서만 그 깊이를 기대할 수 있다고 보기 때문이다. 게다가 학문이, 특히 인문학이 제 나라 말을 풍요롭게 하기 위한 것이 아니라면 무슨 소용이 있겠는가. 어떤 언어로 표현된 생각은, 그 생각이 어떤 것이건, 그 언어의 질을 바꾸고, 마침내는 그 언어를 일상어로 사용하는 세상을 바꾼다. 정의라는 말이 없다면 우리의 인간관계와 제도가 달라졌을 터인데, 정의를 '저스티스'라고 한다고 해서 그 내용이 훼손되는 것은 물론 아니다. 그러나 우리가 '의'를 세상에 실현하기 위해 쏟아부은 온갖 역사적 노력과 그 말을 연결시키기는 어려울 것이다. 학문에서 제 나라 말을 소외시킨다는 것은 제 삶과 역사를 소외시키는 것과 같다. (2014. 11. 8.)

1700개의 섬

"일천칠백 도 남쪽 바다 달무리만 고요한데"라는 말로 시작하는 노래가 있다. 초등학교를 들어갈 무렵 옆집 누나의 노래를 들으며 따라 불렀다. "일천칠백 도"가 무슨 뜻인지는 물론 몰랐다. 나이가 들고 한자와 한자어를 배우기 시작하면서 나는 그것이 '일엽편주의'가 와전된 말일 것이라고 지레짐작했다. 그것이 실은 '1700개의 섬'이란 뜻이며 그 노래가 진방남이 부른 〈명사백리〉라는 것을 알려준 것은 문화평론가 이영미씨이다.

노래로 불러야 할 서정과는 아무 관계가 없을 것 같은 숫자도 그것이 섬의 수와 연결될 때는 시적 환기력을 지닌다. 캐나다와 미국 사이 세인트로렌스강과 온타리오호수가 만나는 지역의 1860여 개 섬을 가리키는 '사우전드 아일랜드'는 샐러드드레싱의 이름으로도 사용된다. 사람들은 세상살이의 번뇌와 오욕으로부터 보호된 세계가 바다로 격리된 섬에는 있을 것으로 생각한다. 섬에서 자란 나는 그런 생각이 어처구니없지만 한편으로는 흐뭇하기도 하다. 섬은 적어도 순결하고 평화로운 해방구에 대한 영상 하나를 만들어주었다. 1700개의 섬에는 그만한 수의 행복이 있다.

정현종 시인의 짧은 시 「섬」은 "그 섬에 가고 싶다"로 끝난다. 조선 시대의 소설 『홍길동전』도 사실상 '그 섬에 가기'로 끝난다. 폐결핵에 시달리며 암담한 삶을 눈앞에 두고 있던 시인 이상이 여기저기 찻집을 꾸릴 때도 마음속으로는 어떤 외딴섬을 꿈꾸고 있었을지 모른다. 우리 시대에 삶의 공간이나 문화적 환경의 기획에도 그런 섬의 영상이 자주 개입한다. 시미즈 레이나의 책 『세상에서 가장 아름다운 서점』에서 "서점이 가진 가장 중요한 역할은 무슨 책이든 구할 수 있는 환경을 만들기보다는 책과 조우하거나 혹은 자기 세계관에 접근할 수 있는 공간 기능을 조성하는 데 있다"는 건축가 후지모토 소우의 말을 읽으면서도 나는 그가 어떤 아늑한 섬을 그리고 있다고 생각했다.

한국에서 1960년대 초에 시민들의 주거 공간으로 아파트를 시험 삼아 짓기 시작할 때 자유직업에 종사하는 독신자들이거나 신혼부부였던 아파트의 첫 입주자들도 사생활이 보호되고 개인의 취향이 차별되는 공간을 거기서 발견했을지 모른다. 이제 아파트는 대다수 시민들의 집이 되었다. 구획된 공간 안에 생활의 편의를 위한 시설과 도구들이 정연하게 배열되어 있다. 아파트는 처음에 생활의

더께가 눌어붙은 와자지껄한 골목과 차별되었지만, 이제 그 격리된 섬으로서의 가치는 줄어든 듯하다.

그러나 순결하고 평화로운 공간을 찾지 못한 사람들은 제 공간에 순결과 평화를 강제함으로써 어떤 차별된 가치를 누릴 수 있을 것으로 생각한다. 이제는 아파트가 아파트를 차별한다. 아파트의 담장 쌓기나 시설물의 차별적 사용은 벌써 사람들의 관심도 끌지 못할 이야기가 되었다. 어디서 건너 들은 이야기지만 어느 학부모는 자기집 애의 학급에서 가난한 아파트의 아이가 반장이 된 사실을 못마땅하게 여겨 담임 교사를 찾아갔다. 그래도 가난한 아파트 운운할 수는 없어서 맞벌이 가정의 아이가 반장이 되면 누가 학급 일을 돌보느냐고 에둘러 말했다는 것이다. 지난날에는 부잣집 아이가 가난한 집에도 놀러가고 가난한 집 아이가 부잣집에도 놀러갔지만 이제 그런 일은 중대한 사고로까지 여겨진다. 섬은 성벽을 치고 전쟁하게 되었다.

어느 아파트의 경비원이 자기 몸에 불을 지르고 끝내 숨진 참사는 우리에게 큰 충격을 주었다. 울분을 참지 못한 동료들이 고인의 시신 앞에 망연히 서 있는 모습이 몇 차례 TV 뉴스에 떴지만 용역업체를 바꾸기로 결정한 이 아파트가 경비원들이나 환경미화원들의 고용을 승계할 것인지 말 것인지를 따지는 것으로 이 비극이 마무리되어버릴 것 같다. 사과나 위로금 따위가 어찌됐는지는 모르지만 인간의 마음이 바뀌지 않는 한 그 또한 무슨 소용이겠는가. 우리는 모진 사람들이 되었고 한편으로는 피곤한 사람들이 되었다. 그래서 제 사는 자리를 더욱더 섬으로 만들려 하고 거기에 철벽을 치려 한다.

그러나 철벽의 보호를 받는다고 해서 피곤한 마음이 거기서 편안할 수는 없다. 차라리 피곤함은 그 철벽에서 오는 것이 아닐까. 청량한 섬의 영상으로 깨끗하고 아늑한 삶을 기획할 때는 그 삶이 비록 독립적인 것이라 할지라도 그 순결과 평화를 거기 가둬두기 위함이 아니라 그것을 온 세상의 것으로 펼치기 위함이다. 인간이 인간으로서 끌어안아야 할 모든 것을 몰아내고 제 번뇌와 오욕만을 가두어둔 1700개의 섬은 그 수의 지옥이다. (2014. 12. 6.)

변화 없다면
'푸른 양'이 무슨 소용인가

새해는 푸른 양의 해라는데, 그런 양을 머릿속에 떠올리는 일이 쉽지는 않다. 지지의 열두 동물을 늘어놓고 보면, 푸른 용이나 푸른 뱀은 말할 것도 없고, 푸른 닭이나 푸른 원숭이도 상상이 가능하다. 천지가 개벽할 때 닭이 울었다면 푸른 닭이 제격일 것 같고 원숭이는 그 간교함이 푸른빛을 띠기도 할 것이다. 하늘나라의 견우가 끄는 암소는 푸른빛이 짙어져서 검다고 말할 수 있고, 달나라의 옥토끼도 푸른빛이 은은할 터이다. 우리가 푸른 양을 상상하기 어려운 것은 양이 우리의 신화나 전설 속에 등장한 적이 없기 때문이기도 하다. 아니 신화를 들먹일 것도 없이, 아마도 한국전쟁 전까지는 우리의 삶에 양이란 동물이 없었다.

전쟁 후에 '백양'이라는 담배가 있었다. 양이 없던 나라의 담배에 그런 이름이 가능했던 것은 담배 연기가 하얀 양털을 연상케 한 때문이기도 하겠고, 담배 피우는 한가한 시간에는 하얀 양떼가 풀을 뜨는 서구의 산록을 꿈꿀 수도 있다는 생각을 그 이름에 담았을 수도 있겠다. 전통적으로 순결은 백색으로 표현되지만, 푸른색이 오히려 더 적합할 것 같기도 하다. 진해질 수도 옅어질 수도 없는 백색은 언제까지나 백색으로 남아 있지만, 푸른색은 옅어져서 투명함에 이를 수도 있다. 그래서 청색은 비물질적 이미지를 누린다. 자연의 색깔 가운데 푸른색을 지닌 것은 하늘과 바다인데, 그것들이 또한 무한의 상징이자, 푸른색의 비물질성이 더욱 굳건하다. 양이 순결을 뜻한다면 이 비물질성의 푸른색이야말로 가장 어울리는 색깔이기도 하겠다.

그러나 이렇게 푸른 양을 변호해도 여전히 푸른 양은 농담처럼 들린다. 농담이 물론 나쁜 것은 아니다. 새로운 농담이기만 하다면. 세상의 거대한 변화는 농담으로 시작한다. 프랑스 대혁명을 예고했던, 디드로의 해학 넘치는 소설 『라모의 조카』나 보마르셰의 희극 「피가로의 결혼」이 그 증거다. 봉건 시대에 양반, 상놈이 없는 세상이란 말보다 더 새로운 농담이 어디 있었겠는가.

김수영은 햇수로 따져 정확하게 반세기 전에 쓴 시 「절망」에서 "곰팡이 곰팡을 반성하지 않는 것"과 마찬가지로, "졸렬과 수치가 그들 자신을 반성하지 않는 것"과 마찬가지로, "절망은 끝까지 그 자신을 반성하지 않는다"고 한탄했다. 지난봄에 304명의 아까운 사람이 물에 빠져 숨졌을 때, 나라의 수뇌부는 온갖 지원을 약속했지만 그 사이에 얼굴을 바꿔 그들을 만나려고도 하지 않는다. 해를 넘겨도 무정함은 무정함을 반성하지 않는다. '땅콩 회항' 사태 이후 경영자 일가족은 여러 차례 사과를 하고도 여전히 복수심을 불태운다. 난폭함은 난폭함을 반성하지 않는다. 저 70미터 높이의 굴뚝 위에 올라간 쌍용자동차의 해고 노동자 김정욱씨와 이창근씨를 비롯하여 수많은 노동자가 고공에서 혹한을 견디고, 또다른 사람들이 천막 속에서 단식을 하고 길거리에서 오체투지를 해도, 그들이 웃으며 땅에 내려오게 하고, 행복하게 밥을 먹게 해야 할 사람들은 여전히 묵묵부답이다. 반성해야 할 세상은 반성하지 않는다.

그러나 김수영은 또한 그보다 훨씬 먼저 썼던 시 「꽃」에서 "푸르고 연하고 길기만 한 가지와 줄기"에서 "중단과 연속과 해학이 일치되듯이" 그 푸르고 길기만 한 "가지에 꽃이 피어오른다"고 말했다. 가망 없을 것 같은 것들이 그 가망 없음을 중단하고, 그러나 그 조건을 그대로 이어받아 마치 농담이라도 하듯이 기적 같은 변화를 일으킨다는 말이겠다. 기적은 농담처럼 어렵고 농담처럼 쉽다.

영국의 방랑 학자 패트릭 리 퍼머는 펠로폰네소스 남쪽 오지의 답사기 『그리스의 끝, 마니』에서, 그 척박한 산간 지방 주민들의 인간미 넘치는 삶을 이야기하며, 그들이 낯선 나그네를 환대하는 이유 중의 하나는 새로운 농담을 배우기 위해서라고 했다. 산으로 막히고 바다로 끊어진 황지에서 그 삶과 똑같이 오래된 농담을 반복하며 즐기던 사람들에게 다른 땅에서 먼길을 걸어온 손님은 새로운 농담을 전해주는 사람이고, 그래서 천사와 다름없다. 새로운 농담이 삶의 새로운 변화 그 자체는 아니더라도 그에 대한 기약일 수는 있기 때문이다.

우리가 생각하기 어려웠고 지금도 어려운 한 마리 푸른 양은 '반성하는 곰팡이'나 '반성하는 절망'처럼 가당치도 않은 농담일지 모르지만, 상상력이 낡은 상상력을 뛰어넘지 않으면 농담도 변화도 없는 것이 확실하다. 찬바람 속에 솟아오르는 새해가 아무리 찬란하다 한들 저 어렵고도 쉬운 농담을, 그 반성의 변화를 불러오지 않는다면, 그게 무슨 소용이 있겠는가. (2015. 1. 3.)

인성 교육

자기 자신을 "생산성 낮은 만화가"라고 소개한 최규석씨가 1985년
에 제작된 가족계획협회의 광고를 찾아내어 트위터에 올렸다. '셋
부터는 부끄럽습니다'라는 제목을 단 이 광고는 형제 많은 집안의
자식들이 학교에서 수모를 당하는 내용을 한 컷짜리 만화로 전한
다. "형제가 몇이냐"는 교사의 질문을 받고 손가락 하나 또는 둘을
내민 급우들 곁에서 손가락 셋을 내민 한 학생은 부끄러움에 얼굴
을 들지 못한다. 정부가 국민을 그런 식으로 "협박했던 그때나, 외
동은 성격이 더러울 것이라고 협박하는 지금이나 국민을 대하는
방식은 동일"하다고 최규석씨는 이 광고 만화에 짧은 논평을 했다.

사실상 산아 제한 정책과 다르지 않았던 그 시대의 가족계획 정책
과 관련해서 내게도 몇 가지 기억이 남아 있다. 한 텔레비전 방송의 낱
말 맞히기 게임에서다. '산아 제한'이라는 정답을 놓고 사회자가 "사
람들이 좀 없어져야 해요"라는 말을 서슴지 않고 내뱉었다. 이름난 탤

런트이기도 한 이 사회자는 나중에 이회창씨가 대통령에 출마했을 때 그 선거 운동원이 되어 열성을 좀 지나치게 뽐내는 바람에 크게 빈축을 샀다. 그러나 내가 보기에 더 크게 비난받아야 했을 저 발언은 어떤 물의도 일으키지 않았다. 나라가 '옳다'고 하는 일에 뜻을 같이하는 사람의 '작은 잘못'을 누가 비난할 수 있었겠는가. 아니 그 잘못이 보이기라도 했겠는가.

덕수궁 앞에는 거대한 지구의 탑이 서 있었다. 지구에는 수많은 사람이, 그것도 검은색을 칠해놓은 사람들이 엉겨붙어 있었다. 사람들은 마치 지옥에서 한 단의 파뿌리를 붙들고 밖으로 나가려는 유령들처럼 서로서로 다리를 밧줄처럼 붙들고 지구에 매달렸으며, 몇몇 덜 악착스러운 사람들은 나무뿌리 하나도 붙잡지 못하고 떨어져나갔다. 물론 그 지구의 탑이 표현하고 있는 형상은 과학의 기본 법칙에도 어긋나는 것이었지만 사람들은 그것까지 생각할 여유가 없었을 것이다. 그 참혹한 광경을 보고 있는 사람들의 마음속에는 자신만은 저 탈락자가 되지 말아야 한다는 조급함밖에 다른 생각이 들어설 자리가 없었으리라. 사람들이 어찌 서로 미워하지 않을 수 있겠는가. 지구의 탑은 가족계획 정책을 홍보하기도 전에 사람들 사이에 증오심을 부추겼다. 정책이 출산 장려로 방향을 바꾼 후 아비규환의 지구의 탑은 사라졌지만 이 증오심까지 사라졌다고 할 수는 없다. 서로 귀하게 여기지 않았던 인간들이 갑자기 귀하게 보일 수는 없다. 최근에 교육부

총리는 교육에서 차지하는 인성의 중요성을 이야기하면서 대학 입시에도 인성 검사를 끌어들이겠다는 뜻을 비쳤다. 훌륭한 인성을 기르겠다는 데 반대할 사람이 누가 있겠는가. 어느 시대를 막론하고 혈기왕성한 젊은이들의 도덕심은 육체가 쇠해가는 사람들에게 늘 염려스러운 것이어서, 윤리 교육을 염두에 둔 인성 교육의 주제는 누가 그 말을 꺼내기만 해도 그 사람을 훌륭한 사람으로 보이게 한다.

그러나 인성이 황폐해진 것은 교육의 잘못에만 그 탓이 있는 것도 아니고, 오직 교육으로만 그것을 교정할 수 있는 것도 아니다. 지난날의 가족계획 정책과 관련된 위의 세 가지 일화만으로도 그 점은 너무도 명백하다. 벌써 이 세상에 태어난 아이를 세번째로 태어났다는 이유만으로 교육과 의료의 모든 혜택에서 배제시켰던 정부의 처사보다 더 인성에 어긋난 것을 찾을 수 있을까. "사람들이 좀 없어져야 해요" 같은 막말이 무엇을 배경으로 감히 발화될 수 있었을까. 지구에 몸을 붙이고 있는 모든 사람이 아비규환에서 헤매는 축생으로 제시된 마당에 인간들에게 인성이라는 말이 가당하기나 한 것인가. 지금 외동으로 자란 아이는 그 성격에 문제가 있다고 말하려는 사람들은 그 협박의 말이 수많은 외동아들, 외동딸의 인성에 어떻게 작용할지를 단한 번이라도 생각해보았을까. 나라는 이렇게 인성을 배반해왔다.

인성 교육이란 폭넓게 말하면 인문학 교육이고, 인문학이란 결국 사람을 사람으로 대접하려는 생각을 마음속 깊은 곳에서부터 기르는 공부다. 사람은 산업 역군이기 전에 사람이고 국가의 간성이기 전에 사람이다. 어떤 정책이나 정치적 이념에 맞게 사람을 교양하려는 시도는 벌써 사람을 배반한다. 사람이 국가나 제도를 위해 있는 것이 아니라 국가나 제도가 사람을 위해 있다는 것은 지극히 명백한 진실이고, 그래서 잊어버리기 쉬운 진실이다. 학생들의 인성 교육을 위해 국정교과서로 국사를 가르쳐야 한다는 생각이 혹시라도 부총리의 마음속에 있다면, 그는 자신의 인성부터 깊이 성찰해야 할 것이다.

(2015. 1. 31.)

운명과 인간의 위엄

낡은 앨범을 들춰보다가, 고등학교 1학년 때 우리 반 급훈이 '운명 격파'였던 것을 알았다. 한국전쟁의 상흔이 여전히 남아 있는 시대에 가난한 집 아이들이 모인 학교의 급훈이니 나름대로 설득력을 지녔을 법한데도, 내가 내내 잊고 산 것을 보면 이 과격한 말이 내게 새겨놓은 것이 아무것도 없었기 때문이리라. 어쩌면 그 명령이 내게는 너무 강압적이어서 오히려 고개를 돌렸을 가능성도 있다.

그러나 운명이라는 말은 늘 나를 따라다녔다. 문학을 공부한 이래로 수많은 인간의 운명을 책 속에서 만났고, 그것이 '격파'될 성질의 조건이 아니라는 것을 알기도 했다. 운명은 우리의 육체와 같고 우리가 딛고 선 땅과 같다. 나 자신이면서 늘 내 의지에서 벗어나는 육체는 제가 요구할 것을 요구하고, 땅은 우리에게 많은 것을 베풀지만 죽음 뒤에까지도 우리를 저 자신에게 얽어 묶는다.

누구나 아는 이야기지만 그리스 신화에서 오이디푸스는 "제 아버지를 죽이고 제 어머니와 결혼할 것"이라는 신탁을 받고 태어난다. 그의 부모도, 오이디푸스 자신도 이 신탁에서 벗어나기 위해 온갖 노력을 다하지만, 그 노력이 도리어 그 신탁의 실현을 돕는 꼴이 된다. 오이디푸스는 여행길에 제 친부를 만나 죽이고 제 어머니와 결혼하여 제 고국의 왕이 된다. 부정 탄 나라는 기근이 들고 역병이 들끓는다.

소포클레스는 이 전설로 비극『오이디푸스 왕』을 만들었다. 내용은 동일하나 이야기하는 방법이 같지는 않다. 물론 비극의 삼단일 법칙, 단일한 장소에서, 하루 이내의 단일한 시간에, 단일한 사건을 다뤄야 한다는 규칙을 지키기 위해서였다. 연극은 가뭄과 역병에 시달리는 나라 테베의 궁정에서, 오이디푸스 왕이 백성들의 탄원을 받아들이는 것으로 시작하며, '제 아버지를 죽이고 제 어머니와 결혼'하여 나라에 재난을 불러온 추악한 범인을 찾아내는 수사 과정을 거쳐, 왕이 바로 저 자신인 범인을 색출하여 처단하는 것으로 끝난다.

소포클레스는 신화로 비극을 만들기 위해 주어진 규칙을 지키고 이용하기만 한 것은 아니었다. 신화 속의 오이디푸스는 시종 운명에 쫓기는 인간이었지만, 비극 속의 오이디푸스는 운명을 성찰하는 사람이 된다. 그에게 운명은 신탁으로 미리 정해진 것이 아니라 그의 수사에 따라 재조직된다. 그는 자신이 범인으로 밝혀지려는 상황에서도 수사를 고집하고, 진상이 밝혀진 이후에도 그에 대한 책임을 전가하지 않는다. 그의 이 의지는 신탁에 없던 것이며, 그가 제 운명에서 벗어나는 것도 이 짧은 순간이다. 그는 패배하면서도, 운명의 농간에 덧붙이는 이 작은 행위에 의해 거대한 운명의 폭력 위에 인간의 위엄을 세우고, 마침내 운명 앞에 선 인간의 패배를 인간의 위엄으로 바꾼다.

운명론은 미개한 시대의 이야기가 아니다. 오늘날의 운명론은 신화의 그것보다 훨씬 더 정교해서 운명론처럼 보이지 않을 뿐이다. 하나의 예만 들자. 사회생물학자들의 주장에 따르면, 우리의 삶은 DNA의 자기 복제 프로그램을 수행하고 있을 뿐이다. 과학의 목소리를 빌리고 있지만 극단적 운명론이다.

자기계발서의 저자들이라면 여전히 '운명 격파'나 그와 비슷한 말에서 영감을 찾겠지만, 이 새로운 운명론은 인간과 운명의 관계가 그렇게 단순한 것이 아님을 알게 한다. 그렇다고 패배로만 끝나는 것은 아니다. 가령 우리의 이타적 행위나 문화 창조 등의 행위까지도 모두 유전자의 전략에 따른 것이 사실이라 하더라도, 거꾸로 우리의 이타적 행위나 문화 창조 행위 등이 유전자의 전략을 역이용한 것은 아닌지 물을 수 있는 여지는 여전히 남는다. 운명에 패배하면서 운명 위에 인간의 위엄을 세운다는 것이 불가능하지는 않다. (2015. 3. 23.)

다른 길

국립국어원의 온라인 소식지 〈쉼표, 마침표.〉에는 '소리가 예쁜 우리말'이 연재된다. 주로 '송알송알' '앙글방글' '자밤자밤' 같은 첩어들이 소개된다. 같거나 비슷한 어절이 반복되니 당연히 박자가 좋고, 또 많은 경우 토속 정서와 연결돼 있어 말하는 쪽에서나 듣는 쪽에서나 몸이 벌써 그 실감을 따른다. 게다가 대부분 의성어나 의태어다보니 말 하나하나가 그 자체에 비디오나 오디오를 단 것처럼 느껴지기도 한다. 이런 말을 입에 올리면 입담이 좋다는 말을 듣고, 글에 올리면 글에 생기를 주고 흥을 돋운다. 그러나 자주 쓰면 글이 늘지 않는다는 이야기도 듣게 되는데, 이유가 있다.

글에 의성어와 의태어를 많이 쓰게 되면 글 쓴 사람의 사고가 너무 단순하거나 게으른 것은 아닌지 의심이 들 수 있다. 이런 말들은 글에 현실감을 주는 듯하면서도 실제로는 구체성을 없애는 경우가 적지 않기 때문이다. '숲에 바람이 살랑살랑 분다'고 말할 때 '살랑살랑'은 바람의 세기와 성질을 어느 정도 전달하지만 그 바람을 개별화해주지는 않는다. '살랑살랑'을 쓸 수 있는 바람은 많지만 글쓴 사람이 표현하려고 하는 바람, 그 시간 그 숲에 불었던 바람은 유일한 바람이다. 똑같은 바람이 두 번 다시 불지는 않는다.

이렇게 말하니 모파상이 전하는 플로베르의 '일물일어설'이 떠오르는 것이 당연하다. 플로베르는 제자 모파상에게 "온 세상에 완전히 똑같은 두 알의 모래나, 두 마리 파리나, 두 개의 손이나, 두 개의 코가 없다"는 진실을 말하고 나서 "어떤 인물이나 사물을 단 몇 줄의 문장으로 뚜렷이 개별화하고 다른 모든 인물이나 사물과 구별될 수 있도록 표현하라"고 했다.

어쩌면 당신은 세상에 똑같은 것이 없다고 해서 꼭 그것을 구별해서 표현해야 하느냐고 물을 것이다. 사실 그럴 필요는 없다. 그러나 당신이 글을 통해 당신의 존재와 생각을 명백하게 드러내고 싶다면 조금 달라질 것이다. 당신의 모든 것이 수많은 '살랑살랑' 속에 묻혀버리지 않아야 하기 때문이다.

글쓰기의 역사에서 '일물일어설'은 미학적 방법으로서의 가치 못지않게 사회적 의의도 지니고 있다. 그 의의를 '식민화에 대한 저항'이라고 요약할 수 있을까.

근대 세계에서 한 국가가 다른 국가를 식민화하기 전에 문명이 자연을, 이론이 삶과 경험을 식민화한다. 근대화와 맞물린 이 식민화는 자연과 사회와 인간의 신체를 단순화하고 표준화해 편의에 따라 재단하고 배열한다. 자연과 인간의 삶은 납작해진다.

한 사물을 다른 사물과 구별하려는 '일물일어설'의 욕구는 그래서 평면에 깔린 자연과 삶을 본디 모습 그대로 복구하려는 기획과 이어진다. 정확하고 적절한 묘사는 마치 쭈그러든 축구공에 불어넣는 바람과 같아서 땅에 붙은 삶에 다시 그 입체감을 회복해주고, 존재와 사물로서의 지위를 확보해준다.

상투적인 글쓰기는 소박한 미덕을 지닌 것처럼 보이지만 때로는 식민 세력에 동조하는 특징을 지닌다. 자신의 삶에 내장된 힘을 새롭게 인식하려 하지 않고, '산다는 것이 늘 그런 것'이라고 말하기 때문이다.

예술가는 남이 가지 않는 다른 길을 간다는 말이 있다. 그 다른 길은 그렇게 멀리 있는 것이 아니고, 그렇게 추상적인 것도 아니다. 당신이 저 상투적인 '살랑살랑' 대신 다른 말을 써 넣는다면 당신은 벌써 다른 길을 가고 있는 것이다. 당신은 벌써 예술가다.

(2015. 5. 12.)

마더 구스의 노래

　어느 초등학생이 펴내려던 동시집에, 자기 어머니를 살해하고 그 시체를 먹겠다는 내용의 시가 들어 있어서, 사람들을 놀라게 하고 식자들의 논란거리가 되었던 것이 얼마 전이다.

　다시 거론하기에는 뒤늦은 감이 없지 않지만, 실은 이 사건이 알려진 직후 나는 트위터에 이와 관련해 일련의 작은 글을 올렸고, 그 가운데 하나가 이런저런 매체의 기사에 인용되기도 했다.

　그러나 인용된 글이 내가 올린 글의 일부일 뿐이었기에 내가 말하려던 생각이 왜곡된 방식으로 전달되지 않을 수 없었다.

　재주 많은 아이가 시적 재능이 번뜩이는 여러 편의 동시를 썼고, 아이의 부모와 출판사가 그것들을 묶어 출판을 꾀했으나, 저 '잔혹 동시'가 야기한 사회적 물의를 이기지 못해 출간이 취소되기까지의 이 사건에는, 한 아이의 글쓰기와 그 출간에 따른 사회적 책임뿐만 아니라 예술적 글쓰기의 윤리를 비롯해 예술적 재능의 성격과 그에 대한 교육에 이르기까지 몇 가지 문제가 복합적으로 얽혀 있다. 한쪽을 강조하다보면 다른 귀퉁이가 흔들리기 마련이다.

체계적인 이론을 자랑하면서도 그 이론에 늘 배반감을 느끼는 일 가운데 하나가 교육이기도 하다. 열린 생각을 지니고 있는 교육자나 부모들도 아이들의 온갖 반응과 행동 양상을 항상 예상하고 있는 것은 아니다.

어느 중학교 2학년 여학생은 자신의 생각을 솔직하고 자유롭게 쓸 수 있으면 그것이 바로 재능이라는 담임 교사의 말을 믿고 자신의 성적 욕망과 충동을 일기에 털어놓았다가 담임의 특별 지도 대상이 되었으며, 학년이 바뀌자 문제 학생으로 다른 담임에게 인계되기까지 했다. 국어 교사인 담임은 자신의 진보적 교육관을 실현하려 했지만 학생의 '격한' 호응에 당황했던 것이다. 그 여학생은 현재 이름을 말하면 알 만한 시인이 되었다. 교육에서건 다른 분야에서건 사람들은 자유라는 말을 쉽게 입에 올리지만, 그 자유가 실현되는 양상에 대해 항상 마음의 준비가 되어 있는 것은 아니다.

'잔혹 동시'에 관해 말한다면, 우리가 너무 호들갑을 떨었던 게 아닌가 싶기도 하다. 예상할 수 없는 일이 아니었다는 뜻이다. 아이들을 위한 노래, 아이들이 만든 노래의 특징 가운데 하나가 잔혹성이기도 하기 때문이다.

내가 성장한 도시에서 초등학교 여학생들이 고무줄놀이를 하며 부르는 노래 가운데 하나는 〈올림픽 행진곡〉에 우리말 가사를 얹은 것이었다.

가사는 "낭랑 나그네 아들"로 시작해 "그 옆에 보고 있던 옥희 아버지 전차에 깔려서 빈대코"로 끝난다. 그러나 이 노래를 들으며 피투성이 시신을 연상하는 사람은 별로 없었다. 그것은 그저 '말도 안 되는 노래'일 뿐이었다.

영국에서 자장가로 사용되기도 한다는 '마더 구스의 노래' 가운데 어떤 버전들은 이와 비교할 수 없을 정도로 잔혹하다.

우는 아이를 달랜다는 것이 '보나파르트'를 들먹이며, '그가 철탑에 기대어 나쁜 사람들을 매일 잡아먹으며', 아이 우는 소리를 듣고는 집으로 들어와 '고양이가 쥐를 찢어죽이듯 단번에 사지를 찢어 널 죽일' 것이라고 위협한다.

그러나 그 전체는 아이가 날마다 듣던 위협의 말을 크게 벗어난 것이 아니다. 마더 구스 계열의 노래 가운데 〈열 명의 인디언 소년〉은 그보다는 훨씬 세련되었지만 잔혹함이 덜하지는 않다.

열 명의 인디언 소년이 차례차례 하나씩 사라진다. 목이 막혀 죽고, 벌에게 쏘여 죽고, 도끼로 제 몸을 가르고 죽고, '훈제 청어에 먹혀' 죽고, 큰 곰에게 잡혀 죽고, 햇볕에 타서 죽는가 하면, 늦잠을 자서, '데번을 여행하다가' 거기 남아서, 법률을 공부하고 대법원으로 들어가서 사라지고, 마지막 한 명 남은 소년은 목을 맨다. "그리고 아무도 없었다.”

그런데 노래가 좀 이상하다. 일곱 명의 인디언 소년은 비명횡사하지만, 다른 세 명의 소년이 사라진 이유는 납득이 쉽지 않고, 이야기의 맥을 끊어놓기까지 한다. 그 점이 이 잔혹한 언사를 ‘말도 안 되는 노래’로 만들어버릴 수도 있겠다.

애거서 크리스티는 이 노래를 바탕으로 그의 유명한 추리소설 『그리고 아무도 없었다』를 쓴다. 범죄를 저지르고도 법망을 피할 수 있었던 열 명의 남녀가 외딴섬의 별장에서 차례로 죽어가는 이야기다. 완전 범죄의 형식을 띠고 거듭 자행되는 살해는 가차 없고 잔혹하다.

그러나 우리네 고무줄놀이의 노래에서도, 마더 구스의 노래에서도 그 끔찍한 사건들은 그 잔혹성이 농담의 성격을, 기껏해야 흑색 농담의 성격을 넘어서지 않는다. 동요 속의 이 ‘지나가는 잔혹성’은 아이들이 자기들의 내면에 웅크린 잔혹성을 조절하고, 바깥 세상의 잔혹성에 대비하는 면역제의 효과를 지닌 것이라고 말해도 무방할 것이다. 그런 노래를 부르는 것이 금지되어야 할 이유는 없다.

그러나 한 초등학생이 “엄마를 씹어 먹어 삶아 먹고 구워 먹어 눈깔을 파먹어”라고 말하는 동시를 같은 이유로 출간을 허용한다는 것이 마땅한 일일까.

저들 동요와 이 동시 사이에는 엄연히 다른 점이 있으며, 그 차이 가운데서도 저자가 알려져 있느냐 아니냐의 차이가 무엇보다도 중요하다. 저들 동요의 '숨은 저자'는 그 말의 논리를 책임지지 않기 때문에 그 윤리에서도 자유롭다. 논리가 허점투성이니 윤리 역시 말이 안 되는 소리에 그친다.

반면에 '잔혹 동시'의 알려진 저자는 그 말의 논리를 책임져야 하기 때문에 그 윤리에서 자유로울 수 없다. 게다가 공책에 적힌 글은 웃고 넘어갈 수 있지만, 그것을 출판한다는 것은 웃고 넘어갈 일이 아니다. 책의 출간과 동시에 아이는 벌써 '말이 안 되는' 소리를 한 것이라고 말할 수 없게 된다.

약간 머리가 좋은 아이라면 예술적 재능을 흉내내기는 어렵지 않다. 몇 가지 구조, 몇 가지 코드를 눈치채면 그것으로 충분하다.

반면에 어린 재능이라도 진정한 재능은, 말하는 사람이 사라진 저 '마더 구스의 노래'에서처럼, 말의 논리를 염두에 두면서도 그 논리에 구멍을 뚫을 줄 안다. 이 구멍이 주어진 윤리에도 구멍이 된다.

교육에서 격려와 칭찬은 늘 중요하다. 그러나 같은 칭찬이라도 '잘하고 있다'와 '너는 천재다'는 아이의 운명을 다른 방향으로 이끈다. 소년 시인이었던 아이가 어른 시인이 되는 예는 없지 않지만 매우 드물다. (2015. 5. 28.)

오리찜 먹는 법

아라비아의 낙타통구이, 중국의 제비집요리, 인도차이나의 바나나찜…… 중학교 때 그 지리 선생님은 음식 이야기로 수업을 시작해서 음식 이야기로 수업을 끝마쳤지만 신묘하게 가르칠 것은 다 가르쳤다. 공교롭게도 지리 시간이 모두 4교시에 배정되어 있어서 우리들에게 그 음식 이야기는 고통이면서 쾌락이었다.

지구촌 전체를 뒤덮은 그 많은 음식 가운데서도 우리들을 가장 매혹시킨 요리는 만주 어디에선가 먹는다는 오리찜이었다.

일주일을 오리에게 미꾸라지를 먹인다. 통통하게 살이 오른 다음 오리를 잡아 털을 뜯고 내장이 있던 자리에 각종 향료를 다져 넣고 완전히 익을 때까지 뜨거운 김을 쏘인다. 여기까지는 일반적인 찜 요리와 별로 다를 바가 없을 것 같다. 그러나 만주 사람들은 이 오리를 긴 장대 끝에 매달아 햇빛과 바람에 말린다는 것이다.

남도 사투리로 '삐득삐득' 해지면, 다시 말해서 겉가죽이 먹기 좋은 곶감 정도로 마르면, 오리를 준비된 삼베 자루 속에 넣고, 그것을 자루째 왼손에 쥐고 오른손으로 뜯어먹는다. 이것이 내 기억으로는 그 지리 선생님이 전해준 만주 오리찜의 조리법이며 먹는 법이다.

그러나 내내 알 수 없었던 것은 그 삼베 자루다. 왜 오리를 반드시 그 속에 넣어야 하는가.

드디어 오늘 아침, 텔레비전에서, 어느 집 아이들이 수박을 생선회처럼 잘게 썰어 포크로 찍어 먹으며, 혹시 씨라도 하나 입에 들어갈까봐 두려워하는 것을 보고, 20여 년 동안을 궁금해 해오던 저 삼베 자루의 비밀스러운 내막을 문득 깨달았다. 그것은 이 오리고기를 손으로 직접 뜯어먹어야 한다는 점을 강조하는 것이다. 그 거친 삼베는 오리 다리를 실수 없이 틀어쥐도록 우리를 도와줄 것이며, 오른손이 미끈거리면 기름기를 씻는 수건 노릇도 할 것이다. 얼마나 황홀한 식사법인가.

「청포도」의 이육사는 풍찬노숙의 독립투사답지 않게 "은쟁반과 하이얀 모시 수건"을 찾으면서도 두 손을 적시기로 결심하였기에 역시 훌륭하다.

축제의 음식을 먹는 자는 마땅히 두 손을 적셔야 한다. 그것은 우리가 먹는 음식을 우리와 하나 되게 하는 것이며, 우리가 거둔 곡식과 소채, 우리가 잡은 짐승들에게 속죄하는 길이다.

이런 관점을 강화하다보면 통조림은 요리가 아니며, 씨를 뺀 참외는 음식이 아니라고 말하게 될지도 모르겠다. 그러나 어떤 강도에서 말하더라도 정장 위에 두른 에이프런은 음식을 소외시키고 결국은 우리를 소외시키는 것이 확실하다. 오리는 내놓고 죽어 우리 손에 있는데 어찌 우리가 옷이 젖는 걸 관계하랴. 어찌 속죄가 없이 행복하랴. 직접적이건 간접적이건 자신이 살해한 생명들과 자기가 먹는 음식 사이에 아무 관계가 없는 것처럼 생각하려는 우리가 두렵다.

옛사람들이 여름날 냇가에 솥을 걸고 끓이는 잡고기 매운탕이나 개장국의 미덕은 무엇보다도 웃옷을 벗고 배를 두드리며 먹는다는 데 있었을 것 같다. 냇가에 솥만 걸면 그것이 곧 잔치이며, 잔치는 두 손과 배로 참여하는 것이다. 희생된 생명들은 거기서 생명이기를 그치지만 그것들과 하나가 되려는 사람들 속에서 어떤 행복의 형식으로 다시 피어난다고 말해도 무정한 말이 아닐 것이다.

책을 읽는 것도 마찬가지다. 책은 도끼라고 니체는 말했다. 도끼는 우리를 찍어 넘어뜨린다. 이미 눈앞에 책을 펼쳤으면 그 주위를 돌며 눈치를 보고 있어서는 안 될 것이다. 우리는 우리가 읽는 것에 우리를 다 바쳐야 한다. 그때 넘어진 우리는 새사람이 되어 일어난다.

책이라는 이름의 도끼 앞에 우리를 바치는 것도 하나의 축제다. 몸을 위한 음식도 정신을 위한 음식도 겉도는 자들에게는 축제를 마련해주지 않는다. (2015. 6. 22.)

표절에 관하여

당나라 시인 송지문^{宋之問}의 시 「유소사^{有所思}」에는 "해마다 꽃은 그대로건만, 해마다 사람은 달라지네^{年年歲歲花相似 歲歲年年人不同}"라는 유명한 시구가 들어 있다. 이 구절은 본디 송지문의 사위 유희이^{劉希夷}의 소작이었으나, 장인이 사위를 죽이고 시구를 편취해 자기 시에 넣었다는 말이 있다. 디드로의 소설 『라모의 조카』에서, 18세기 프랑스의 유명한 작곡가 필립 라모의 조카인 건달 작곡가 프랑수아 라모는 자기 삼촌의 작품이 자기 작품이었더라면 자신을 둘러쌀 영광을 오랫동안 몽상한다. 그러고는 가끔 자기 삼촌이 미발표 작품을 한두 편이라도 남겨놓고 죽기를 바란다. 앞의 이야기는 믿기 어려운 야사이고, 뒤의 이야기는 실화를 바탕으로 한 희화적 어조의 소설이지만, 두 이야기가 모두 창조 의지와 표절의 욕망이 비극적이건 희극적이건 얼마나 강렬하게 연결되어 있는가를 말해준다.

창작하는 사람에게 표절의 욕망은 그 창조 의지의 일부를 이루고 있다고 말해야 할지도 모르겠다. 사르트르의 말을 빌린다면, 창조의 의지는 정복의 의지와 같다. 창조는 우리가 손님으로 살고 있는 이 세상에 어떤 풍경 하나를 만들어 덧붙임으로써 제한된 시공에서나마 이 세상의 주인으로 행세하는 일이기 때문이다. 그러나 자기가 만든 것은 그 결함이 제 눈에 보이지만 남의 창작품은 늘 완벽한 모습으로 나타난다. 그 완벽함의 주인이 되는 것은 이 세상의 주인이 되는 것과 같으니, 그에 대한 욕망은 다른 모든 욕망을 압도할 수 있다.

때로는 창조와 표절이 구분되지 않을 때도 있다. 보들레르의 시 「불운」은 땅속에 묻혀 있는 보석처럼, 혹은 꽃피웠으나 눈에 띄지 못한 꽃들처럼, 실현되지 못했거나 실현되었어도 주목받지 못했던 훌륭한 재능들을 안타깝게 여기는 시구를 담고 있다. 이 시구들은 영국 시인 토머스 그레이의 유명한 시 「시골 교회 묘지에서 쓴 엘레지」에서, "수많은 보석이 가장 순결하고 정갈하게 난바다의 깊고 헤아릴 수 없는 심연에 누워 있고, 수많은 꽃이 눈에 띄지 않게 피어 인적 없는 황야의 대기에 그 아름다움 헛되이 낭비하려고 태어났다"는 몇 줄의 시구가 번안을 통해 보들레르의 시구로 둔갑한 것이다. 그러나 「불운」을 표절작이라고 말하지는 않는다. 이 정형시의 시대에 보들레르가 영어와 프랑스어의 담을 넘으면서 깨어진 시구의 리듬과 각운을 프랑스어로 새로 만들어야 했던 노력이 컸기 때문이다.

김지하의 「타는 목마름으로」가 처음 발표되었을 때, 그 시가 폴 엘뤼아르의 시 「자유」를 표절했다고 생각했던 사람들도 민주화의 대의를 위해 입을 다물었다. 어떤 것이건 손에 잡히는 것을 들고 싸워야 했던 시절이다. 그뿐만이 아니다. 엘뤼아르의 「자유」가 길고 반복적인 성찰로 자유를 내면화하는 데 비해 민주주의를 절규하는 목소리로 '호소'하는 김지하의 「타는 목마름으로」는 그 감동이 그만큼 더 직접적이기에 더 훌륭한 시로 여겨지기도 했으며, 그것이 표절을 말하려는 사람들의 입을 다물게 만들기도 했다.

신경숙씨의 소설 「전설」이 미시마 유키오의 소설 「우국」을 표절했다는 주장이 문화계에 휘몰아쳤을 때도, 여전히 작품의 우열론으로 사태를 물타기하려는 시도가 있었고, 작가의 국제적 명성을 상기시키며 저 끔찍한 '국익론'을 들고나오는 사람까지 있었다. 그러나 누구의 눈에도 명백하게 드러나는 표절이 어떤 '정상 참작'에 의지한다 하더라도 표절 아닌 것으로 바뀔 수는 없다. 이 무모한 시도들이 문단 전체를 궁지에 몰아넣은 것이 사실이며, 신경숙씨 자신도 표절을 부인하는 발언으로, 혹은 마지못해 표절을 인정하는 태도로, 자신의 독자들을 두 번 실망시키는 꼴이 된 것이 또한 사실이다.

이 표절 문제와 관련하여 지난 23일 작가회의에서 주최한 긴급 토론회에 발제자로 나선 평론가 이명원 교수에 따르면, 15년 전부터 여러 차례에 걸쳐 신경숙 작가의 표절론이 제기되었지만, 작가는 논리적이라기보다 차라리 상대의 입을 막는 방식으로 사태를 잠재워왔다. 표절은 법과 제도의 문제가 아니라 작가의 양심에 관한 문제다. 그래서 한 작가가 다른 작가를 모방했다는 지적보다 그 작가에게 더 불리한 정보는 없다. 그것은 한 작가의 윤리와 작가 의식을 부정하는 것이며, 그 작가의 작가 됨을 부정하는 것이기 때문이다. 작가 의식은 어떤 경우에도 작가를 지켜줄 마지막 보루이기에 작가 의식이 없는 작가를 상상할 수는 없다. 이 사태 해결의 열쇠 또한 작가 그 자신의 손에 쥐여져 있을 수밖에 없다.

표절론이 제기되었을 때, 신경숙씨가 자신의 독자들에게 호소했던 것으로도 알 수 있듯이 그는 문학 시장에서 상품성이 높은 작가였다. 이 대중적 인기는 몇몇 사람이 주장하는 것처럼 오직 문학 권력에 의해 만들어진 것은 아니다. 거꾸로 문학비평가들은 시장의 평가에 문학적 평가를 덧씌우는 일을 해왔다. 사람들은 문학 권력을 말하지만 정작 문제되는 것은 문학의 비루함이 아니었을까. '잘 팔리는 작가'에서 '훌륭한 작가'가 되는 이 과정에서 작가는 자신의 작가 의식을 확고하게 다질 수 있는 기회를 붙잡아내지 못했다. 이 정황은 신경숙씨 개인의 불행을 넘어서 문단의 불행이 되었다.

표절 사태가 불거지자 어느 전직 대학교수가 신경숙씨를 '업무 방해와 사기 혐의'로 검찰에 고발하였다. 이는 문단의 자정 능력을 의심하는 데서 더 나아가 문학의 기능 자체를 부정하는 일이 된다. 문학은 아무리 세속화하였다 하더라도 전통적으로 주류 권력과 이데올로기에 저항하는 기능을 제일의 기능으로 삼는다. 표절 시비를 국가 제도의 판단에 넘긴다는 것은 주류 권력과 이데올로기의 손에 넘기는 것과 같다. 한 나라의 문학에, 또는 한 나라의 미래 전망에 이보다 더 큰 재난은 없다.

이 사태를 해결할 수 있는 열쇠는 작가 자신의 손에 쥐어져 있다고 나는 벌써 말했다. 이 말은 그가 왜 최초에 작가가 되려고 했는지, 자신에게 글쓰기의 진정한 동력이 되었던 것이 무엇인지를 다시 물어야 한다는 말과 같다. 그는 외부의 압력을 의식하지 않는 자리에서 철저하게 자신의 마음 밑자리를 성찰할 수 있을 것이다. 이를테면, 표절 행위가 가져온 어떤 심리적 부담이 「우국」을 읽었다는 사실까지 망각하게 한 것은 아니었는지부터 자신에게 캐물어볼 수 있을 것이다.

표절의 지적은 작가에게 가장 불리한 정보라고 나는 벌써 말했는데, 이런 정보가 늘 극단적인 형식으로 제시되어 맹렬한 바람에 실릴 때만 소통된다는 것도 이 사회의 비극이다. 무거워진 정신 상태는 저마다의 각성으로만 가벼워진다고 말할 수 있을 것 같기도 하다.

(2015. 6. 25.)

『어린 왕자』에 관해,
새삼스럽게

생텍쥐페리의 『어린 왕자』는 100개가 넘는 한국어 번역본이 있으며, 그 가운데는 내가 번역해서 출간한 책도 들어 있다. 길다고 할 수 없는 동화 한 편이 이만한 대중적 인기를 누리게 된 것은 무엇보다도 이제 어른이 되려는 청소년들에게 사랑에 대한 어떤 인식의 첫걸음을 안내해주고 있기 때문일 것이다. 저자가 '길들이다'라는 동사 하나를 걸어놓고 사랑을 설명하는 말은 명쾌하고 순결하지만 그 내용은 현대의 문화와 제도 전반에 대한 근본적인 반항을 사랑과 연결한다. 나는 최근에 한 출판사의 제안을 받아들여 예전에 번역했던 『어린 왕자』를 다시 번역하여 출판을 준비하는 과정에서, 하나의 문명을 누리면서 그 문명을 비판한다는 것이 어떻게 가능할지를 묻는 질문에 줄곧 사로잡혀 있었다.

어린 왕자는 지구에서 여우를 만났다. 세상의 물정을 깊이 알고 어떻게 살아야 할지를 조리 있게 말할 수 있는 여우는 현자의 모습을 지니고 있다. 그는 길들인다는 것이 무엇인지에 대해 가르쳐주고, 그 가르침을 실습한다. 인간은 자기가 공들여 일구고 가꾼 것들과만 진정한 관계를 맺을 수 있고, 이 관계를 통해서만 자기 존재를 확장할 수 있다. 어떤 사람이 일만 사람을 사귀고, 일만 가지 물건을 소유하고 있어도, 그중 어느 것 하나도 자신이 마음과 노력을 부어 길들인 것이 아니라면, 그 사람은 이 세상을 살았다고 할 수 없는 것이다. 그는 일만 사람을 바쁘게 만나고 만 가지 물건을 숨차게 끌어모았지만, 누구에게도, 어느 물건에도, 자기가 살아온 삶의 시간을 새겨두지 못했기 때문이다. 일만 사람은 그를 기억하지 않을 것이며, 만 가지 물건은 그에 대한 기억을 불러일으키지 않을 것이다. 그는 생애 내내 눈앞에 보자기보다 더 적은 시간밖에는 가지지 못할 것이다. 그가 눈을 감으면 그 시간은 꺼져버릴 것이다.

여우가 '길들인다'고 말하는 것은 자기 아닌 것과 관계를 맺으며, 자신을 그것의 삶 속에, 그것을 자신의 삶 속에 있게 하는 일이다. 존재가 세상에 진정한 뿌리를 내리게 하는 것은 권력이나 소유나 명성이 아니라 이 길들임이라는 것은 말할 것도 없다. 어린 왕자가 지구에 도착하기 전에 만난 사람들, 왕, 허영쟁이, 술꾼, 사업가 같은 사람들은 이 비밀을 모른다. 왕은 우주를 지배하고 사업가는 세상을 모두 소유하였지만 그들의 삶은 오히려 졸아들어 있다. 허영쟁이와 술꾼은 자기들 자신에게 사로잡혀 거기서 벗어나지 못한다. 『어린 왕자』에서 지식인을 대표하는 지리학자에 대해서도 같은 말을 할 수 있다. 그에게 세상 만물은 지식의 대상이지만, 그 물건 하나하나를 직접 만나본 적은 없다. 그는 알 뿐, 사랑하지 않는다.

여우가 시간에 대한 설명을 통해 '의례'에 대한 설명을 하는 것은 당연한 일이다. 의례란 "어떤 시간을 다른 시간과 다르게 하고, 어떤 날을 다른 날과 다르게 하는 것"이다. 확실히 설날이나 생일, 명절이나 제삿날은 다른 날과 다르다. 그런 날의 시간은 특별한 카리스마를 갖는다. 그 시간들은 인간이 살아온 내력이 찍어놓은 기억의 시간이자 무의식의 시간이기 때문이다. 그런데 이 깊은 시간을 도시 생활에서 경험한다는 것은 쉬운 일이 아니다. 어떤 영검도 아파트의 신발장 근처까지 걸어들어올 수는 없다는 것을 도시민들은 잘 알고 있다. 우리는 옛날에 어떤 이상한 시간이 있었음을 아는 것만으로 스스로를 대견하다고 여긴다. 생텍쥐페리는 사막에 관해 말했지만, 그 사막은 바로 이 도시를 일컫는 말이었으리라.

그러나 어린 왕자가 이 지구에서 처음 만난 생명도 마지막으로 접촉한 생명도 뱀이었다. 이 뱀은 여우 못지않게 중요하다. 어린 왕자가 뱀을 처음 만났을 때 함께했던 시간은 길지 않았다. 대화보다는 침묵이 더 길었다. 뱀은 자기가 누구든 한번 건드리기만 하면 그가 '태어난 땅으로' 돌려보낼 수 있다고 말하며, 어린 왕자가 자기 별을 정말로 그리워하면 그를 도와줄 수도 있다고 제안했다. 자기가 태어난 땅으로 돌아간다는 것은 물론 죽는다는 말이다. 그의 말은 여우의 말처럼 이해해야 할 말이 아니라 '해석해야 할 말'이다. 그것은 감동해야 할 종류의 말이 아니라 학습해야 할 말이다.

어린 왕자는 여우의 종합으로부터 비밀한 지혜를 얻었지만, 결단의 시간이 다가오자, 그 실천을 위해서 뱀의 분석을 선택했다. 지구는 어린 왕자를 바꿔놓았다. 오두막보다 더 크지 않은 별에 살던 이 우주의 시골뜨기는 벌써 권력자와 상인, 염세가와 허영쟁이를 만났고, 착실한 공무원과 학자를 만났다. 어린 왕자는 그들이 어떻게 소외되어 있는가를 알게 되었지만, 그 자신도 더이상 천진난만한 상태에 머물러 있는 것은 아니었다. 세상은 사랑으로 가득차 있는 것이 아니라, 사랑이 요청되는 사막이며, 그 사랑은 긴 시간을 거쳐 공들여 만들어져야 한다는 깨달음이, 그가 긴 편력 끝에 순진함을 지불하고 얻은 소득이었다. 그는 줄로 엮은 철새들에 매달려 별들 사이를 이동하여 지구에까지 왔지만, 이미 세상의 물정을 아는 그에게 이 불확실한 목가적 여행 수단이 더이상 가능한 것일 수 없었다. 그는 뱀에게 물리기로 결심했다. 극단적으로 과격한 이 귀향의 방법은 분석적인 만큼 확실하고 효과적이다.

분석의 말은 습관을 넘어선 곳에서 만들어지는 말이며, 그래서 충격의 말이다. 사랑으로만 권태를 치료할 수 있을 때, 또는 사랑이 필요하다는 말까지 권태롭다는 말의 다른 표현일 때, 충격은 거의 유일한 처방이다. 충격은 길들이기가 아니며, 시간을 바치는 일이 아니다. 충격은 관계를 만들지 않는다. 그러나 충격은 허위의 관계가 벗겨진 곳에서 진정한 관계를 드러낸다. 그것은 시간의 얇은 보자기가 찢어진 곳에서 시간의 신비로운 깊이를 판다. 어린 왕자는 이 깊이를 타고 제 별로 갔다.

그런데 어린 왕자를 한 번 깨물어 그의 별로 되돌려보내는 뱀의 수법은 오늘날 우리의 전자 문명과 닮은 점이 많다. 한 번의 '딸까닥'으로 열리는 수천 개의 세계. 우리는 이렇게 날마다 뱀의 힘을 빌리는 셈이지만 뱀에게 물리지는 않는다. 말하자면 어떤 결단도 없이 이 세계 저 세계를 날아다니는 것이다. 과학과 기술의 힘은 우리의 존재를 강화하자는 것인데 거꾸로 우리의 존재가 그만큼 졸아든 것이기에 불안하다. (2015. 7. 23.)

학술 용어의 운명

이미륵의 『압록강은 흐른다』는 그 첫대목에서 나라가 나라로서의 권리를 빼앗기던 시대의 슬픈 일화들을 열세 살 소년의 눈으로 전한다. 그 시대는 또한 학문의 패러다임이 결정적으로 바뀐 시대이기도 했다. 이미 『통감』과 『맹자』와 『중용』을 읽은 어린 선비 소년은 신식 학교 2학년에 배정되어 서구의 지식을 배우기 시작한다. 삼각형 유리 막대를 통과한 빛이 여러 색으로 나뉘는 그림, 구리 그릇 2개를 진공 상태로 맞붙여놓고 네 마리 말이 양쪽에서 끌어당기는 그림을 그는 자연책에서 보지만 그 이치를 쉽게 이해하지 못한다. 소년보다 더 딱한 것은 그의 아버지다. 지방의 대학자였던 아버지는 그 원리를 아들에게 설명해주지 못하고, 오직 선생의 말을 더 찬찬히 들으라고 말할 수 있을 뿐이었다. 이 아버지에게는 평생을 두고 쌓아온 학식이 무용지물이 되려는 순간이었다. '분광'이니 '기압'이나 하는 말들이 그 개념과 함께 그렇게 이 땅에 들어왔다.

서세동점의 시대에 서구의 지식 체계를 한자 문화권의 다른 나라들보다 먼저 접할 수 있었던 일본의 학자들은 그 체계를 외곽에서부터 세부까지 설명하는 데 필요한 수만 개의 말을 새로 만들어야했다. 한문과 한자에 의지할 수밖에 없었던 것은 이쪽 세계에서 그때까지 쌓아온 학식의 모든 개념이 그 한문과 한자 안에 온축되어있었기 때문이다. 신학문과 관련된 이 한자 용어들은 우리에게서도 식민지 시대는 말할 것도 없고 국권을 되찾은 이후까지 지식 체계의 거의 전체를 설명하는 말이 되었다. 논란은 끝없이 많았다. 지식의 개념 하나하나를 설명하는 말로서 그 용어들이 얼마나 적합한지를 따지는 문제는 오히려 뒷전으로 밀렸다. 한자 용어는 우리의 고유어가 아니며, 그 말들을 만든 것은 일본인들이어서 학문과언어의 자주성을 해친다는 주장이 사람들을 흔들었다. 고유어와토속어와 일상어의 중요성을 말하는 언어적 낭만주의의 열정은 모든 학술 용어를 '순우리말'로 바꾸려는 시도로 이어지기도 했다.

나로서는 근대 서구 문화를 받아들이면서 일본 학자들이 만든 한자 용어들을 '일본인들이 만든 말'이라고만 생각하지 않는다. 그것은 한자 문화권 전체가 한자 문화의 지식과 배경에 힘입어 만든 말이다. 이런 내 주장은 차려놓은 밥상에 숟가락 하나 더 놓자는 것도아니고 정신 승리를 구가하자는 것도 아니다. 말을 만드는 사람뿐만 아니라 그 말을 받아들여 사용하는 사람도 언어의 주체다. 알아들는 사람이 없이 언어가 통용되겠는가. 같은 한자 문화권에 살던 우리에게는 새로운 문명 앞에서 그 말들을 받아들여야 할 필요성도 있었고 그 말들을 사용할 능력도 있었다.

새로운 말을 만든 사람들도 이 다른 주체를 가볍게 여기지 않았던 것 같다. 그들이 한문 고전의 밑바닥을 훑고 있었던 것은 배워야 할 신지식도 중요하지만, 그에 못지않게 그것을 오래된 지식의 바탕 위에서 이해해야 할 정신 상태도 중요하다고 보았기 때문이다. 이런 예를 들자. 이 근면한 학자들이 열의 전달과 관련하여 '복사輻射'라는 말을 만들면서, 그 말에 해당하는 서양어 radiation이 '수레바퀴살'을 의미하는 라틴어 radius에서 유래한다는 것을 염두에 두고 '수레바퀴살 輻' 자를 한문 고전에서 찾고 있었다는 사실은 지식의 새 패러다임이 폐기되는 패러다임과 만나고, 오래된 세상의 사람이 새 지식과 만날 수 있는 접합점 만들기에 그들이 얼마나 고심했던가를 말해준다.

최근에는 새로운 학술 개념이 발생할 때마다 새말을 만들어 쓰기보다 원어의 음을 그대로 한글로 표기하자는 주장이 대두하여 차츰 세력을 얻고 있다. 이 세력 뒤에는 물론 영어의 세력이 있다. 기호학에서 사용하는 프랑스어 '시니피앙'과 '시니피에'를 예로 들 만하다. 이 한 쌍의 말은 식민지 시대부터 지난 1980년대까지 '능기, 소기'로 번역되었으나, 각종 문서에서 한자가 사라지고 '능能'과 '소所'의 조어 원리가 한글 뒤로 가려져버린 1990년대 이후 '기표, 기의'로 번역되었다. 이 말들은 어떻게 표기되어도 설명이 뒤따라야만 그 뜻이 이해될 수 있기에 시니피앙, 시니피에처럼 원음 그대로 쓰건, 능기, 소기로 쓰건, 기표, 기의로 쓰건 아무런 차이가 없을 것처럼 보인다.

그러나 고유어가 아니라고 하더라도 한자어와 다른 외래어는 우리말 속에서 갖는 언어학적 가치가 다르다. '시인'의 '시'는 시정, 시집, 시심, 시문학, 서정시, 서사시와 연결되고, '시작'의 '시'는 시동, 시말, 시원, 시조, 시종, 시초, 개시와 연결되어 그물망을 형성하지만, '시니피앙, 시니피에'의 '시'는 우리말에서 무엇인가. '능기'나 '기표'와 달리 '시니피앙'은 우리말 속에서 고립될 수밖에 없으며, 고립된 말들은 그 수가 아무리 많아져도 한 언어 체계 전체에 깊이를 만들지 못한다. 그물망과 연결 고리를 갖는 낱말은 그 자체를 설명하는 힘도 그 그물망에서 얻지만 더 나아가서는 그 그물망을 풍요롭게도 한다. 한 낱말은 항상 다른 낱말에 의지하여 그 뜻을 드러낸다. (순우리말 학술 용어 다듬기가 크게 성공을 거두지 못한 것도 한자어만큼 강한 그물망을 확보하지 못한 데에 가장 큰 원인이 있다.)

원음을 그대로 표기하는 것이 그 말에 대한 오해를 줄일 수 있다는 생각도 위험하지만, 모든 학술 용어를 이미 세계 공용어가 된 영어로 통일함으로써 범세계적 학문 발전에 기여할 수 있다는 생각은 그보다 더 위험하다. 이런 생각이 실현된다면 우리말 전체가 학문으로부터 소외될 뿐만 아니라 우리들 자신이 모든 지적 활동으로부터 소외된다. 간단히 말하자. 인간의 의식 밑바닥으로 가장 깊이 내려갈 수 있는 언어는 그 인간의 모국어다. 외국어는 컴퓨터 언어와 같다. 번역 과정을 거칠 때의 논리적 정확성에 의해서도 그렇지만 낭비를 용납하지 않는 그 경제적 측면에서도 그렇다. 지식과 의식의 깊이를 연결시키려는 노력은 낭비에 해당하며, 그 낭비에 의해서만 지식은 인간을 발전시킨다. 외국어로는 아는 것만 말할 수 있지만 모국어로는 알지 못하는 것도 말한다. 인간은 기계가 아니다. 마찬가지로 말은 도구적 기호에 그치지 않는다.

(2015. 8. 20.)

언어, 그 숨은 진실을 위한 여행

추석이 코앞으로 다가왔다. 원칙적으로 말한다면, 추석에 고향을 찾는 것은 제사를 지내기 위해서다. 조상들이 찾아오는 날이 따로 있듯이 찾아오는 곳도 따로 있을 것 같기 때문이다. 그래서 추석처럼 특별한 날은 몸 둔 곳과 고향만 연결시키는 게 아니라 이 세상과 조금 다른 세상을 생각하게도 한다. 물론 요즘에는 그 다른 세상의 기운이 많이 엷어져서 고향의 부모가 타지에 사는 자식을 찾아와서 제사를 지내기도 한다. 제사에 귀신을 부르는 여러 절차와 함께 축문을 읽는 일도 생략하고 있을 것이다.

어렸을 때 왜 축문이 한문으로 되어 있느냐고 물은 적이 있다. 그게 진짜 글이라서 그렇다고 어른들은 대답했다. 나는 어른들의 말을 믿었고, 내가 알아들을 수 없는 말이었기에 진짜 말인 것처럼 생각되었다. 말과 관련된 일을 직업으로 삼고 있는 처지에서, 내가 그 생각을 지금도 고집하고 있는 것은 아니지만, 그 생각은 말에 대한 지금의 내 생각에 상당한 영향을 미쳤던 것이 사실이다.

어른들이 한문을 진정한 말이라고 했던 것은 반드시 언어 사대주의에만 그 이유가 있지는 않았을 것이다. 한국과 중국에 얽혀 있는 역사적 맥락을 제쳐놓고 생각한다면, 축문에 쓰인 한문의 힘은 상당 부분 그것이 낯선 언어이며 일상적으로 소통 불가능한 언어라는 점에서 기인한다. 축문은 본질적으로 귀신 세계에 말 걸기이고, 거기에 사용되는 말은 일상어와 일정한 격차를 지님으로써 특별한 위엄을 띠어야 할 필요가 있다. 한문은 말이면서 동시에 일상으로 소통할 수 있는 힘을 잃은 말이 아니기에 이 세계와 다른 세계를 연락한다는 그 기이한 소통을 감당할 수 있다고도 보아야 한다. 이런 생각은 일부의 감각 기관에 장애를 지닌 사람에게 특별한 영적 능력이 있다는 생각과도 통한다.

또다른 이유도 있다. 우리는 '밥'을 '밥'이라고 부르지만, 꼭 그렇게 불러야 할 이유는 없다. 숱이라, 똘이라 불릴 수도 있던 것이 우연히 '밥'이 되었을 뿐이다. 그래서 언어학에서는 언어가 자의적이라고 한다. 이런 사정은 어느 나라 어느 민족의 언어도 마찬가지다. 세상의 어떤 언어도 보편적이고 필연적인 언어는 아니다. 한국어는 한국의 방언이고, 중어와 일어는 각기 중국과 일본의 방언일 뿐이다. 그런데 귀신의 세계에 말을 걸려면, 저 보편적이고 필연적인 언어가 필요하지 않을까. 축문을 한문으로 쓴다는 것은 인간이 인간을 초월한 세계와 대화하기 위해 이 일상적 언어의 방언성을 넘어서려는 최대한의 노력이기도 했을 것이다. 말라르메 같은 사람이 리듬은 낭랑하지만 무슨 말을 하는지 알아들을 수 없는 말로 시를 썼던 것도 그 때문이었다. 알아들을 수 없기 때문에 그 시의 언어는 어떤 보편적 성격을 지닌 것처럼 들린다. 한문으로 된 축문이 보편적 언어같이 들렸던 것처럼.

어느 언어건 인간이 사용하는 언어는 제멋대로 만들어진 임시 언어일 뿐이다. 어쩌면 인류가 여러 언어를 사용한다는 사실 자체가 인간 사고의 허약함을 나타내는 것일 수도 있다. 인간이 '나무'라고 하면 그 말 자체가 나무여야 할 텐데, 그 나무와는 아무 관계도 없는 말을 우리는 멋대로 만들어서 지껄이고 있지 않은가. 진리가 보편적이라면 그것을 표현하는 말도 보편적이어야 할 텐데, 말에 관한 한 인간은 우연에 우연을 겹쳐놓고 있을 뿐이다.

벌써 10년도 더 전에 영어 공용화론이 등장해 적잖은 풍파를 일으킨 적이 있다. 이제는 그런 주장을 공공연히 들고나오는 사람은 없지만, 그렇다고 그 주장이 완전히 사라진 것은 아니다. 영어 공용화론은 어쩌면 그 시행에 앞선 절차를 암암리에 밟아가고 있다고 말해야 할지도 모르겠다. 그 주장 이후 초등학교에서 영어를 가르치기 시작했으며, 여러 대학에서는 영어 강의의 비율을 높이는 데에 사활을 걸고 있다. 이런저런 인사들은 반세기 안에 세계 만국의 언어가 영어로 통일되는 것은 불을 보듯 뻔한 일이라고 말하며 바람을 잡고 있다. 그런데 모든 언어가 영어로 통일되고 모든 나라가 제 말을 잊어버리게 된다면, 그때 영어는 보편적 언어로서 구실을 할 수 있을까. 언어 통일이 실현된다면 낯선 외국인을 만나도 소통을 두려워하지 않을 것이며, 학생들은 외국어를 따로 배우려고 애쓸 필요가 없을 것이다. 인간은 다른 인간들을 더 잘 이해할 것이기에 세계는 그만큼 더 평화로워질 것이다.

그러나 한 나라 말을 다른 나라 말로 번역해본 사람들의 의견은 다르다. 말라르메는 인간들이 서로 다른 언어로 말하기에 진리에 도달할 수 없다고 했지만, 언어와 언어 사이를 헤맨 사람들은 거꾸로 인간이 언어로 진리를 말할 수 있는 것은 여러 개의 언어를 가졌기 때문이라고 말한다. 언어는 서로 겹치는 부분과 그렇지 않은 부분이 있다. 대부분의 언어는 '눈'에 해당하는 낱말을 가지고 있지만, 하나의 낱말로 '함박눈'에 해당하는 말을 가진 언어는 많지 않다. 한 언어가 적시하지 못하는 것을 다른 언어는 적시한다.

우리는 어떤 것을 산이라 부르고 어떤 것을 들이라 부르고, 그렇게 말로 분별되는 세계는 그 분별하는 말만큼 확실한 것이 아니다. 말에는 그렇게 부르기로 하는 정식 계약과 (어쩔 수 없어서) 그렇게 부르기로 양보하는 이면 계약이 있다. 언어는 통일될 수 있어도 이 이면 계약은 통일되지 않는다. 어떤 부류의 사람들에게는 확실한 것이 다른 부류에게는 불확실한 것이 되며, 어떤 언어로는 절실한 진실에 다른 언어는 관심조차 없다. 언어가 서로 만날 때 이 불확실한 것들이 솟아올라와 산과 들을, 사랑과 증오를 새롭게 고찰하고 새롭게 정의하게 한다.

진리는 늘 새로운 내용을 얻는다. 그래서 한 언어의 관점에서 다른 언어는 제가 표현하지 못하는 숨은 진실을 쌓아놓은 저장고와 같다. 그래서 어떤 언어를 사용하는 사람들이 그 언어를 지키고 가꾼다는 것은 그들만을 위한 의무가 아니라 인류를 위한 의무가 된다. 우리가 추석에 고향에 가는 것은 우리의 언어가 닿지 못한 진실을 체험하기 위한 여행이기도 하다. 귀신은 어떤 언어에도 감응하지 않는다. 숨은 진실로 거기 있을 뿐이다. (2015. 9. 17.)

3
부

'아 대한민국'과
'헬조선'

　한국과 일본이 월드컵을 공동 개최했던 것이 2002년이었다. 그해 6월 한 달 동안 붉은 옷을 입은 응원단이 거리를 뒤덮었다. 사람들은 모두 '아 대한민국'을 외쳤다. 사람들이 외친 것은 국호였지만, 그것이 어떤 국가주의의 표현이라고 말하기는 어려웠다. 거기에 배타적 감정 같은 것은 없었다. 이방인들을 차별하거나 폄하하려는 생각도 없었다. 한국 사람이 아닌 사람도 그 대열에 끼어들고 싶어했으며, 그렇게 끼어든 사람을 막는 사람도 없었다. 거기에는 오직 대범하다고 말해야 할 '행복의 표현'이 있었다. 일상의 근심을 잠시 잊어버리고 인간관계의 속박에서 풀려난 사람들은 자기 안에서 해방된 생명력을 발견할 뿐만 아니라 서로서로 다른 사람 안에서도 억압을 이겨낸 생명력을 확인하고 그 개화를 축하했다. 사람들은 제 옆에 있는 사람을, 낯모르는 사람이라도 서로 껴안았다. 이 순결한 열광은 열광하는 사람들뿐만 아니라 다른 사람들까지도 기쁘게 했다. 나와 똑같은 사람들의 생명력이, 다시 말하면 바로 나의 생명력이 거기서 꽃피는 것을 목격했기 때문이었다.

위의 글은 2002년 바로 그해에 어느 칼럼의 첫머리에서 목격담의 형식으로 썼던 글을 놓고, 몇 개의 문장을 빼고 다른 문장을 덧붙이기도 하면서, 회고담의 형식으로 다시 고쳐쓴 것이다. 내가 10년도 더 전에 썼던 글을 이런 방식으로 다시 돌이켜보는 것은 그 칼럼의 끝에 썼던 한 문단이 갑자기 마음에 걸리기 때문이다. 그 결론은 다음과 같다.

"이 거리의 공동체가 4·19 이후 조국의 민주화를 향한 오랜 항쟁과 무관하지 않다고 말하는 사람들이 있으며, 나도 이 의견에 적극 동의한다. 지난 1980년대의 6월 항쟁 때도 이 응원 인파 못지않은 물결이 거리를 덮었다. 우리에게는 우리 힘으로 압제에서 나라를 구한 역사적 기억이 있으며, 이 기억 속에서 우리는 나와 이웃의 힘을 믿는다. 우리 선수들의 악착같은 투지도, 패한 경기에도 주눅들지 않는 응원단의 정신력도 서로의 힘을 긍정하는 이 믿음이 없이는 성립하기 어려웠을 것이다. 옆 사람을 끌어안는 우리에게서 거대한 문화 하나가 솟아나고 있다. 이 문화와 역사를 거꾸로 돌릴 수는 없을 것이다."

나는 분명하게 "이 문화와 역사를 거꾸로 돌릴 수는 없을 것"이라고 썼는데, 어떤 희망을 표현한다기보다는 예언을 한다는 것이 당시 내 속마음이었다. 이제 그 예언은 헛말이 되어버린 것 같다. 문화는 거기서 더 성숙하지 못한 것 같고 역사는 거꾸로 되돌아간 것 같다.

사회에 첫발을 내디딜 나이에 들어선 젊은 사람들은 자기들의 세대를 가리켜 연애와 결혼과 출산을 포기한 3포 세대라고 부른다. 연애를 포기했다는 것은 지금 이 시간의 행복이 불가능하다고 판단했다는 뜻이며, 결혼을 포기했다는 것은 불가능한 행복을 가능한 행복으로 만들기 위해 노력할 겨를도 욕망도 없다는 뜻이며, 출산을 포기했다는 것은 미래에도 내내 행복한 일이 없을 것이라고 확신한다는 뜻이다. 자기 세대의 특징을 '포기'로 표현해야 하는 젊은이들은 한국을 가리켜 '헬조선'이라고 부른다. 그들에게 이 나라는 지옥이나 다름없다.

저 2002년의 '아 대한민국'과 2015년의 '헬조선' 사이에는 어떤 일이 있었을까. 두 시점 사이에서 일어났던 사건들이 그 차이를 만들어냈다고 말할 수 있을 텐데, 그것을 연도별로 열거할 필요는 없을 것 같다. 최근에 일어난 몇 가지 사건이 그 전체를 요약하는 듯이 보이기 때문이다. 정부의 한국사 교과서 국정화와 고영주 방송문화진흥회 이사장의 공산주의자 감별 사건, 그리고 문화 예술인들에 대한 국가 지원 단체인 한 기관의 공공연한 검열 사건이 바로 그것이다. 이 사건들은 각기 따로따로 일어난 것이지만 공통된 성격을 지닌다.

고영주씨가 민주화운동에서 일정한 역할을 했던 정치인들을 지칭해 '변형된 공산주의자' '전향한 공산주의자' 같은 말을 사용할 때, 이는 어떤 개인에 대한 명예훼손이나 모욕을 넘어 민주화운동 전체에 대한 폄훼인 것을 모를 사람이 없다. 이를 우연한 사건이라고 말하기도 어렵다. 일베 등에 의해 산발적으로 머리를 내밀던 민주화운동에 대한 모욕적 언사가 한 국가 기관 대표자인 공인을 통해 토론 불가의 공식적 표현이 되는 현장을 우리가 목도하고 있기 때문이다.

문화 예술인들에 대한 검열 또한 그렇다. 이는 인간의 상상력에 새로운 창을 열고 삶의 전망에 새로운 길을 내려는 예술 활동까지 단일한 목소리로 통제하려는 의도를 거리낌없이 드러내는 일이기 때문이다. 그리고 그 위에 역사 교과서의 국정화가 있다. 지난해에 우익 수구 인사들이 앞장서 만들었으나 결국 실패로 끝났던 한 역사 교과서의 예에 비추어볼 때, 국정 역사 교과서가 어떤 내용을 담게 될지는 불을 보듯이 뻔하다.

그것은 민주화운동의 역사 전체를 모욕적인 시선으로 바라보고, 통합의 미명을 빌려 토론 자체를 불순한 것으로 여기는 어떤 감수성을 형성하려 할 것이다. 토론이 없는 곳에서는 저항은커녕 이의 제기도 용납되지 않는다.

스탕달의 소설 『적과 흑』에는 프랑스 복고 왕정 시대의 한 풍속도가 나온다. 대혁명으로 빼앗겼던 권력을 탈환한 귀족들은 토론하지 않는 방식으로 토론을 금지시킨다. 소설의 주인공 쥘리앵 소렐은 천민 출신이지만 뛰어난 두뇌로 부상하는 새로운 세력을 대표하는 인물이 된다. 그는 우여곡절 끝에 그 시대 최고 권력자의 한 사람으로 그려진 라몰 후작의 비서로 일하며 수많은 귀족을 만난다. 소렐은 기회가 닿을 때마다 토론을 개시하려 하지만 귀족과 고관대작들은 접시에 코를 박고 묵묵부답하며 음식을 먹을 뿐이다. 그들은 지금 권력을 장악하고 있지만, 자기들의 몰락이 임박했으며, 토론이 그 몰락에 속도를 덧붙일 것임을 모르지 않았던 것이다. 자신감을 가진 자만이 먼저 말을 걸고 먼저 토론을 시작한다.

사람들은 가난하다는 이유만으로 자신이 사는 세계를 지옥이라고 부르지 않는다. 지옥은 진정한 토론이 없기에 희망을 품을 수 없는 곳이다. '아 대한민국'과 '헬조선' 사이에서 사라진 것은 토론과 그에 따른 희망이다. 지옥에 대한 자각만이 그 지옥에서 벗어나게 한다. '헬조선'은 적어도 이 지옥이 자각된 곳이다. 그래서 나는 내예언을 철회할 생각이 없다. (2015. 10. 15.)

식민지의 마리안느

〈나의 청춘 마리안느〉는 1955년에 출시된 쥘리앙 뒤비비에 감독의 영화다. 원제(Marianne de ma jeunesse)를 그대로 번역했더라면 이 영화는 우리에게 '내 청춘의 마리안느'나 '내 젊은 날의 마리안느' 정도의 말로 기억되었을 것이다. 저 '의역'에 관해 말한다면, 당시 조사 '의'의 용법이 오늘날처럼 다양하지 않았던 탓도 있겠으나 '의'로 연결된 두 명사보다 나란히 놓인 두 명사가 더 멋있어 보였던 시대적 감각의 힘도 크겠다.

그러나 '내 청춘'이 아닌 '나의 청춘'에는, 그때까지도 여전히 강력했을 일본어의 영향을 제처둔다면, '마리안느'와 '청춘' 사이의 생략된 '의'에 대한 아쉬움도 어느 정도 개입했을 듯싶다. 아무튼 이 영화는 내용보다 먼저 제목으로 이 땅의 청춘들을 오랫동안 설레게 했다. 내가 다닌 고등학교의 국어 교사이기도 했던 한 시인은 '청춘'이 들어간 말 가운데 저속하지 않은 것은 '나의 청춘 마리안느'뿐이라고 단언했다. 시인이자 소설가인 이제하 선생의 대학로 카페 '마리안느'도 그 이름을 이 영화에서 빚졌을 것이다.

바바리아의 호숫가에 자리잡은 귀족 기숙사 학교의 생도인 뱅상은 매혹적인 청년이다. 이국적인 노래를 기타 반주에 실어 애조 띤 목소리로 부르며, 특별한 마력을 행사하여 짐승들을 수족처럼 부릴 줄 안다. 그는 호수 건너편 비어 있는 고성을 탐색하던 중, 어느 늙은이와 강제 결혼하여 그 성에 갇혀 있는 처녀 마리안느를 만나게 된다. 뱅상은 마리안느를 탈출시키려 했으나 거인 경비원의 폭력에 쓰러지고 만다. 그는 개들의 도움으로 목숨을 구하고 학우들의 도움으로 깨어났다. 그는 마리안느를 구하기 위해 학우들과 함께 다시 성으로 들어갔으나 사람들은 사라졌으며, 마리안느였던 처녀의 낡은 초상화가 걸려 있을 뿐이었다. 뱅상은 제 젊은 날의 사랑인 마리안느를 다시 만나기 위해 기숙학교를 떠난다. 필요하다면 세계의 끝까지 갈 마음의 준비가 되어 있다. 그녀를 만나야만 살아갈 의욕을 다시 찾을 수 있기 때문이었다.

나는 청춘을 훌쩍 넘긴 40대 중반에야 이 영화를 볼 수 있었다. 너무 늦게 본다는 것은 그 자체가 죄악일 때도 있다. 음식은 식기 전에 먹어야 한다. 영화에 대해 수많은 이야기를 들으며 부풀어오른 기대를 낡은 영화는 채워주지 못했다. 주인공 뱅상 역을 맡은 피에르 바넥이 학우들에 비해 너무 나이들어 보인다는 느낌도 내내 영화에 집중하려는 노력을 방해했다. 그리고 또다른 훼방꾼이 있었다. 알랭 푸르니에의 『대장 몬느』를 나는 이미 읽었던 것이다. 푸르니에의 소설은 영화와 비슷한 분위기를 지녔고 같은 발상법에서 출발했다고 말할 수 있지만 훨씬 더 세련되고, 조직이 더 복잡하고, 스케일이 더 클 뿐만 아니라 영화보다 무려 40여 년 전에 출간되었다(뒤늦게 출발하여 여전히 초창기에 있는 영화가 발전의 정점을 넘긴 소설을 따라잡기는 힘든 일이다).

영화에 흥미로운 점이 없었던 것은 아니다. 영화의 주인공인 기숙학교의 뱅상이 그리스 신화에서 인류의 첫 시인이자 가수로 소개되는 오르페우스의 현대판이라는 생각이 문득 들어 무슨 큰 발견이나 한 것처럼 기뻤던 것이 사실이다. 오르페우스의 리라는 뱅상의 기타가 되었다. 동물들은 오르페우스의 노래에 춤을 추듯 뱅상에게 복종한다. 오르페우스는 죽은 아내 유리디스를 구하기 위해 저승으로 가고, 뱅상은 호수 건너편의 고성에서 영혼의 약혼자 마리안느를 만난다. 그 둘은 모두 여자의 구조에 실패한다. 물론 이런 비교는 문화적 호기심을 잠시 충족시킬 뿐 어떤 감명을 주지는 않는다. 그러나 내 선배들과 영화의 주인공이 공유했을 마음의 자리를 알아맞힐 수는 있었고, 선배들을 감동하게 했던 것이 무엇인지 알았다는 사실이 나를 감동시키는 원인이 될 수도 있었다.

〈나의 청춘 마리안느〉는 2차세계대전이 남긴 상처 속에서 적국이었던 프랑스와 독일이 합작으로 만든 영화다. 엉뚱한 이야기처럼 들릴지 모르지만, 여기에는 끔찍한 살육의 벌판으로 인간들을 내몰았던 나쁜 이념에 대한 저주와 반성이 있다. 주인공 뱅상이 정신의 약혼자를 만나거나 만나지 못할 '세상의 끝'은 국가주의를 비롯한 세상의 모든 이념들과 제도들이 미치지 못하는 자리이다. 뱅상이 이 세상 밖의 여자, 그래서 순결한 여자 마리안느를 만나러 떠날 때 그는 제 정신이 제도와 이념의 식민지가 되는 것을 거부한다. 가장 먼저 거부하는 것이 학교 교육이다. 학교는 제 나라 땅에서도 자주 식민의 집행부가 된다. 학교는 새로운 앎을 개발하기 이전에 젊은 정신을 국가와 사회의 이념으로 먼저 묶으려 하기 때문이다.

식민지의 가장 큰 불행은 한 사람 한 사람의 인간들이 제 운명을 제 뜻대로 기획하고 실행할 수 없다는 것이다. 인간은 저를 제 뜻대로 성장시킬 수 없으며, 제가 살아야 할 사회를 제가 기획하지 못하며, 제 나라를 제가 건설하지 못한다. 그가 제 자신을 사회에서 따로 떼어 말하려 한다면 그 시도 자체가 반역이다. 몽매할 뿐이기에 계몽되어야 할 인간이 제 인격을 말한다는 것은 사회에 짐을 지우는 일이 아닐 수 없기 때문이다. 국가가 국가를 위해서만 존재할 때, 그 나라는 비록 독립국이라도 식민지와 다를 것이 없다. 그 울타리 안에 있는 사람들의 미래에는 오직 하나의 목표, 국가를 위해 봉사한다는 목표밖에 없기 때문이다.

박근혜 대통령은 지난 10일 국무회의에서 "자기 나라 역사를 모르면 혼이 없는 인간이 되는 것이고, 바르게 역사를 배우지 못하면 혼이 비정상이 될 수밖에 없다"면서, "이것은 참으로 무서운 일"이라고 주장했다고 한다. 지식의 바름과 바르지 못함을, 인간 정신의 정상과 비정상을 이제 국가가 결정하려 한다. 젊은 정신들을 국가주의의 식민지로 만들려 한다. 여기에는 '나의 청춘'도 '마리안느'도 없다. '나의 청춘'은 앎을 향한 순결하고 열정적인 주체이며 '마리안느'는 그 열정을 보장하는 자유이다.

사족을 붙인다. '마리안느'는 현행 외래어 표기법을 따르자면 '마리안'으로 써야 한다. '내 청춘 마리안느'는 외래어 표기법이 유동 상태에 있을 때 만들어진 말이다. 내게 '마리안'을 '마리안느'로 쓰도록 허락해주는 〈내 청춘 마리안느〉는 국가적 언어 정책의 추상같은 의지를 잠시 피할 수 있게 해주는 해방구와 같다.

(2015. 11. 12.)

『어린 왕자』의
번역에 대한 오해

독자들은 『어린 왕자』가 손 가까이에 있다면, 이 책의 제6장을 열어보시라. 어린 왕자는 슬플 때 해가 저무는 풍경을 바라보며 그걸 유일한 위안으로 삼는다는 이야기를 읽을 수 있을 것이다. 그 장의 끝부분에서 어린 왕자가 '어느 날은 마흔네 번이나 해넘이를 보았다'고 말하는 내용의 문장을 만날 텐데, 어떤 책에는 '마흔네 번'이 아니라 '마흔세 번'이라고 적혀 있을 것이다. 앞으로 좀더 거슬러 와서 제4장을 펼치면, 터키의 어느 천문학자가 어린 왕자의 작은 별을 발견하게 된 과정이 서술되어 있다. 여기서 저자는 천문학자들의 관행에 대해 그들이 '작은 별을 하나 발견하면 이름 대신 번호를 붙여주는데, 예를 들어 소행성 325라고 부른다'고 쓴다. 그런데 어떤 책은 '소행성 3251'이라고 적고 있을 것이다.

기왕 책을 연 김에 한 대목을 더 찾아보자. 비행사가 어린 왕자를 만나 그의 요청에 따라 양을 그리는 장면이다. 비행사가 두번째 양

을 그렸을 때 어린 왕자는 "아이참…… 이게 아니야, 이건 숫양이
야, 뿔이 돋고……"라고 말한다. 그런데 어떤 번역본은 '숫양' 대신
'염소'라고 옮기고 있다.

간단하게 말한다면, '마흔네 번' '소행성 325' '숫양'이 맞고, '마
흔세 번' '소행성 3251' '염소'는 틀리다. 맞건 틀리건 간에 이 차
이가 『어린 왕자』의 이해에 큰 영향을 미치는 것도 아니고 독자의
기억에 남을 만한 또렷한 인상을 남기는 것도 아니지만, 왜 이런 일
이 일어났는지는 궁금하다. 어느 언론사는 "유명 출판사들이 출간
한 『어린 왕자』 번역본들이 상당수 일본어판을 번역한 중역"이며
"일본어판의 오류가 수정되지 않은 채 유지되고 있다"는 한 연구자
의 말을 전하고 있다. 이 연구자는 특히 '염소'와 '마흔세 번'이 일
본어판에서부터 시작되었음을 확인한 것이다. 그래서 그는 일본어
판의 오류가 한국어판에서도 반복되고 있다고 주장하며, "이 고질
적인 문제"를 "학문적 친일 사대주의"에까지 연결시키려 한다.

나는 이 기사 때문에 지인들에게 몇 차례 전화를 받았다. 우리의
문제에 일본이 끼어들면 누구나 신경이 날카로워진다. 전화는 대
체로 '한국의 번역자들이 『어린 왕자』의 번역까지 아직도 일본어
판에 의지해야 하느냐'는 한탄에서 시작해서 '일본어판에 전적으
로 의지하지 않는다 해도 부분적으로 의지하는 것은 사실이 아니
냐'는 단정적 혐의로 끝난다. 그러나 저 연구자의 주장이 사실에 근

거한다고 믿기 어렵기에 해명해야 할 필요가 있다. 생텍쥐페리가 미국에 잠시 몸 붙이고 있던 1943년에『어린 왕자』가 뉴욕의 레이날 앤드 히치콕 출판사에서 프랑스어와 영어로 처음 발간된 것은 널리 알려진 사실이다. 저자가 미국에서 작성한 두 개의 원고가 있다. 하나는 손으로 쓴 원고로 현재 뉴욕의 피어폰트 모건 라이브러리에 간직되어 있다. 또하나는 타자기로 작성된 원고로 현재 프랑스 국립도서관이 소장하고 있다. 이 타자본 원고는 보존이 완전하고 생텍쥐페리가 직접 수정한 흔적을 담고 있다. 특히 이 원고는 저자가 미국 체류시 유명한 피아노 연주자 나디아 불랑제르에게 직접 건네준 것이기에 그만큼 성가가 높다.

생텍쥐페리가 북아프리카에서 전사한 후, 1946년 프랑스의 갈리마르 출판사가 프랑스어로 발간한『어린 왕자』는 타자본 원고를 상당히 신뢰했던 것 같다. '마흔세 번'은 갈리마르의 프랑스어판에서 비롯하는데, 이는 예의 타자본을 참조한 것이다. 갈리마르판은 또한 어떤 이유에선지 '소행성 325'를 '소행성 3251'로 적고 있다. 이 텍스트는 한국에 널리 보급되고 대학에서 교재로 자주 사용되었던 1979년의 '폴리오 주니어' 판에서도 바뀌지 않았으며, 그후로도 20년 동안 책의 크기나 제본 형식이 다른 여러 판본에서 그대로 유지되었다.

갈리마르 출판사가 1999년 플레이아드 총서로 생텍쥐페리 전집을 낼 때, 그 편집자는 『어린 왕자』의 경우 '1946년판은 생텍쥐페리가 알지 못하는 판본이지만 1943년 뉴욕판은 그가 직접 참여한 판본'이라는 이유를 들어 '원본 복원'을 꾀하였다. 이 조치가 『어린 왕자』에 대한 갈리마르사의 판권 연장에도 도움을 준 것으로 알려졌다.

1960년에 『어린 왕자』를 처음 한국어로 발간한 안응렬 교수나 그 이후의 선구적 번역자들이 '소행성 3251'이나 '마흔세 번'을 쓰게 된 것은 일본어판에 의지해서가 아니라 원문에 충실했기 때문이다. (안응렬 교수는 '소혹성'이란 용어를 쓰고 있는데, 1960년은 천문학 용어가 아직 정착되지 않아 행성 혹성이 함께 쓰이던 시대였다.) 1999년 이후의 번역자들이 수정된 원문을 확인하지 않은 것은 잘못이지만 그 오류에 일본어판을 결부시키기는 어렵다. 원문이 수정된 뒤에도, 그 이전에 『어린 왕자』를 만났던 번역자들은 옛날 책을 여전히 서가에 간직하고 있었던 것이다.

그렇더라도 '염소'와 '숫양'의 문제는 남는다. 거기에는 일본어와 한국어에 공통된 특징이 있다. 목축 국가의 말이 아닌 한국어에서는 숫양과 암양을 구별하기 위해 '양'에 '암'이나 '수'를 붙여 쓰지만, 프랑스어에는 양, 암양, 숫양에 해당하는 각기 독립된 단어 mouton, brebis, belier가 있다. 어린 왕자가 비행사에게 '양을 한 마리 그려달라'고 할 때, 그 양은 mouton이지만 그가 퇴짜를 놓은 것은 belier다. 두 낱말이 완전히 다르기에 이 서술이 가능하다. 그러나 한국어에서 '숫양'에는 그 낱말 자체에 '양'이 포함되어 있지 않은가. 양을 그려달라고 했는데, 숫양을 그려준 것이 왜 잘못인가. 이 난점을 해결하기 위해 일본 번역자와 마찬가지로 한국 번역자들이 선택한 것이 '염소'였다. 한국의 번역자들이 일본의 번역자를 모방한 것이 아니라 같은 언어적 운명 앞에서 같은 선택을 한 것일 뿐이다. 한국어 번역자들이 '숫양'으로 감히 번역하기 시작한 것은 서양말에 대한 우리의 지식과 이해가 더 깊어진 이후의 일이다.

얼마 전에는 '우리가 읽은 것은 『이방인』이 아니었다' 같은 말을 대형 서점에 걸어놓고 책을 팔려던 사람들도 있었다. 그러나 문제의 『이방인』 번역자는 그들보다 앞선 시대에 더 힘든 운명에 직면해 더 힘든 선택을 하고 있었다. 『어린 왕자』에서 여우가 전하는 "중요한 것은 눈에 보이지 않는다"는 말은 저마다 직면했던 운명과 그 선택을 깊은 자리까지 뜯어보아야 한다는 뜻도 된다. (2015. 12. 10.)

슬픔의 뿌리

시 「미라보 다리」로 우리에게 잘 알려진 기욤 아폴리네르는 견문
이 넓고 박식한 사람으로 동방에 있는 은자의 나라 한국에 대해서
도 아는 것이 많았다. 그의 중편소설 「달의 왕」은 조현병으로 시달
리다 결국 물에 빠져 죽은 바이에른의 왕 루드비히 2세의 혼령이 주
인공이다. 소설에서 왕의 혼령은 한국을 방문할 뜻을 비친다. "어
느 날 달의 왕 짐이 짐에게만 어울리는 창백한 주홍빛 옷을 여전히
입고 있다면, 짐은 네 풍경을 찾아가 구경하고 더없이 쾌적하다는
네 기후를 즐기리라." 여기서 '너'는 물론 한국이다. 아폴리네르에
게 한국은 또한 새벽을 준비하는 곳이다.

"그러나 은자의 왕국에서 들려오는 아득한 수런거림은 내게 너
무도 간절하여 흰옷의 땅으로부터 찾아오는 매력에 나는 이끌리지
않을 수 없었다. 새벽의 두런거림을 주의깊게 듣고 있노라면, 순결
한 속옷과 겉옷을 언제까지나 두들기며 빨래하는 여자들의 소리

와, 다리미를 대신하는 끝없는 다듬잇방망이 소리가 들리는 듯했다. 그녀들이 빨고 다듬는 것이 하얀 새벽 그 자체인 것처럼." 우리가 근대 세계에서 서양인들과 처음 만났을 때 그들의 마음에 새기려 했던 '한국의 이미지'가 이 글 속에 고스란히 담겨 있다.

저널리스트로서 아폴리네르는 한국에 관해 여러 편의 기사를 썼으며, 그가 젊었을 때에 습작 노트로 사용했던 공책에 '한국의 시'가 두 편 적혀 있던 것을 확인한 연구자가 있다. 이 공책은 현재 일부가 손상되어 그 시의 내용을 확인할 길이 없지만, 그의 시 「마리」를 읽다보면 우리가 익히 아는 시조 한 편을 떠올리게 된다. 문제의 시는 이렇게 끝난다. "팔 밑에 낡은 책을 끼고/나는 센강 변을 걸었네/강물은 내 고통과 같아/흘러도 흘러도 마르지 않네/그래 언제 한 주일이 끝나려나." 흘러가는 물이 한 사람의 마음과 같다는 내용의 말은 왕방연의 시조에도 들어 있다. "천만리 머나먼 길에 고운 님 여의옵고/내 마음 둘 곳 없어 냇가에 앉았으니/저 물도 내 안 같아야 울어 밤길 예놋다."

아폴리네르가 시 「마리」를 쓴 것은 그의 애인 마리 로랑생과 헤어졌을 때였다. 그는 뒷날 한 편지에서 로랑생과의 결별을 읊은 시들 가운데 이 시가 가장 통렬한 시라고 말한 적이 있다. 왕방연의 시조는 이와 전혀 다른 정황에서 씌었다. 왕방연은 조선 초기의 문신으로 사육신 등이 도모했던 단종 복위 사건이 사전에 발각되어,

강원도 영월에 유배중인 노산군에게 1457년 가을 사약이 내려질 때 그 책임을 맡은 의금부도사였다. 그는 이 고통스러운 책무를 수행하고 서울로 돌아오는 길에 어느 냇가에 앉아 이 시를 읊었다고 전해진다.

시와 시조의 배경이 된 사건은 그 크기가 다르다. 하나는 두 연인 사이에 일어난 지극히 사소한 애정의 이력일 뿐이지만, 다른 하나는 한 나라의 운명과 연결된 사건이다. 그러나 거기에 담긴 감정의 크기가 다르다고 말하기는 어렵다. 어쩌면 이제는 구체적인 생활 감정이 될 수 없는 임금과 신하 사이의 정서보다는 어느 공간 어느 시간에서도 늘 같은 호소력을 지니는 연인 사이의 정서가 우리 시대의 사람들에게 더 큰 울림을 줄지도 모르겠다. 아무튼 두 연인 간의 사사로운 인연과 한 국가의 대사가 같은 말로 표현될 수 있다는 사실은 언어의 신비와 인간 심정의 깊이를 동시에 요약한다고 말할 수 있겠다.

한 인간의 내적 삶에는 그가 포함된 사회의 온갖 감정의 추이가 모두 압축되어 있다. 한 사회에는 거기 몸담은 한 인간의 감정이 옅지만 넓게 희석되어 있다. 한 인간의 마음속에 뿌리를 내린 슬픔은 이 세상의 역사에도 뿌리를 내리고 있다고 믿어야 할 일이다. 한 인간의 고뇌가 세상의 고통이며, 세상의 불행이 한 인간의 슬픔이다. 그 점에서도 인간은 역사적 동물이다. (2015. 12. 14.)

두 개의 시간

해가 바뀌고 새해를 맞을 때마다 새삼스럽게 느끼는 일이지만 우리에게는 두 가지 시간이 있다고 말해야 한다. 엄연히 새해 첫날이 있는데 설날이 따로 있어야 해서만 하는 말은 아니다. 신년 특집 같은 방송 프로그램은 해마다 육갑을 짚어 그해에 이름을 붙이고 한 해를 주관할 동물을 내세워 그해의 특성을 말하려 한다. 그러나 간지는 서양의 시간 계산법과 아무 연관도 없는 것이 사실이니, 방송을 하는 사람이나 듣는 사람이나 그 머릿속에는 알게 모르게 음력이 들어 있다고 말할 수밖에 없다.

고향이 서남해안 지방인 우리집은 언제나 섣달그믐날에 차례상을 차려왔다. 그 섣달이나 그믐이 늘 음력을 기준으로 삼은 것이었지만, 어쩌다 양력설을 쇨 뻔한 적은 있었다. 내가 대학생일 때, 배운 자식들의 권에 못 이겨 신정 과세를 하기로 결정을 내린 어머니가 차례상을 준비하던 중 잠시 밤하늘을 올려다보더니 손에 든 접

시를 내려놓으셨다. "오늘 차례 못 지낸다. 어찌 섣달그믐에 달이 뜬단 말이냐." 양력과 음력의 개념과 차이에 관해 설명할 계제가 아니었다. 어떤 설명도 설날의 밤하늘이 지녀야 하는 유현한 기운을 어머니의 마음속에 만들어줄 수는 없었다.

바닷가 사람들인 우리 가족에게 시간은 늘 썰물 밀물과 연결되어 있다. 이 시간의 리듬은 곧 달의 숨결이며, 우주의 율려律侶이다. 이 박자를 짚어 비도 오고 바람도 분다. 적어도 바닷가 사람들은 그렇게 생각한다. 사리 때인 보름이나 그믐에는 날이 맑고 그 사이에 있는 조금 때는 비가 온다. 초등학교 때 학교는 늘 이 리듬을 염두에 두고 소풍이나 운동회 날짜를 정했으며, 그 결정이 낭패한 적은 없었다. 흘러가는 시간을 균일하게 분할해놓은 것이 달력이지만 거기에는 천지의 리듬도 함께 표시된다. 보름에는 만월이고 삭망에는 달이 없다. 봄이 오고 가을이 오는 태양의 변화야말로 간만의 변화보다 훨씬 더 강력한 리듬이지만 그것은 강한 권력과도 같기에 리듬이라기보다는 차라리 법칙처럼 여겨진다. 사실상 양력에 해당하는 24절기는 책력에서 지극히 합리적으로 배열되었지만 달력의 기본이 되는 월과 일이다. 농사는 절기에 따라 짓고 제사는 날짜에 따라 지낸다. 양력에는 공식적인 삶이 있지만 음력에는 내밀한 삶이 있다.

아마도 '양력설'이 어머니를 실망시킨 데는 그믐밤의 중천에 달이 떴다는 사실만은 아닐 것이다. 더 중요한 문제는 저 시간의 리듬과 연결되어 있는 삶의 내밀한 기억이었을 것이다. 조금의 썰물에 너른 갯벌에서 게를 잡고 조개를 주웠던, 삭망과 보름이면 상방에 메를 지어 올렸던, 옥토끼와 계수나무에 관해 몽상했던, 이슬 내리는 밤에 곡식 여무는 소리를 들었던 것 같은 그 잃어버린 기억들이 시간의 주름 속에 숨어 있다. 한 인간에게서 이 무의식의 기억은 그가 태어나기 이전의 기억으로까지 연결된다. 그는 이 기억에 의해 인간이라는 종에 속할 수 있다. 그는 묻혀 있는 기억의 역사 속에 있다. 설날에, 좀더 넓게는 명절에 가족들이 한데 모이는 시간은 균일하게 분할된 시간 속에서 질이 다른 시간이다. 그것은 기억이 우리에게 정체성을 부여하는 시간이다. 생텍쥐페리의 『어린 왕자』에서 여우가 '어떤 시간을 다른 시간과 다르게 만든다'는 의례의 시간이 바로 그것이다.

근대화의 과정에서 자기정체성에 깊은 상처를 입고, 공식적인 삶과 내밀한 삶 사이에 깊은 단절을 겪었던 한국인들에게서는 국가가 만들어주려 하는 연례행사의 시간과 개인들의 무의식이 떠받드는 의례의 시간이 여전히 갈등을 겪고 있으며, 그것이 태양력 속에 공공연하게나 은밀하게 숨어 있는 태음력으로 상징된다고 해야겠다. 겉치레와 속생각 사이의 온갖 분열이 모두 거기에서 비롯된 것처럼 보이기도 하지만, 다른 한편으로는 인간마다 자기 안에 의식되지 않은 자기를 또하나 가지고 있음을 확실하게 인식할 수 있는 어떤 기회를 거기서 발견할 수도 있다.

　모든 인간은 자기 안에 타자를 품고 산다. 자기이면서 자기인 줄 모르는 자기, 자기라고 인정하기 싫은 자기가 자기 안에 있다는 말이다. 이 자기 안의 타자는 합리적인 것처럼 보이는 우리의 의지를 훼방하지만, 많은 창조자의 예에서 보듯이 때로는 의식과 의지가 이룰 수 없는 것을 이 타자가 이루어내기도 한다. 이 점은 국가와 같은 거대 집단에서도 마찬가지다. '명석한 독재'가 정연하고 잘 계산된 가능성의 기치를 내걸고 실패할 때, 반항하는 사회적 타자들의 들쑥날쑥한 정신은 명석한 정신의 계산 밖으로 밀려났던 무한대의 가능성을 여전히 끌어안고 있다. 미래의 희망이 사회적 주체보다 사회적 타자에게서 기대되는 이유도, 민주주의가 가장 훌륭한 정치체제인 이유도 여기 있다. (2016. 1. 11.)

간접화의 세계

춘천에 있는 한 대학에 근무할 때의 일이다. 교수들이 교수 휴게실에 모여 춘천과 서울을 잇는 자동차 도로에 관해 이야기하고 있었다. 춘천 출신이기도 한 나이든 교수가 말했다. "옛날에는 산길로 덕두원 고개를 넘어갔는데." 그는 좀 아쉬워하는 목소리로, 하인에게 말고삐 잡히고 한가롭게 이동하던 그때가 더 좋았을 것이라고 덧붙였다. "말잔등에 탄 사람이면 좋았겠지만, 말고삐 끄는 사람이었으면 어떡하게요." 분위기가 조금 싸늘해졌다.

역사적 사실 앞에서건 허구의 서사에서건 사람들은 주인공의(대개는 양반 계급의 선비나 무인이다) 자리에 무의식적으로 자기를 대입시킨다. 그렇게 해서 한순간 마음의 호사를 누린다고 해서 나쁠 것은 없다. 그러나 어떤 위기의 순간에 칼을 맞아 죽게 된 양반 주인공 대신 하인이 몸을 던져 생명을 바치는 장면에서 안도의 숨을 내쉬는 자신의 심사가 얄궂다고 느낄 사람이 없지는 않을 것이다.

물론 하인의 죽음은 곧 잊힌다. 저 '스펙터클한 대로망'에서 하인의 죽음 따위는 사건조차도 아닌 것이다.

최근에 제6시즌의 방영을 끝낸 미국 드라마 〈왕좌의 게임〉에서는 '모든 인간은 죽는다'(발라 모르굴리스)는 법칙을 증명이라도 하려는 듯이, 높은 사람 낮은 사람 가릴 것 없이, 주인공이라고 여겼던 인물들의 목이 무참하게 잘려나가니 시청자들은 자기 투사를 할 짬이 없다. 낭만적 자기 투사를 용서하지 않는 그 냉정함에서 이 드라마의 인기가 비롯하는지도 모르겠다. 그러나 수많은 사람이 죽어나가도 여전히 서사에 막중한 영향을 주는 것은 안타까움도 통쾌함도 그만큼 큰 귀족들의 죽음이다. 죽음에서까지도 천민들은 중요한 일을 맡을 수 없다.

월터 스콧의 역사소설에 가끔 등장하는 신원 미상의 젊은 기사만큼 독자들의 자기 동일시에 알맞은 주인공도 드물 것이다. 물론 이야기의 진전과 함께 그는 귀족의 후예인 것으로 밝혀지지만 독자들은 책을 읽는 동안만이라도 무리 없이 정서적 계급 상승을 할 수 있다. 게다가 주인공은 거리의 부랑아들과 친교를 맺고, 산속의 의적단과 협력하고, 사회적 타자들의 후원을 얻어낸다. 그것은 그의 스산했던 성장 과정을 말하는 것이지만, 그 이력 자체가 자유와 평등에 대한 감정 교육의 한 과정일 수도 있다.

재미교포 한 사람이 십수년 만에 한국에 들어와 그 소감을 적어온라인에 올린 글이 있다. 그는 먼저 한국에서의 삶이 얼마나 편리한지를 말한다. 일상을 구성하는 모든 것이 전자화·자동화되어 있다. 대중교통도 집의 출입도 카드 하나로 해결된다. 웬만한 집에는 냉장고가 두 대씩 있고, 화장실에도 "미국에서는 부자들만 쓰는 비데가 설치"되었고, 택시는 요금이 매우 싸고 전화 한 통에 음식이 배달된다. 버스 정류장에서까지 초고속 와이파이가 잡히고, 지하철과 고속철은 미국과는 비교할 수 없을 정도로 편리하다. 게다가이 글을 토대로 그린 윤서인의 만화 「조이라이드」에서는 지하철의 스크린도어와 "언제든 열린 가게들과 대리운전 서비스"도 언급한다. 재미교포는 이 편리한 나라를 왜 사람들이 지옥으로 느끼는지 모르겠다고 말한다. 한국이 지옥인 이유는 벌써 그의 묘사 속에, 또는 윤서인의 그림 속에 표현되어 있다고 해야 하지 않을까.

그 글과 만화가 발표되고 나서 며칠 뒤에 나향욱 전 교육부 정책기획관의 저 유명한 '민중 개돼지론'이 등장했다. 그의 발언이야 이미 온 나라에 다 알려져 있으니 다시 들추어낼 필요는 없겠지만, 내게 가장 충격을 주었던 것은 '개돼지'라는 표현도 아니고 '신분제를 공고화시켜야 한다'는 그의 신념조차도 아니다. 그런 주장이나 표현은 토론이 가능하다. 놀라운 것은 늘 토론할 수 없는 것 속에 있다. 문제의 회식 자리에서 한 기자가 그에게 이렇게 말했다. "기획관은 구의역에서 컵라면도 못 먹고 죽은 아이가 가슴 아프지도 않은가. 사회가 안 변하면 내 자식도 그렇게 될 수 있는 거다. 그게 내 자식이라고 생각해봐라." 그는 어떻게 "그게 자기 자식처럼 생각이 되냐"라고 되물으며, "그렇게 말하는 건 위선"이라고 잘라 말했다. 세상에는 젊은 나이에 죽음을 맞은 구의역의 수리공을 진실로 제 자식처럼 여기는 사람도 많고, 그렇게 생각하면서도 자신이 위선자가 아닌지 자문하는 사람도 많고, 그렇게 생각하지 못하는 자신을 부끄러워하는 사람도 많고, 비록 위선적일지라도 그 생각을 마음에 새기려고 애쓰는 사람도 많다. 그 많은 사람은 제 생각을 버선목처럼 까 보일 수 없다. 그 사람들과 나향욱들은 끝내 만날 수 없다. 그것이 충격적이다. 거기에는 견해의 차이가 아니라 상상력의 차이가 있다.

온갖 종류의 서사 앞에서 주인공을 자신과 동일시하는 사람들이 그의 하인에게 냉담한 것은 주인공이 더 높고 더 화려하고 더 많은 권력을 지닌 사람이기 때문만은 아니다. 서사의 구조적 측면에서 볼 때, 하인은 우리에게서 멀리 있다. 우리가 주인공을 만날 수 있는 길은 열려 있지만 그의 하인을 만나기 위해서는 몇 개의 문을 거쳐야 한다. 일인칭 서사에서는 말할 것도 없고, 삼인칭 전지전능의 서사라고 하더라도 사건의 전개는 거의 언제나 주인공의 의식으로, 아니 최소한 주인공을 중심으로 우리에게 전달된다. 그래서 우리는 주인공은 직접 만나지만 하인은 간접적으로만 만난다.

이 간접화는 불행하게도 서사의 문제에 그치지 않는다. 컴퓨터의 본체와 모니터 안에는 수많은 부품이 있지만, 우리가 보는 것은 몇 개의 단추가 있는 본체의 외관과 모니터의 화면뿐이다. 그것을 인터페이스라고 부른다. 우리의 삶과 사회에도 이 인터페이스가 있다. 갸륵한 마음으로 조국을 예찬하는 저 재미교포의 눈앞에 펼쳐지는 것은 온갖 편의성의 이기들과 그것을 사용하는 사람들이고, 그가 보지 못하는 것은 그 인터페이스 너머에 있는 사람들이다. 그는 지하철의 스크린도어(안전문)를 보지만 그 뒤에서 죽어가는 젊은 수리공은 그에게 보이지 않는다. 그 수리공을 간접화하고, 저 값싼 택시의 운전기사를 간접화할 때, 또 한편에서는 우리가 삶에서 겪어야 하는 모든 곤경이 간접화된다. 우리는 저 간접화된 세계의 사람들에게 모든 불편과 위험과 치욕을 맡기고 때로는 죽음까지도 맡긴다.

통합적 인류의 역사라고 불러도 좋을 유발 하라리의 책 『사피엔스』에는 이런 말이 있다. "기독교나 나치즘 같은 종교는 불타는 증오심 때문에 수백만 명을 살해했다. 자본주의는 차가운 무관심과 탐욕 때문에 수백만 명을 살해했다. 대서양 노예무역은 아프리카인에 대한 인종적 증오에서 생긴 것이 아니다. 주식을 구매한 개인이나 그것을 판매한 중개인, 노예무역 회사의 경영자는 아프리카인에 대해 거의 생각해본 적이 없었다. 사탕수수 농장 소유자들도 마찬가지였다. 많은 농장주들이 농장에서 멀리 떨어진 곳에 살았고, 그들이 원한 유일한 정보는 손익을 담은 깔끔한 장부였다." 유발 하라리는 노예무역과 관련하여 무관심과 탐욕에 갇혀 있는 죄인들을 더 많이 열거할 수 있었을 것이며, 그 가운데는 값싸게 설탕을 살 수 있게 된 것을 행복하게 여긴 소비자들도 들어갈 것이다. 그리고 그 사람들은 모두 자기에게는 죄가 없다고 말할 것이다.

구의역의 젊은 수리공을 제 자식처럼 여기거나 여기려 한 사람들과 나향욱들의 차이는 위선자와 정직한 자의 차이가 아니다. 그것은 어떤 종류의 상상력을 가진 사람들과 갖지 못한 사람들의 차이이며, 슬퍼할 줄도 기뻐할 줄도 아는 사람들과 가장 작은 감정까지 간접화된 사람들의 차이이다. 사이코패스를 다른 말로 정의할 수 있을까. (2016. 7. 15.)

'여성혐오'라는
말의 번역론

한 낱말로 붙여 써야 할 '여성혐오'라는 말은 영어의 '미소지니'나 프랑스어의 '미조지니'를 우리말로 옮긴 것이다. 이 번역어는 사회학자들보다 문학연구자들이 먼저 사용해왔으며 나 자신도 그 일과 무관하지 않다.

아마도 나는 17세기 프랑스 극작가 몰리에르의 문학사적 업적을 정리하는 글에서 이 단어를 처음 만났을 것이다. 몰리에르는 이런저런 희극에서 고상하면서도 괴상하게 말을 꼬아서 쓰며 그것을 문학적이라고 생각하는 사교계의 여자들을 풍자의 대상으로 삼았고, 학자가 되겠다는 허영에 부풀어 엉터리 학자에게 속아넘어갈 뻔한 여자들을 안타까운 눈으로 바라본다. 그의 풍자가 어떤 정염에 빠져 '인간의 본성을 거스르는' 모든 인간들을 겨냥했기에 그가 특별히 여성을 기험했다고 잘라 말하기는 어렵지만, 그의 머릿속에 '여자인 주제에'라는 생각이 들어 있었던 것은 부인하기 어렵다.

프랑스 문학에서 '여성혐오'라는 말과 가장 긴밀하게 연결되어 있는 작가는 19세기 중엽에 활동하여 현대 시의 선구자가 된 시인 보들레르다. 그는 무엇보다도 자기 고백 형식의 글에서 '여성혐오의 철학'을 이렇게 정식화했다. "여자는 배고프면 먹고 싶어한다. 목마르면 마시고 싶어한다. 발정이 나면 교미하고 싶어한다. 대단한 재능이로다! 여자는 '자연 그대로'이다. 다시 말해서 역겹다." 여자에 대한 보들레르의 이 태도는, 같은 시대에 활동했던 다른 작가들에게서도 공통적으로 나타나지만, 민중에 대한 그의 태도와 비교될 만하다. 그는 1848년 혁명이 발발했을 때 적극적으로 대열에 참여했지만 혁명이 실패했을 때 민중들에게 배반을 당했다고 생각했다. 민중들에게 환상을 품었다가 그 환상이 현실과 다르다고 화를 낸 그는 여자에 대해서도 같은 태도를 보였다. 그는 자주 여자의 모습으로 나타나는 시의 신을 상정하고 현실의 여자가 그 여신과 같지 않다고 화를 냈다. 그러나 그는 자각이 빨랐다. 그는 자신의 산문시집에서 예술가의 뮤즈이자 꿈이었던 여자들이 현실을 양손에 들고 나타나는 모습을 자주 그려내었다. 현실이 시와 다르다고 한탄할 것이 아니라 현실을 시로 끌어올리려는 시도의 결과가 산문시였고, 여자가 뮤즈의 얼굴을 벗어던지고 나타나는 자리가 또한 산문시였다.

동성애자였던 랭보는 여성 뮤즈를 상정하지 않았을 뿐만 아니라 여자들을 기피하는 자기 태도를 예술적이고 현대적이라고 생각했다. 그가 보기에 여자들과 어울린다는 것은 곧 현실에 안주한다는 뜻이었다. 이 점에서는 공쿠르상과 연결되어 있는 공쿠르 형제도 마찬가지였다. 자연주의가 탄생하기 이전에 벌써 자연주의자였던 이들 형제 소설가는 남성 주도 사회에서 여성들이 당하는 고통을 고찰하고 그들이 앓고 있는 육체적·정신적 병을 사회적 병이라고 지칭했다. 어쩌면 여성 뮤즈의 진정한 의미가 거기 있을지도 모른다. 여자들은 그 사회적 처지 때문에 그 사회 안에 숨어 있는 미래의 불행을 앞당겨서 맞이하고, 그것이 작가들에게 예언적 영감의 터전이 될 수 있기 때문이다. 그러나 공쿠르 형제는 여자들과 교섭하는 일 자체를 미래의 불행과 미리 만나는 일로 여겼던 것처럼 여자들을 기피하고 미혼으로 생애를 마쳤다.

문학사는 작가들의 이런 태도를 총괄해서 '미조지니'라고 불렀으며, 그 말을 한자 문화권에서 '여성혐오'라고 옮겨서 잘못될 것은 없다. 그러나 번역 이론가들이 오랫동안 고민해온 주제 하나가 이 번역어와도 연결되어 있다. 줄을 바꿔 그 이야기를 하자.

시몬 드 보부아르가 『제2의 성』을 발표한 것은 1949년이다. 보부아르는 이 책에서 당시 유행하던 실존주의 철학에 바탕을 두고 여자는 태어나는 것이 아니라 만들어진다는, 이제는 상식적이 되어버린 저 유명한 말을 했다. 여성을 '여성답게' 살도록 유도하고 훈

런시키는 것은 자연 질서이기보다 사회의 제도이고 관습이고 교육이다. 그도 역시 문학의 여성 차별적 작품들을 분석하고 비판한다. 그러나 그가 비판하는 것은 보들레르나 공쿠르 형제처럼 여성을 멸시하거나 기피했던 작가들에 그치지 않는다. 그의 비판은 다양하다. 그는 소설가 몽테를랑을 비판하며 그 소설가가 주장하는 것처럼 여자는 독립적인 남자가 되려는 남자들의 발판이 아니라고 말한다. 그는 로런스에 대해 그가 남근주의적 오만에 빠져 남녀의 평등한 결합을 주장하면서도 여자를 늘 종속적 위치에 놓아둔다고 비판한다. 여성이 그 육체적 아름다움과 정신적 헌신에 의해 남성을 구원으로 이끈다고 주장하는 가톨릭 작가 폴 클로델에 대해 보부아르는 그가 천상의 영예를 미끼로 여자를 지상의 굴욕에 묶어둔다고 비판한다. 그는 초현실주의 시인 앙드레 브르통을 비판하였다. 브르통에게서 여자는 신비이자 계시이며, 시이자 마법이어서, 그 자체로 초현실 세계의 문을 연다. 보부아르는 브르통이 여자를 현실에서 유리시켜 '아름다운 타자'로 만들었다고 비판한다. 보부아르가 페미니즘의 관점에서 유일하게 높이 평가한 작가는 스탕달이다. 그는 영원한 여인상 같은 것을 말한 적이 없다. 그는 여자에게 현실을 돌려주었다. 여자가 교육을 덜 받을 때, 다시 말해서 여자다워야 한다는 모든 사회적 요청에 덜 노출될 때, 여자는 모든 편견과 모든 부르주아적 가치로부터 자유로워진다고 말했다. 스탕달은 여자를 한 명의 '사람'으로 여겼다. 다른 작가들을 스탕달과 비교할 때 그들이 어떻게 여자들을 삶에서 소외시켜 종속적 존재로 만들었는지 명백하게 드러난다. 그리고 바로 이 순간에 '미조지니'라는 말은 저 작가들이 여자를 현실에서 소외시킨 모든 태도와 방법과 의식을 함축하게 된다. 그 의미의 폭이 이렇게 확대된다.

이 낱말은 이제 '여성혐오'라는 본디의 뜻보다도, 여자를 남성 입문의 발판으로, 구원의 여인상으로, 다른 세계의 안내자로 특화하여 삶에서 배제시키려는 모든 환상과 편견을 더 많이 의미하게 되지만, 그 말을 어느 시점에 한 번 번역한 말인 '여성혐오'는 내내 그 말 그대로 남는다. 모든 낱말은 그 말로 이루어진 사유와 함께, 그 말로 매개되는 삶과 함께 그 의미의 폭과 깊이가 달라지지만 그 번역어도 반드시 그 본래의 말과 같은 방향으로 변화를 하는 것은 아니다. 여기서 비롯되는 불일치는 단순한 번역 일화로 그치지 않고 자주 사회적 오해로 발전한다. '여성혐오'라는 번역어의 운명이 그와 같다.

불행한 일을 당하면 누구나 그 불행을 책임져야 할 사람을 찾아내고 싶어한다. 탓할 사람을 찾아내지 못한 불행은 지금 눈앞에 닥친 불행보다도 더 고통스럽다. 미국 사회에서 깊은 절망에 빠져 있는 중하류층 백인들에게 샌더스는 그 책임이 그들에게서 돈을 빼앗아간 월가의 부자들에게 있다고 말하고, 트럼프는 그들에게서

일자리를 빼앗아간 이민자들에게 있다고 말한다. 비슷한 처지에 있는 한국의 젊은 남자들은 잘나가는 여자들과 페미니스트들에게 그 책임을 돌리려 한다. 그러고는 다시 왜 자신이 저지르지도 않은 여성혐오의 혐의를 둘러써야 하느냐고 묻는다. 물론 그 혐오는 그 혐오가 아니라고 설명할 수 있다. 그러나 설명을 거치고 나면 말은 얼마나 힘을 잃는가. 여전히 바뀌지 않은 남성 중심 사회에서 우리가 어머니에게, 아내에게, 직장의 여성 동료에게, 길거리에서 만나는 여성에게, 심지어는 만나지도 못할 여자들에게 특별히 기대하는 '여자다움'이 사실상 모두 '여성혐오'에 해당한다. 나는 한 사람의 번역가지만 '여성혐오'라는 번역어의 운명을 가늠하기는 어렵다. 그러나 이 고통의 시대에 더 많은 고통을 받는 사람들의 불행을 그 오해 속에 묻어버리려는 태도가 비겁하다는 것은 명백하게 말할 수 있다. (2016. 9. 9.)

문단 내 성추행과
등단 비리

국가의 권력을 사유화하려던 몇 사람의 농간으로 문화 예술인들의 블랙리스트가 작성되고, 창작 활동의 터전과 목표가 심하게 왜곡된 것도 불행한 일이지만, 그동안 문화 예술인들이 자신들의 자리를 꿋꿋하게 지키고 있었다고 말하기도 어렵다. 최순실의 국정 농간 사태가 세상에 폭로된 것과 거의 동시에 문화계의 여기저기에서는 성희롱 추문이 터져나왔다. 안과 밖은 늘 함께 썩기 마련이라고 말하면 마음이 편해질지 모르겠지만, 내가 평생을 몸담아온 문단에서 이 추문이 시작되었고, 그 당사자들 가운데는 내가 기대를 걸고 신뢰했던 시인들도 끼어 있으니 크게 부끄러움을 느끼지 않을 수 없다.

인터넷의 이런저런 게시문으로 알려진 바에 의하면, 몇몇 가해자들이 그 추행을 자행하고 반복하는 과정에서 내비친 행태는 비열하고 악랄하다. 더구나 문학에 뜻을 둔 '습작생들'을 대상으로

이 부끄러운 일이 저질러졌으니 그 실상이 더욱 참담하다. 미성년자이기도 할 습작생과 가르치는 자리에 있는 기성 시인의 관계에 평등한 합의를 바랄 수는 없다. 어떤 시인은 자신의 불안정한 정신 상태를 내세워 협박의 무기로 사용하거나 상대방의 동정심을 유발하였다고도 한다. 사실이라면 인간의 선의를 배반한 죄가 크다. 자신의 나쁜 목적을 위해 문학 그 자체를 모독한 경우도 있다. 한 시인은 고등학생인 습작생들에게 성적인 탈선이 문학적 감수성을 기르는 지름길이라고 말하며 그 일탈과 그로 인한 피해 전체를 '미학적 실천의 일환'으로 여기게 하였다니, 그 글쓰기 교육의 내용뿐만 아니라 가르치는 사람의 자격과 자질을 의심할 수밖에 없다.

문학 교육이건 다른 교육이건 교육만큼 한 사람이 다른 사람에게 영향을 미치는 일도 없다. 미숙한 선생은 그 영향력의 깊이로 자신의 교육자적 자질과 가치를 가늠하려 한다. 그래서 마침내는 학생의 정신과 육체를 식민화하려 한다. 글쓰기 교실의 수업처럼 제도의 뒷배가 없는 교육일수록 그 식민화의 욕구가 더 커질 수 있고, 그 지배 방식이 폭력적일수록 학생에게 미치는 선생의 영향력이 깊어진 것 같은 환각이 일어난다. 그러나 학생을 식민화하려는 시도는 선생이 스스로 품고 있는 교육자적 자질에 대한 의구심과 연결될 때가 많다. 지배의 권력이 교육자의 자질을 확인해주지는 않는다. 가르치는 자는 지배하는 자가 아니며, 배우는 자는 지배받는 자가 아니다. 그 관계가 민주적일 때만 교육의 내용도 민주적 가치를 얻게 된다.

문학과 예술을 직업으로 삼고 그 기예를 익힌다는 것은 좋은 아버지, 좋은 어머니, 좋은 아들이 되는 일이 아니며, 윤리적인 인간이나 좋은 시민이 되는 일이 아니다. 이것은 토마스 만이 그의 소설 『토니오 크뢰거』에서 그 주인공의 입을 통해 발설했던 말이다. 문학과 예술이 한 시대의 윤리에 지배되는 것도 아니고, 그 윤리를 위해 봉사하는 것도 아니라는 말은 빈말도 헛말도 아니다. 그러나 이말은 문학과 예술이 비윤리적이어야 한다는 말이 아니며, 윤리적 탈선을 진보적 윤리관으로 포장하는 데에 사용될 수 있는 말도 아니다. 문학은 한 시대의 윤리적 인습에 굴복하거나 봉사하지 않기에, 그 윤리의 뿌리와 현재적 의의를 성찰하는 여유를 확보한다. 그래서 문학은 근본적으로 윤리적이며 생생하게 윤리적이다. 윤리적 탈선이 권력의 위계에 이른다면 거기에서는 윤리의 뿌리도 그 생생함도 찾을 수 없다.

성희롱 추문이 터져나올 무렵, 한 시 잡지의 신인상 심사가 부정청탁의 의혹을 사게 되어, 그 의혹이 문단의 등단 제도 전반에 대한 논란으로 이어졌다. '등단'은 '데뷔'라는 서양말의 번역어다. 신인작가는 글 쓰는 사람들의 사회를 뜻하는 문단에 어떤 방식으로건 첫발을 내딛게 마련이며 그것이 곧 등단이다. 문제는 그 첫걸음이 일정한 제도적 절차를 밟아서만 가능하게 되어 있다는 것이다. 이 점이 등단·비등단을 갈라 엄격한 선을 긋게 하고, 문학 지망자들과 기성 문인들 사이에 불필요한 위계를 만들어 문단 권력의 한 축을 쌓아올린다. 권력은 늘 부당한 압력을 부를 수 있다.

문인으로 등단하는 몇 가지 길이 있으며, 가장 유명한 길이 신춘 문예다. 서울과 지방의 거의 모든 일간 신문들은 해마다 한 번씩 각 장르별로 신인을 한 사람씩 뽑아 문단과 독자들에게 선보인다. 몇몇 신문사나 잡지사의 장편소설 모집과 함께 가장 화려하게 문단에 등단할 수 있는 길이다. 그다음으로는 문학잡지의 신인상이 있다. 문학잡지들은 주로 새로운 필자를 발굴하기 위한 목적으로 매년 한 차례 이상 신인을 뽑는다. 신춘문예만큼 화려하지는 않지만, 등단 잡지라고 하는 발표 지면이 있어서 신춘문예보다 훨씬 더 실속이 있는 길이다. 또하나의 길은 추천이다. 옛날 문학잡지들은 이름이 널리 알려진 기성 문인들의 추천을 받아 신인의 작품을 게재했으며, 정해진 횟수를 채우면 기성 문인으로 대우했다. 잡지들은 오랫동안 이 추천 제도를 선호했지만, 잡지의 운영상 이유로, 또는 그 잡지와 연결되어 있는 문학 단체의 내부 사정으로 수십 명의 신인을 한꺼번에 추천하는 폐단이 나타난 이후 대부분 신인상 제도를 선택했다. 한 가지 길이 더 있다. 시집이건 소설이건 자비로 단행본을 출판하는 길이다. 좋은 길이지만 지극히 비범하거나 운좋은 작품이 아니라면 언급해주는 매체가 없어 현재로서는 성공하기 어려운 길이다. 등단 제도는 신인들에게 활동의 기회를 마련해주고 독자의 관심을 모아주는 제도이지만 한편으로는 평가하기 어려운 재능을 지닌 사람들에게 그 능력의 발휘를 막아버리는 제도일 수도 있다. 그리고 늘 공평한 것도 아니다. 어느 길에서건 등단 심사 후 공정성에 대한 의혹이 없지 않았다. 이제까지는 선정된 작품의 질을 내세워 그 의혹을 덮어왔지만, 언제까지나 그럴 수 있는 것은 아니다.

현재 한국에는 어떤 길을 밟았건 수많은 '등단 문인'이 있다. 시인만 해도 5만 명이 넘는다는 말을 들었다. 서울과 지방에서 발간되는 크고 작은 잡지들이 모두 신인을 배출하고, 여러 문화제의 백일장으로 등단한 문인들도 있으니 그 수를 모두 헤아리기 어렵고 정확한 통계도 없다. 그러나 현재 시집을 시리즈로 발간하는 네다섯 정도의 메이저 출판사에 원고를 가져가면 하나 이상의 출판사에서 군말 없이 시집을 내줄 수 있는 시인은 300명 안팎이다. 등단 이후의 활동으로 편집자들과 독자들의 시선을 자주 끌었던 시인들이다. 두번째 등단을 거쳤다고 말해야 한다. 문학과 관련된 자리에서 시인으로 떳떳하게 대접받는 것도 그 사람들이다. 이 점은 등단의 문턱이 그렇게 높지 않았다는 것을 말해주기도 한다. 등단 비리가 있었다면, 이 비리는 어쩌면 그 문턱이 낮았기 때문이고, 그래서 심사위원들이 크게 긴장하지 않았기 때문이라고 할 수도 있다.

아마도 가장 공정한 등단은 등단 제도가 없는 등단일 것이다. 야심 있는 신인들이 출판사에 책 한 권 분량의 원고를 보내고, 출판사가 마음에 드는 원고를 골라 책을 출판하는 방식은 특별히 공정함을 요구하지 않아도 공정하기 마련이다. 출판 비용을 감당해야 하는 출판사는 상업적 전망이 있거나 출판사의 명성을 높일 수 있는 훌륭한 원고가 아니라면 출판하지 않을 것이기 때문이다. 현재에도 한 출판사는 시인 지망생들에게 시집 한 권 분량의 원고를 받아 편집위원들의 검토를 거친 후 출간하는 방식으로 새로운 시인을 배출하고 있다. 그러나 신인이 제 재능을 세상에 알리는 길은 그만큼 어려워질 것이다.

정신과 육체의 식민화 시도도, 등단·비등단을 칼같이 가르는 등단 제도도 모두 남을 통해 자신을 확인하려는 열등감 문화의 소산이다. (2016. 11. 11.)

닭 울음소리와
초인의 노래

닭의 해를 맞아 닭 울음소리에 관해 이야기를 하다보면 육사의 시 「광야」를 떠올리는 사람이 적지 않다. 육사는 마흔이 되던 해인 1942년 여름, 일제의 경찰대와 헌병대에 붙잡혀 베이징으로 압송되던 기차간에서 이 시를 구상한 것으로 알려져 있다. 선생은 이 시를 통해, 민족의 가장 처절한 고난이 자신의 한 몸을 꿰뚫었던 그 시간을 민족이 자랑해야 할 가장 거룩한 시간으로 바꾸었다. 그래서 나는 「광야」를 민족서정시라고 부르는 것이 마땅하다고 늘 주장해왔다.

그러나 전체적으로 문맥이 통일되고, 수미가 일관된 이 시가 늘 단편적 이미지들로만 해석되어온 것은 유감스러운 일이었다. 광야에 관해서, 매화 향기에 관해서, 초인에 관해서 저마다 장려한 그림을 떠올리면서도 시 전체를 꿰뚫는 설명을 만나기는 어려웠다. 「광야」는 또한 시구 "어데 닭 우는 소리 들렸으랴"를 두고, 닭이 울었다는 뜻이라는 해석과 울지 않았다는 해석 사이에 논쟁이 오래 계속되기도 했다. 나는 두어 차례에 걸쳐 천지개벽의 순간에 닭이 울지 않았어야 옳다는 점에 대해 글을 쓴 적이 있지만, 그 닭 울음소리의 없음이 시의 핵심 주제와 긴밀하게 연결되어 있음을 강조하기도 했다. 그러나 그 글에 격렬하게 반대한 논자가 있었다. 글자한 자 한 자를 역사적 사실과 얽으려는 그 글에 발을 길게 멈출 필요는 없지만, 이 말만은 해두기로 한다. 시라고 이름 붙인 글에서는그 시를 구성하는 현실 요소를 모두 제외하고도 남은 것을 시라고한다. 시의 현실은 다시 현실로 환원되지 않는다. 육사가 자기 고향원촌을 생각하며 광야라고 말한 것이 사실이고, 백마 타고 오는 초인을 말하며 독립투쟁가 허형식을 생각한 것이 사실이라고 하더라도 시의 광야는 원촌이 아니며 백마 타고 오는 초인은 허형식이 아니다. 그것은 늘 원촌을 넘어서고 허형식을 넘어서는 어떤 새로운가치의 이름이다. 시는 현실에서 시작하나 현실에 묶이지 않는다.시를 읽자.

까마득한 날에/하늘이 처음 열리고/어데 닭 우는 소리 들렸으랴//모든 산맥들이/바다를 연모해 휘달릴 때도/차마 이곳을 범하든 못하였으리라//끊임없는 광음을/부지런한 계절이 피여선 지고/큰 강물이 비로소 길을 열었다//지금 눈 내리고/매화 향기 홀로 아득하니/내 여기 가난한 노래의 씨를 뿌려라//다시 천고의 뒤에/백마 타고 오는 초인이 있어/이 광야에서 목놓아 부르게 하리라

'광야'의 특징은 무엇보다도 접근이 금지되었거나 개척하기 어려운 땅이라는 점이다. 그 땅을 "차마 범하진" 못하고 한번 휘달리는 것으로 자신들의 작업을 끝내고 제 위치를 결정해버린 산맥들은 그 광야에 길 닦기를 포기했을 뿐만 아니라 그곳을 터부의 땅으로 남겨두었다. 반면에 "큰 강물"은 긴 세월의 도움을 받아 비로소 이 땅에 자신의 길을 낼 수 있었다. 그 세월이 "부지런"하다는 것은 그 계절이 쉬지 않고 근면하게 이어졌다는 뜻이고 그 기간 내내 강물의 노력이 또한 그렇게 부단했다는 뜻이다.

지금 그 광야에는 눈이 내린다. 본디부터 험난한 그 자리에 인간의 길을 개척하려는 시인의 노력이 더욱 큰 고난을 맞이하게 되었다. 눈 속에서도 굴하지 않고 홀로 피어 시인의 고고한 이상과 지조를 상징하고 증명하는 매화 향기에는 어떤 아득한 높이가 있다. 이 고결함과 아득함은 물론 시인이 실현할 높은 이상의 아득함일 뿐이다. 그 실천의 아득함 앞에서 시인이 배워야 할 것은 바로 저 큰 강물의 교훈이다. 그는 아득한 세월에 좌절할 것이 아니라 오히려 그 장구함에 희망을 걸어야 한다. 그래서 시인은 그의 "가난한 노래", 현재로서는 별다른 힘을 지닌 것도 아니고 합창해주는 사람도

얻기 어려운 고독한 노래의 씨를 뿌리기로 결심한다.

이 노래의 씨앗은 또다시 "부지런한 계절"을 따라 싹이 돋고 "피여선 지"기를 거듭한 뒤에 "백마 타고 오는 초인"을 맞이하기 위한 것이다. 그러나 이 초인은 어떤 비범한 개인이 아니다. 그것은 사람이라면 누구나 모름지기 그렇게 되어야 할 인간이며, 저마다 제 자유 의지로 행동하게 될 미래의 인류이다. 이 '초인'이라는 표현에는 고난의 극한에서 노래 부르기를 선택한 자신의 의지에 대한 시인의 자부심과 높은 정신적 경지를 확보할 미래의 인간에 대한 강렬한 기대가 겹쳐 있다. 이 새 시대의 새 인류는 지금 시인이 숨죽여 부르는 이 노래를 마음놓고 "목놓아" 부르게 될 것이다.

하지만 그 초인이 도래할 미래의 시간이 "천고의 뒤"인 것은 야릇하다. 천고는 '긴 세월'을 뜻하기도 하지만, 일반적으로는 '먼 옛날'을 말하기 때문이다. 천지개벽의 시간이야말로 그 먼 옛날이다. "다시 천고의 뒤"가 이 시의 눈이 되는 것은 바로 이 때문이다. 이 '천고'는 저 태고의 "까마득한 날"을 미래의 아득한 날과 연결시킨다. 그 까마득한 날에 하늘과 땅의 새벽이 있었다면 이제 아득한 날을 거쳐서 와야 할 것은 '인간의 새벽'이다. 인간은 저마다 자유인이 되어 제 새벽을 맞는다. 이 새로운 천고에, 아득한 미래의 새벽에, 초인이 목놓아 부를 노래는 바로 그 인간 개벽의 '닭 울음소리'가 된다.

이 초인의 노래와 함께 다시 첫 연으로 돌아가면, 까마득한 날 하늘이 처음 열릴 때 어디선가 들렸으리라고 흔히 생각될 만한 저 '하늘 닭의 울음소리'를 시인은 부정하고 있다. 천지가 개벽하는 순간, 하늘이 어떤 지고한 소리를 울려 자신을 진리 그 자체로 선포하고, 신성한 뜻을 가르쳐 인간이 가야 할 길과 가지 말아야 할 길을 미리 정해놓았던 것은 아니라고 시인은 생각한다. 따라서 시인이 천지 개벽의 닭 울음소리를 부정할 때, 그것은 이른바 저 섭리의 목소리를 부정하는 것이다. 천지가 단지 그렇게 열렸을 뿐 어찌 지엄한 닭 울음소리 같은 것이 들렸겠느냐고 말하는 것이다. 인간은 제 운명을 제가 설계해야 하며, 제 노래를 스스로 만들어 불러야 한다. 하늘의 섭리가 아니라 인간의 역사와 그 진보를 믿는 자인 육사陸史의 의지가 바로 이렇게 한 '땅의 역사'로 표현된다.

구성은 완벽하다. 시는 중층적 대립 구도로 짜여 있다. 이 구도의 최소 단위에서 제2연의 '산맥의 성급한 포기'가 제3연의 '강물의 끈질긴 도전'과 대립하고, 제4연의 '시인의 가난한 노래'가 제5연의 '초인의 당당한 노래'와 대립하며, 중간 단위에서 '자연의 교훈'을 우의하는 제2·3연이 '인간의 실천'을 나타내는 제4·5연과 대립되며, 마지막 단계에서 첫 연의 '닭 울음소리가 없는 천지개벽'과 마지막 연의 '초인의 노래가 있는 인간 개벽'이 대립된다. 이 대립 구도는 닭 울음소리가 부정될 때만 보인다.

루쉰은 그의 단편소설 「고향」에서 수구주의자들이 움직일 수 없는 것으로 여기는 터부의 자리에 인간의 가치가 들어서기를 희망하며 다음과 같은 말로 그 끝을 맺었다. "희망은 길과 같은 것이다. 처음부터 땅 위에 길이 있었던 것은 아니다. 사람들이 많이 다니다 보면 길이 만들어진다." 선생은 1936년 루쉰이 타계했을 때, 그를 애도하여 추도문을 썼고 단편소설 「고향」을 번역하여 발표하였다. 육사는 「광야」를 쓸 때, 소설의 저 마지막 구절을 당연히 기억하고 있었다.

육사는 뛰어난 진보주의자였다. 진보주의를 삶의 방식으로만 말한다면 불행한 세계에서 행복하게 살기다. 한 사람의 진보주의자가 미래의 삶을 선취하여 이 세상에서 벌써 미래의 초인으로 살지 않는다면 그 미래의 삶에 대한 확신과 미래 세계의 건설 동력을 어디서 얻을 것인가. 그의 존재는 이 불행한 세상에 점처럼 찍혀 있는 행복의 해방구와 같다. (2017. 1. 6.)

소녀상과
만국의 소녀들

　『한국인과 일본인』은 인류학자도 사회학자도 아닌 수학자 김용운 교수가 쓴 책이다. 이 책은 1960년대에 뿌리깊은나무에서 단권으로 나왔지만 그후 1990년에 한길사에서 네 권의 대작으로 다시출간되었다. 고대의 한국과 일본의 지배 계급은 북방에서 내려온기마 민족이며, 일본어 '사무라이'는 한국의 옛말 '싸울아비'에서유래했다고 주장하는 것도 이 책이며, 한국과 일본은 뿌리가 같기에 서로 적대하면서도 서로 닮는다고 말한 것도 이 책이다. 그러나한국인과 일본인의 명백한 차이에서 은밀한 차이까지 그 다름에대해서도 이 책보다 더 잘 지적한 책을 발견하기는 쉽지 않다.

　이를테면 일본인과 한국인의 자연관의 차이를 말할 때는 몇 개의개념어로 두 나라의 문화 전체가 관통되기도 한다. 일본인이 자연이라고 부르는 것은 극단의 세부까지 손질한 자연이어서 자연보다더 자연이지만, 한국의 자연은 내버려둔 자연이기에 더도 덜도 말고 자연 바로 그것이다. 그게 삶의 태도를 규정한다. 일본인은 하루에 두 번 네 번 목욕을 하지만 한국인이 보기에는 우스운 작태일 뿐이다. 한국인은 뚫어진 창호지를 겨울 찬바람이 불어도 그대로 두고 산다. 저녁에 집에 들어와 버선을 벗어 창호지 구멍을 막았다가 아침에는 버선을 빼내어 다시 신고 나간다는 이야기 앞에서는, 젊은 세대야 그게 무슨 소린가 싶겠지만 내 세대 사람들이라면, 어떤 철학적 감흥까지 느끼게 된다.

최근 두 나라에서 일어난 몇 가지 일 때문에 나는 두 차례나 이 책의 이런저런 페이지들을 불행한 방식으로 다시 떠올리게 되었다. 가깝게는 광화문 촛불과 관련해서다. 주말마다 수십만 촛불을 든 사람들이 광화문에 모이고 있을 때 일본에 전해진 그 뉴스에 일본 젊은이들이 달았다는 댓글이 내게까지 알려졌다. 그쪽 젊은이들은 거의 대부분 "한국은 왜 이러는지 모르겠다"고 고개를 저었다는 것이다. '앗싸리'한 일본인들, 벚꽃처럼 한꺼번에 피었다가 한꺼번에 지는 일본인들은 왕이 항복을 선언하여 제2차세계대전을 끝냈을 때 자신들의 패전을 철저히 인식하고 "돼지우리에서 여자의 머리 모양까지 민주주의식으로 몸바꿈을 했다". 그들은 정부의 정책과 지휘에 따라 모두 민주주의자가 되었다. 거기에는 촛불이 필요 없다. 우리가 어찌 그럴 수 있겠는가. 우리는 식민지에서 벗어나자마자 민족상잔의 전쟁을 치르고, 이승만의 독재와 싸우고, 박정희의 유신과 육박전을 하며 몸을 으깨고, 신군부의 압제에 대항해 피를 흘렸다. 그러고는 이제 다시 정신 나간 정권과 피할 수 없는 싸움에 들어섰다. 한국은 민주주의를 이렇게 일구었고, 민주주의가 또 그렇게 이루어졌다. 필요하다면 촛불보다 더한 무엇이라도 들지 않을 수 없는 것이 한국 민주주의의 운명이고 긍지이다.

그 책을 상기하게 된 또 한번의 기회는 태평양전쟁시에 일본군 위안부로 끌려갔던 할머니들과, 정확하게는 할머니들을 위한 소녀상 건립과 관련된다. 두 해 전에 한국과 일본은 갑작스럽고도 기이한 합의문을 발표했다. 일본이 위안부 생존 피해자들을 위해 100억 원 상당의 돈을 출연하여 할머니들의 생활을 돕는 재단을 꾸리도록 돕고, 이후 한국은 이 문제에 관해 어떤 요구도 항의도 의문도 제기하지 않기로 '최종적 불가역적' 협약을 한다는 것이다. 그래서 이 합의에 따라 한국이 맨 먼저 져야 할 의무는 소녀상을 철거하는 일이다.

일본의 위정자들이 이런 협약을 한 것은 한국과 한국인을 잘 몰라서라고 할 수도 있겠지만 한국에 관해서라면 당사자들을 바보들이라고 말하기 전까지는 거의 할말이 없다. 이런 일에서 한국인은 일본인과 같지 않다. 양력 과세를 하라고 왕이 명령하면 온 나라가 일시에 설을 바꾸고 왕이 항복을 하면 전 국민이 하나같이 삶의 태도를 바꾸는 것이 일본이지만, 한국은 일본 같은 세로 사회가 아니어서 윗사람의 방침과 명령이 아랫사람의 머릿속에까지 곧바로 흘러들어오지는 않는다. 을사늑약 뒤에도 당황했던 것은 일본인들이었다는 말이 있다. 왕이 국권을 넘겨주겠다고 도장을 찍었는데 왜 백성들이 의병을 일으킨다는 말인가. 『한국인과 일본인』에 따르면, 일본과 관련하여 임진란 때까지 거슬러올라가는 이 의병에 대해 일본의 역사학자 도쿠토미는 이런 말을 했다고도 한다. "한국의 의병이란 파리떼와 같다. 파리 때문에 사람이 죽지는 않지만 아무리 잡아도 계속해서 붙는 파리떼가 있는 곳에서 살 수는 없다." 악의를 눌러 담아 쓴 파리떼라는 말이 귀에 거슬리는 것은 사실이나 성현 소크라테스도 상대를 설복할 때까지 잘못된 논리에 끝까지 따라붙는 자신을 파리나 다름없는 등에라 불렀고, 천재 시인 랭보도 '파리떼 웅웅거리는 곳에 진정한 성장이 있다'는 뜻으로 말하곤 했으니 크게 기분 나쁘게 여길 일은 아니다. 아무튼 철부지 정부가 일본과 무슨 협약을 했건 그건 정부의 일일 뿐이니 한국인들이 자기들의 손으로 세운 소녀상을 철거할 이유는 없다. 그래서 돈부터 건넨 일본 정부는 한국에 사기를 당했다고 고래고래 소리를 지른다. 사기는 무슨 사기, 우리가 보기에 일본이 서둘러 꾸려낸 협약은 조카가 가진 땅을 헐값에 사보겠다고 엉뚱하게 팔푼이 삼촌을 꾀어 계약서를 쓴 꼴과 진배없다.

사실 전쟁 위안부 문제는 한국과 일본의 외교적 노력만으로는 감당하기 어려운 과제를 끌어안고 있다. 전쟁 위안부의 징집과 위안소의 운영은 넓게 보아 인류에 대한 범죄였고 좁고 구체적인 관점에서는 남성이 여성에게 저지른 죄악이었다. 소녀상에서 한국 소녀가 치마저고리를 입고 앉아 있거나 서 있는 바로 그 자리는 같은 시기에 같은 처지에 있었던 중국 소녀의 자리이기도 하다. 아니 거기서 그치지 않는다. 위안소에는 일본 소녀들도 있었다. 그들이 군국의 손아귀에 끌려갔건 제 발로 걸어갔건 그것은 문제가 되지 않는다. 남자들이 남자 노릇 한답시고 일으킨 전쟁의 처참한 희생자라는 점에서는 한국 소녀와 일본 소녀의 차이는 없다. 소녀상의 한국 소녀는 한국 소녀이면서 동시에 중국 소녀이고 일본 소녀여야 하는 이유가 그렇다.

그리고 다른 소녀들이 있다. 한국의 남자들도 이 죄악에서 자유롭지 않다. 한국군이 월남전에 참전하는 동안 저질렀던 이런저런 만행들을 우리는 이미 모르지 않는다. 어느 글에서도 썼던 이야기지만 한국의 문인들이 월남전 참전을 사과하기 위해 베트남 문인들을 찾아갔을 때, 그들은 자기들이 이긴 전쟁에 사과는 무슨 사과냐는 태도였지만, 그들만 해도 권력자들이다. 당시 처절하게 파괴되었던 마을 민간인들의 천 갈래 만 갈래 찢어진 마음이 그들의 마음과 같을 수는 없다. 한국의 소녀상이 중국 소녀상, 일본 소녀상, 베트남 소녀상이기도 할 때, 그 소녀상은 아베 같은 인간들이 돈다

발 따위를 들고 감히 넘볼 수 없는 어떤 높이와 넓이를 얻을 것이다. 한국 소녀에게 참으로 절실하고 엄숙한 문제는 만국의 소녀들에게도 절실하고 엄숙한 문제다.

경남 진주의 활동가들이 진주 교육지원청 뜰에 세운 진주평화기림상을 나는 사진으로만 보았지만 그 소녀상은 내가 알고 있는 어떤 소녀상보다도 아름답다. 한 시대의 불행을 딛고 우뚝 서 있는 소녀는 벌써 희생자 이상의 어떤 존재다. 인류의 죄악을 알고 있고 자신의 불행과 함께 모든 여성의 불행을 알고 있기에 그의 표정은 단단하다. 그는 한국 소녀이면서 벌써 한국 소녀가 아니다. 그는 어두운 광장을 온기 약한 촛불로 밝혔던 역사에서만 얻을 수 있는 자신감으로 중국 소녀가 되고 일본 소녀가 되고 베트남 소녀가 된다. 지극히 가녀린 촛불로 바닥을 단단하게 다진 민주주의만이 만국의 민주주의가 된다고 감히 말할 수 있기 때문이다. (2017. 3. 3.)

투표의 무의식

내가 5·18기념재단을 찾아갔던 날, 재단 문화센터의 1층에서는 '일구구칠 망월'이라는 제목을 걸고 임무택씨의 사진전이 열리고 있었다. 1997년은 광주 사람들에게, 아니 더 넓게는 이 땅의 민주화를 열망했던 사람들에게 어떤 이정표가 세워진 해라고 말해야 한다. 김대중 전 대통령이 대통령에 당선되어 명실상부하게 정권교체가 이루어진 일을 이해에 일어난 가장 큰 사건으로 꼽을 수 있겠지만, 사람들에게 크게 알려지지 않은 자리에서 다른 일들도 진행되고 있었다. 1980년 5월, '폭도'라는 이름으로 학살당해 망월동 광주시립묘원 제3묘역에 묻혔던 고인들의 주검이 다시 수습되어 운정동 국립묘지로 이장하게 된 것도 1997년의 일이다.

임무택씨의 전시 사진은 그 이장의 과정을 필름에 담은 것이다. 그 사진들을 보고 있으면 슬픔이나 비애라고만 말하기 어려운 이상한 감정에 휩싸이게 된다. 청소차나 손수레에 실려 와, 쓸모없어진 물건들이 처리되듯 함부로 묻혔던 사람들의 시신들이 백골이 되어 드러난다. 그 시신들이 온전할 리 없다. 총을 맞아 부서져버린 뼈들, 열일곱 해 동안 풀뿌리에 얽혀 삭아 내려앉은 갈비뼈와 척추와 두개골들, 그 뼈를 바라보고 있는, 부모이기도 하고 형제이기도 하고, 때로는 자식이기도 한 흰옷 입은 사람들, 그것들은 슬픔이라기보다 차라리 슬픔의 저편 언덕처럼 보인다.

그해 5월 계엄군의 총칼에 그 많은 사람이 원통하게 죽은 뒤, 이제는 사람들을 죽인 바로 그 총칼이 뒤에 남은 사람들의 입을 다물게 했다. 광주에 관해 숨죽이지 않고도 말할 수 있게 되기까지는 한 세월이 필요했지만, 그 세월을 보내고 나니 이제 바깥사람들은 광주를 잊어가고 있었다. 그래서 광주는 '지루한 이야기'가 되었다. 그때 이후 가장 큰 슬픔을 지닌 사람들은 오히려 입을 다물었을지 모른다. 슬픔은 풀뿌리에 얽혀 삭아내린 그 백골과 같았을지 모른다.

사진전을 주최한 5·18기념재단은 전시회의 팸플릿에 이렇게 썼다. "5·18민주화운동 후 급하게 조성된 묘역, 옛 5·18묘지는 민주화운동의 원동력을 제공하며 회한의 터로 자리매김되었고 그후, 17년 세월은 학살의 기억을 해원의 터로 승화시킨다. 그리고 국립 5·18민주묘지로 이장함으로써 서러운 '학살'로부터 살아남은 자를 위한 씻김의 해원 공간으로 발현되었다." 이 '해원'이라는 말, 이

'씻김'이라는 말은 슬픔이 이제는 건너가버린 저편 언덕처럼 들리고, 비애의 무의식처럼 들린다.

나는 '슬픔의 무의식'이라는 말을 문득 생각해내고는 엉뚱하게도 내가 키우다 죽여버린 난초 분들을 떠올렸다. 식물을 잘 키워 '푸른 손'이라는 별명을 가진 사람들이 있지만, 내 손은 거의 악마의 손에 가깝다. 난초는 늘 내 손에서 죽었다. 그러나 나도 난초를 키울 때 꽃 한 송이라도 더 피게 하고, 잎 하나라도 더 기운차게 만들겠다고 온갖 정성을 다 기울였던 것이 사실이다. 그러나 뒤를 돌아보면 바로 그 정성이 결국 난초를 죽였다. 난초를 죽인 것은 내가 준 물이었고, 내가 준 영양제였고, 난초 잎 반짝이게 하려고 잎을 닦아내던 내 붓질이었다. 나는 늘 정성을 쏟았지만, 그 정성은 난초에게 늘 독이 되었을 뿐이었다. 그것이 정성이라는 이름을 가진 욕심이었기 때문일지도 모르겠다.

난초가 아니라 자식을 키워본 부모들 가운데도 내 말에 동의할 사람이 적지 않을 것이다. 어느 부모가 자식을 잘 키우고 싶지 않을까. 그러나 부모가 쏟은 정성이 항상 자식의 살이 되고 피가 되는 것은 아니다. 때로는 칭찬도 독이 되고 꾸중도 독이 된다. 부모의 과도한 기대로 시든 아이들이 있고, 부모의 무관심 때문에 자신을 버림받은 아이라고 생각하고 모든 것을 포기해버린 젊은이도 있다. 그렇다고 해서 애매한 중간에 기댈 수도 없다. 그것은 이중의 독이 될 수도 있기 때문이다.

아니, 난초를 죽이는 엉터리 원예가나, 자식을 병들게 하는 서툰 부모를 생각할 것까지도 없다. 저 자신이 어떻게 커서 어떻게 살아왔는가를 한번쯤 생각해보면 모든 것이 명백해진다. 저 자신을 망치고 싶은 사람이 어디 있겠는가. 그러나 저 자신을 망친 사람은 많다. 게을러서, 의지가 부족해서, 사회적 여건이 따라주지 않아서, 핑계를 댈 수 있는 말은 많다. 그리고 그 변명과 핑계들은 사실이기도 할 것이다. 따지고 보면, 게으름을 말할 때 늘 부지런함이 있었고, 부족한 의지를 말할 때 제 최선의 의지를 끌어내려고 애쓰지 않은 사람이 없다. 그러나 저를 바꾸지는 못했다. 저 자신을 제 마음대로 할 수 있었다면 성공하지 못할 사람이 어디 있겠는가. 그러나 성공하지 못한 사람들은 얼마나 많은가. 우리는 저 자신도 바꾸지 못한다. 저 혼자만의 터전이 마음속 깊은 곳일수록 더 그렇다.

난초는 내 마음속 깊은 곳, 다시 말해서 나의 무의식과 같다. 나의 무의식은 나이면서 내가 아니다. 그것은 내 의지에 따르지 않으며, 내 말을 듣지 않는다. 내 욕망이 난초를 꽃 피우게 할 수 없으며, 내 아이를 착한 아이가 되게 할 수 없다. 내 욕망이 항상 나 자신을 훌륭한 사람으로 만들어주는 것도 아니다. 불교의 선사들이 미망에서 벗어나라고 말할 때도 아마 이 정황을 염두에 둔 것이리라. 필경 의식과 무의식이 같은 것이 되게 하라는 말일진대, 그것은 하염

없이 마음을 닦는 수고로만 이루어질 것이다. 어쩌면 너무나 하염없어서 그 수고로움이 수고로움인 것조차도 잊어버리면서 이루어질 것이다. 열일곱 해 동안 풀뿌리 속에 묻혀 있다가 마침내 "학살의 기억을 해원의 터로" 삼은 저 주검들, 그날의 분노와 애통한 마음을 씻김의 흙과 바람 속에 풀어놓는 저 백골들은 그래서 우리 슬픔의 무의식이 아닐 수 없고, 우리 열망의 무의식이 아닐 수 없다.

나는 지난겨울과 이 봄이 우리의 정치적 무의식을 바꾸는 어떤 계기를 나타낸다고 감히 생각한다. 우리 사회에서 그렇게 공고했던 박정희 신화가 그 딸의 손에 의해 무너진 것이 이 계절이었고, 회반죽처럼 단단한 수구 세력이 궤멸 직전에 이른 것도 이 계절이었다. 역사의 간계와 의지 같은 것을 느끼게 한 것도 이 계절이다. 우리는 지금 그래서 이 계절의 마지막 눈을 그리기 위한 선거를 눈앞에 두고 있다.

내 주변에는 젊은 날에 혁명 투사였으며 지금도 사실상 혁명 투사로 살고 있는 사람들이 많다. 그런데 그 가운데는 대선에서건 총선에서건 투표 같은 것을 외면하고 사는 사람들이 적지 않다. 그 거대한 혁명이 투표 행위로 줄어든 것이 한심해서일까. 불타버린 노적가리에서 타다 남은 낟알이나 줍고 있을 수는 없다고 생각해서일까. 나는 그 친구들 옆에서 투표는 역사의 무의식 만들기라고 자주 되풀이 말하곤 한다.

내가 지지했던 후보가 당선되지 못했을 때, 이를테면 박근혜가 대통령으로 당선되었을 때, 나는 내가 죽인 난초 분들을 생각한다. 이 나라는 내 나라지만 내 의식과 같은 나라는 아니다. 이 나라는 지금도 살아 움직이는 어떤 역사를 살고 있지만, 모든 사람들의 마음이 그 역사의 의지와 같은 의지를 지닌 것이 아니다. 저 알 수 없는 사람들의 마음은 역사의 무의식과 같다. 그 무의식이 늘 투표를 통해 나타나니 어쩌면 행복한 일이기도 하다. 성급한 사람들에게는 투표가 '어느 세월에'라고 한탄하게 하는 영원히 가망 없는 일처럼 보일 수도 있다. 그러나 마침내 꽃 피는 난초 분들이 있고, 잘 자란 아이들이 있다. 마침내 깨어지는 벽이 있다. 그래서 투표는 역사적 무의식이자 그 거울이다. 한 사람 한 사람의 투표는 저 역사적 무의식의 세포를 바꾼다. 확실하다. (2017. 4. 28.)

풍속에 관해
글쓰기

제목에는 '풍속'이라고만 썼지만 더 정확하게 말하려면 '남자의 풍속'이라고 하는 것이 옳겠다. 그런데 내가 말하려는 것이 정말로 풍속일까. 차라리 남자의 전설이나 남자의 신화라고 해야 맞지 않을까. '남자는 여자와 어떻게 다른가'를 주제로 내걸고 전개하는 모든 종류의 언술을 두고 하는 말이다. '남자는 여자와'는 '남자와 여자는'과 크게 다른데 앞의 말은 뒤의 말과 달리 어디까지나 남자가 그 주제의 중심에 있기 때문이며, 남자들을 위한 남자들의 이야기가 그 주제 아래 펼쳐질 것이 불을 보듯 뻔하기 때문이다.

이런 말로 시작하는 이야기는 여자들을 불편하게 하지만, 남자들에게도 항상 편한 것은 아니다. 남자는 여자와 달라야 할 것 같은, 그리고 그 다름에 대해 말해야만 할 것 같은 이중의 강제성을 그 이야기들이 움켜쥐고 있기 마련이다. 실제로 이런 주제의 이야기가 철이 든 이후 내 삶에서 농담이 아닌 방식으로 제시되어 나를 압박했던 것은 군인으로 생활할 때가 처음이었다. 한국 군대에는 〈진짜 사나이〉라는 군가도 있지만, 어느 나라 군대에서나 남자가 남자다워야 한다는 주장은 온갖 무리한 명령을 합리화하기 위해 사용할 수 있는 가장 손쉬운 방법이다. 남자는 남자다워야 할 뿐만 아니라 늘 그렇게 말함으로써 외부의 비열한 세계로부터 자신을 분리하려고 노력해야 한다. 그것은 폭력적 세계의 존립을 가능하게 하는 철학이고 형이상학이다. 그러나 군대에서 듣게 되는 모든 언설은 우리를 정말로 심각하게 압박하지는 않는다. '여기는 군대니까'라고 생각하면 그만이고, 우리가 군인으로 살아야 하는 시간은 길건 짧건 정해져 있다.

저 철학과 형이상학이 좀더 세련된 모습을 띠고 나타난 것은 내가 첫 직장 생활을 할 때였다. 나는 전역 후 미혼 여성을 대상으로 하는 한 월간지에서 잠시 편집자로 생활비를 벌었다. 그 잡지는 걸핏하면 '심층 분석 남자' 같은 특집을 꾸몄다. 한번은 아이가 둘인 편집장이 '남자의 세계'라는 특집을 제안하며 '남자에게는 아내도 가족도 이해하지 못하는 남자만의 세계가 있다'고 주장했다. 그때 나는 나 자신을 돌아보며 내게는 그런 세계가 없는 것 같아 당혹스러웠지만 아직 미혼이어서 그럴 것이라고만 생각했다. 그러나 결혼을 하고 두 아이를 키우고 있을 때도 남자의 세계와 관련된 내 사정은 달라지지 않았다. 그 무렵 나는 우연히 장욱진 화백의 전시회를 관람하게 되었다. 그림 하나가 눈길을 끌었다. 아마도 화제가 '밤'이었을 것이다. 반달이 떠 있는 밤에 한 집의 내부에 가족들이 쓰러져 자고 있는데 가장일 것이 분명한 한 사내가 집밖에 나와 홀로 하늘을 바라보고 있었다. 화가의 의도가 무엇이었건 그 사내는 '아내도 가족도 모르는 남자만의 세계'에 들어가 있을 것이 틀림없었다. 그림은 앞에서 말한 그 철학과 형이상학의 미학적 결정판처럼 보였기에 나는 다시 한번 당황했다.

나는 내게 딱히 남자다운 세계나 남자만의 세계가 없는 것은 내가 문학을 공부하며 시나 소설 같은 '나약한 것'에 심취해 있기 때문은 아닌지 의심하기도 했다. 더구나 나는 여학생이 많을 뿐만 아니라 늘 두각을 나타내는 불문학과에서 공부를 하였기에 오직 남자만이 해야 할 일이 내 생애에 있을 것 같지 않았다. 그렇다고 해서 프랑스 문학이 '남녀평등의 문학'은 전혀 아니다. 우리가 아는 거의 모든 문학 사조가 프랑스 문학에서 비롯하듯이, 모든 문학적 여험의 형식도 프랑스의 시와 소설에 그 연원이 있는 것은 아닌지 의심스럽기도 하다. 많은 예를 들 것도 없이 소설 속의 에피소드들만 한두 개 이야기해도 충분하다. 루이페르디낭 셀린의 한 소설에서 사춘기를 갓 넘어선 주인공은 군대에 입대한 직후 면회 온 어머니를 돌려보내며 다른 병사들이 보는 앞에서 그 등뒤에 감자를 먹인다. 그는 아이가 아니라 남자다. 소설 속의 이 장면은 풍자가 아니다. 셀린은 2차세계대전 때 나치 독일에 적극 협력하였다. 몽테를랑의 소설은 이런 에피소드를 넘어선다. 그의 소설은 거의 모두 남자 주인공이 여자를 유혹하여 성적으로 굴복시킨 후 그 여자를 버리는 이야기다. 그것이 저 찬란한 프랑스 문학 한복판에서 개화한 남자들의 풍속도이기도 했다. 몽테를랑도 2차세계대전 때 나치 독일에 적극 협력하였다.

그들이 나치에 협력하였다는 것은 중요하다. 그것은 남자만의 세계가 남성적 폭력의 세계이며, 그 대대적인 폭력이 여성혐오의 극단적 확장이라는 것을 암시하기 때문이다. 가부장제 사회에서 남자는 늘 실권을 장악해왔다. 권력을 얻고 누리기 위해서는 또다른 권력이 필요하다. 권력에 대한 끝없는 갈망은 그 남성적 세계의 외부를 대상화하기 마련인데, 그 대상화된 세계가 이번에는 남자만의 세계를 승인하고 만다. 한 세계를 구성하기 위해서 여자를 수동적인 존재로 만들고, 그 수동적 존재들을 통해서 남성적 세계의 적극성이 확인된다는 말인데, 남자다운 세계는 남자답지 않은 세계를 끝없이 생산할 때만 존속된다는 말이기도 하다. 거기에 바로 남자다운 세계의 아이러니가 있다.

안경환씨가 법무부 장관으로 지명되었을 때 그의 책 『남자란 무엇인가』가 상당한 파장을 일으켰다. 나는 저자의 선의를 믿으며, 그가 이 책을 통해 인권 의식을 드높이려 하였다는 고백을 여과 없이 받아들인다. 그러나 나는 그가 이 책으로 그 목적을 달성했다고는 생각하지 않는다. 어쩌면 그의 의도와는 반대로 남녀 간의 갈등을 운명적인 것으로 여기게 만들었다고 말해야 할지도 모르겠다. 저자를 비난할 생각은 없지만, 그 이유를 찾아보는 것이 우리의 '생각의 역사'를 한 치라도 높이는 일에 도움이 될 수 있다면 좋겠다.

나는 안경환씨가 이 책에서 남자의 성매매와 외도를 암묵적으로 용인하고 있다는 것은 부차적인 문제에 불과하다고 본다. 중요한 것은 안경환씨의 글에서 남자는 늘 하나 이상의 서사를 얻고 있지만 여자는 늘 여자일 뿐이라는 것이다. 말하자면 여자는 그 서사 밖에서 타자가 되어 있다. 타자가 된다는 것은 얼마나 큰 재난인가. 『톰 아저씨의 오두막』을 읽고 운 사람도 『바람과 함께 사라지다』를 읽을 때는 남군이 승리하기를 바란다.

남자의 서사가 손쉽게 만들어지는 것은 남자들의 행동거지가 부정적이건 긍정적이건 벌써 풍속의 가치를 얻기 때문이다. 풍속이 만들어주고 승인해주는 남자들의 습관은 자주 남자들의 생리나 본성과 혼동되기 때문에 반성을 해도 그 반성의 효과는 없다. 생리와 본성을 어떻게 철저하게 반성할 수 있겠는가. 남자들의 권력 행사가 하나의 풍속이 되었다는 것은 그 권력의 힘이 일상의 미세한 틈에까지 스며들어 있다는 말이기도 하다.

풍속이 되어 이미 팽배해진 이 권력에서는 그 팽배함이 오히려 구원의 인자로 작동할지도 모르겠다. 바타유는 『에로티즘』에서 성행위를 '내적 충만함의 방출'로 정의하기도 했다. 생명은 늘 충만함을 지향하기에 그 방출은 위반과 탈선에 해당한다. 그리고 위반과 탈선은 죽음과 연결된다. 성행위로 체험하는 이 짧은 죽음은 개인적인 관점에서도 사회적인 관점에서도 한 풍속의 전면적 쇄신의 은유일 수 있다. 한 사람이 풍속에서 빠져나와 그 풍속을 객관화한다는 것은 그의 삶과 의식을 전면적으로 개혁하는 일이다. 흔히 말하듯 개혁은 죽음이자 동시에 부활이다. 선의를 얻기는 쉽지만 쇄신은 어렵다. 죽음은 어느 경우에나 쉬운 일이 아니어서 살아서는 은유로만 체험된다. 안경환씨의 책에서 보게 되는 이상한 비관주의, '남자는 이렇게 생겨먹었다'로 표현되는 비관주의는 이 실천해야 할 쇄신 앞에서의 망설임이라고 말해야 하겠다. (2017. 6. 23.)

희생자의 서사

근대 서정시의 걸작 가운데는 그 짧은 형식 안에 이야기를 품고 있는 시들이 많다. 물론 그 이야기는 압축되고 생략되어 있으며, 그래서 오히려 우리의 감정을 자극하는 힘이 그만큼 커지기도 한다. 가까운 데서 예를 들자면, 이용악이 식민지 시대에 썼던 시 「강가」는 여덟 줄의 시 속에, 아들이 감옥에 잡혀 있는 한 늙은이의 이야기를 소개하고, 마지막 네 줄로 그 이야기의 깊이를 만든다. "그 늙은인/암소 따라 조밭 저쪽으로 사라지고/어느 길손이 밥 지은 자천지/끄슬린 돌 두어 개 시름겹다." 노인이 떠난 강가에는 돌을 세워 아궁이를 만들고 그 위에 솥단지를 걸어 밥을 지었던 흔적이 있다. 어느 나그네가 지나갔던 자취다. 이 길손의 취사는 기능으로만 본다면 오늘날의 등산객이 버너와 코펠로 밥을 짓는 것과 다를 것이 없다. 다른 것이 있다면 이 강가의 "끄슬린 돌 두어 개"가 그 시절 한 가정의 부엌을 간소한 형식으로 다시 조립하고 있다는 것이다. 부엌은 가정의 중심으로 조왕신이 깃든 곳이다. 나그네는 혼자 몸으로 집을 이루고, 살길을 찾아 그 집을 끌고 간다. 아마 노인도 감옥이 있다는 청진까지 아들을 찾으려 그렇게 밥을 지으며 갈 것이고, 청진에서 아들과 함께 그렇게 집을 짓고 허물며 돌아올 것이다. '강가'라는 제목은 무심하다. "시름겹다"는 말로 끝은 맺었지만, 어찌 이 시름을 다 말할 수 있겠느냐는 듯이 무심하다. 한 시대에 이 민족이 유랑하며 겪었던 고뇌가 이 무심함 속에 다 들어 있다.

그러나 내가 하려는 이야기는 다른 이야기다. 보들레르의 시집 『악의 꽃』에는 「살인자의 술」이라는 끔찍한 이야기를 담은 끔찍한 시가 들어 있다. 어느 술꾼이 잔소리하는 아내를 우물 속에 밀어넣어 살해한 뒤 또다시 술집에 앉아, 아내에게서 풀려난 해방감과 아내를 죽인 자의 절망감을 동시에 읊고 있는 시이다. 그는 아내를 진정으로 사랑했기 때문에 죽였다고 말하는데, 이 변명은 좀 평범하게 들린다. 그러나 진정한 사랑에는 늘 범죄와 자살의 유혹, 극심한 불안, 억압과 해방에 대한 갈증이 따라다닌다는 뜻의 말을 덧붙임으로써 자신의 범죄를 극적인 서사로 꾸민다. 벌써 150년이 지난 프랑스의 이야기다.

그런데 최근에 들어 한국의 신문에서 아내나 애인을 죽인 남자들의 기사를 종종 보게 된다. 보들레르의 살인자와 한국의 살인자들은 물론 다르다. 저쪽 나라 살인자는 여자에게서 해방되기 위해서 살인을 했지만, 지금 이 땅의 살인자들은 거의 대부분 자신에게서 떠났거나 떠나가려는 여자들을 살해한다. 억압과 해방의 주체가 역전되어 있다. 그러나 영원히 변함없는 사실이 있다. 살해된 여자들은 말할 수 있는 입이 없지만 남자 살인자들은 사랑의 서사건 증오의 서사건 자신의 서사를 만들 수 있다는 것이다. 그리고 그 서사는 어느 나라 어느 남자를 막론하고 늘 똑같다. 남자에게 여자는 그가 가장 가까이에서 만나는 사회의 얼굴이다. 어렸을 때는 사회가 요구하는 것을 어머니가 대신해서 전달하고, 어른이 되어서는 사회가 요구하는 바를 아내가 대신해서 요구한다. 남자를 붙잡고 잔소리하는 여자나 거꾸로 남자에게서 해방되려는 여자나 본질적으로 그 요구 사항은 같다. 남자는 저 '명령하는 사회'를 자기 힘으로 파괴할 수는 없지만 여자는 만만해서 죽일 수 있다.

그런데 살해된 여자에게 자기 서사를 만들 수 있는 입이 있다면 그 서사는 훨씬 더 고통스러울 것이다. 여자가 남자에게 사회의 요구를 전하기 전에 사회는 먼저 여자에게 명령한다. 가부장 사회에서 밥하고 빨래하고 청소하고 아이를 키우는 일에서부터 다른 일까지 삶의 실제에 해당하는 거의 모든 일을 담당하고 있는 여자는 사회의 막중한 명령을 자신의 어깨로 느낀다. 게다가 명령을 전달하는 여자는 남자를 달래기도 해야 한다. 그래서 남자는 여자가 어떤 마술로 저 명령을 말랑하게 만들어주기를 바란다. 여자에게 그런 마술은 없다. 여자는 살해당함으로써 마지막 마술을 베푼다.

이 글을 읽는 남자들은 자기는 그런 남자가 아니라고 말하지 말기 바란다. 가부장 사회에서 착한 남자건 나쁜 남자건 남자의 서사는 같다. 남자의 서사는 못난 살인자의 서사에 이르기까지 모두 영웅의 서사다. 먼저 들어야 할 것은 희생자의 서사다. 역사의 발전은 늘 희생자의 서사로부터 시작한다. (2017. 7. 29.)

더디고 더딘 광복

나는 1945년에 태어났기에 해방둥이라는 말을 늘 유심하게 들으면서 커왔으며, 그 말이 내 동갑들에게 해방의 축복을 두 배로 늘리는 것 같아 자랑스러운 마음도 들었다. 이제는 해방이 70년도 더 지난 일이 되었고 내 동갑들의 나이도 70이 넘었으니 그 말로 지시해야 할 대상 자체가 사실상 없어졌다. 그러나 그들 가운데는 광복된 조국과 생년이 같다는 이유 하나만으로, 영원해야 할 조국의 정신적 운명이 자신들의 생물학적 운명과 무슨 평행 관계라도 이루는 것처럼 착각하고 싶어하는 사람들도 없지 않다. 나도 그 가운데 한 사람인데 '해방 조국'이 어느 시절까지는 우리 세대와 함께 철이 들어온 것이 사실이기도 하다. 무엇보다도 같은 노래를 부르면서 컸다.

다섯 살에 한국전쟁을 맞고 그 전쟁이 끝나면서 곧 초등학교에 입학했던 해방둥이들은 학교에서 글을 배웠지만 노래도 배웠다.

교과서에 나온 노래가 아니었으나 무슨 이유에서인지 학교에서 배워야 했던 노래 가운데는 〈조선의 노래〉가 있었다. "백두산 뻗어내려 반도 삼천리 무궁화 이 강산에 역사 반만년", 가사가 이렇게 시작한다. 여학생들이 고무줄놀이할 때도 부른 노래라서 아마도 그 가사가 온전히 기억에 남아 있을 터이다. "백두산"으로 시작하는 반구는 조국의 지세와 그 크기를 말하고, 뒤의 반구는 그 아름다움과 유구한 삶의 역사적 전통에 관해 말한다. 새로 독립한 나라가 그 국민들에게 강조해야 할 모든 것이 거기 다 들어 있다. 독립을 맞아 새로 문을 연 학교가 이런 노래를 가르친 것은 당연한 일이었다.

역시 학교에서 배운 노래로 내용이 비슷하지만 더 강력한 느낌을 주었던 노래는 가사 중간에 "단군 성조 세워주신 신성한 나라 뭉치자 민족의 혼 바치자 충성"이라는 구절이 들어 있었지만 그 제목은 생각나지 않는다. "영광의 피를 받은 한 뿌리 민족"이라는 말도 그 가사의 일부였던 것 같다. 해방과 함께 조국이 둘로 갈라지고 갈라진 두 조국이 서로 맞붙어 전쟁까지 치렀으니 나라와 학교가 이런 노래를 가르치지 않을 수 없었을 것이다.

그러나 나로서는 이런 애국 가요보다 더 많이 마음을 움직인 노래를 학교 밖에서 배웠다. 이 노래도 제목은 잊었고 가사만 기억난다. "아버지 학교에 보내주세요. 저기 가는 저 학생 바라보세요. 검정 치마 흰 저고리 가방을 메고 학교에 가는 것이 나는 부러워." 해방이 되고 나서는 곧 의무 교육이 실시되었으니, 이 노래는 식민지 시대부터 불려왔을 것이 틀림없다. 해방 후에도 의무 교육은 명색일 뿐이어서 학교에 일정한 운영비를 지불했지만, 일제 강점기에는 월사금이라 하는 적지 않은 수업료를 매달 학교에 가져가야 했다고 한다. 가난한 부모가 그 돈을 감당하기는 어려웠다. 가난한 어린이의 불행은 글을 깨칠 수 없다는 데만 있는 것이 아니었다. 검정 치마 흰 저고리와 가방이라고 하는 유니폼은 학생이 될 수 있었던 아이들의 특별한 신분을 나타내고 그 신분이 누릴 수 있는 특별한 문화를 암시한다. 한 사회에서 선별된 사람들이 누리는 문화는 그 안에 들어가지 못한 사람들을 억압하기 마련이다. 그러나 해방 후 이 억압을 사람들은 다른 방식으로 체험했다.

해방과 전란 이후 이 땅에서 태어난 아이들은 누구나 학교에 갈 수 있고 또 가야 했다. 당시 농민이 전체 인구의 8할을 차지하는 나라의 어린 학생들이 우선 알게 된 것은 학교 건물이 자신들의 집과는 다른 방식으로 지어졌으며, 그 안에서의 생활 방식이 집에서의 생활 방식과 다르고 양쪽에서 쓰는 말이 미묘하게 다르다는 것이었다. 아이들은 명백한 문화 충격을 느꼈지만 그것은 저마다 감추어야 할 충격이었기에 입을 열어 그것을 말하는 학생은 없었다. 어쩌면 이 충격은 학교 교육이라고 하는 거대하고 움직일 수 없는 제도의 무게 때문에 느끼기도 전부터 내면화되어 있어서 학생들은 충격을 충격으로 받아들일 수 없었을지도 모른다. 게다가 크게 보면 근대화의 이념과 민주주의의 이념이 우리 몸속으로 함께 들어온 것도 이 충격의 자리를 통해서였다. 그러나 다른 한편으로는 먼저 근대를 만난 도시가 농촌을 식민지화하는 추세도 이 내면화된 충격을 통로로 삼았다. 그리고 이 통로에는 "아버지 학교에 보내주세요"라는 노래가 복잡한 방식으로 얽혀 있다. 이 충격을 일종의 세례로 여기는 어떤 의식이 그 노래 속에 있기 때문이다.

4·19혁명이 일어난 것은 중학교 3학년 때였다. 학생들에게 그 많은 피를 흘리게 한 것도 애국과 민주주의의 이념이었다. 그러나 4·19는 또한 못다 이룬 해방과 광복의 연장이고 또하나의 단계이기도 했다. 이 혁명은 역사의 곡절 속에서 상실했던 기회를 되찾아, 제 뜻으로 설계하고 제 손으로 이행해야 할 나라다운 나라의 건설에 대한 갈망의 표현이었기 때문이다. 또 한번 해방과 민주의 의식이 사람들의 몸을 관통했고 이 충격은 감춰야 할 것이 아니었다. 안타깝게도 이 뜨겁고 거센 갈망의 소용돌이 속에서 군사 쿠데타가 일어났다. 길고 긴 군사 독재의 시작이었다. 독재자들이 견디지 못한 것은 무엇이었을까. 그들은 그것을 혼란이라는 이름으로 뭉뚱그렸지만, 따지고 보면 그 혼란은 인간 심성의 복잡함이자 그 인간들로 이루어진 사회의 복잡함이며, 거기에 토대를 둔 온갖 사회적 가능성과 창조력의 복잡함이었다. 박정희의 유신 체제가 가장 두

려워했던 것이 노래에서건 영화에서건 시에서건 모든 종류의 새로운 발상법이었다는 사실이 그 점을 증명하고도 남는다.

해방에 대한 숨은 갈망이 더없이 깊어졌을 때 박정희는 죽었다. 깊은 갈망은 또다시 드러난 갈망이 되었다. 날마다 새로운 시와 노래가 만들어졌고 전대미문의 지적 열기가 나라를 뜨겁게 달구었다. 신군부가 견디지 못한 것도 그것이었다. 적어도 그들이 내세운 바로는 그렇다. 나라는 또다시 사슬에 묶였다. 광주가 피를 흘렸고 긴 싸움이 다시 시작되었다. 이 싸움 끝에 1998년에는 마침내 평화적으로 정권을 교체했고, 그 기운을 타고 2002년 월드컵 행사 때는 온 나라 사람들이 '아 대한민국'을 그지없이 자랑스럽게 외칠 수 있었다. 조국 광복이 그렇게 고개 하나를 더 넘었다. 우리의 앞길에는 8·15 해방과 더불어 갈라진 조국을 통일하는 일만 남은 것 같았다.

그 여유를 타고 이명박, 박근혜 정권이 들어섰다. 열정과 그 해방 다음에 늘 찾아오는 억압이라고 해야 하나. 사회는 분열되고 성장하던 민주 의식은 억압을 당했으며, 어렵게 닦아놓은 통일의 길은 끊어졌다. 국가는 국민들에게 정의도 안전도 확보해주지 못했다. 세월호가 침몰할 때는 300명이 넘는 어린 학생들이 배와 함께 물속에 가라앉았지만 나라는 그들의 죽음을 바라보고만 있었다. 지난겨울 촛불집회에 모인 사람들은 "이게 나라냐"고 물었다. 내 주변에는 그 추운 겨울에 열아홉 번 스무 번 촛불을 들었던 사람들이 있다. 나라 아닌 나라에서 신생 독립국을 세우는 심정이었을 터이다.

　박근혜의 탄핵이 결정되었을 때, 사람들은 이런 말을 했다. "운동권 전체가 반세기의 노력으로도 깨뜨리지 못한 박정희 신화를 그 딸이 삽시간에 깨뜨렸다." 물론 항간의 우스개지만 그 안에는 깊은 진실도 담겨 있다. 이제는 어떤 역풍도 역사의 아름다운 조류 위에서는 순풍의 다른 모습일 뿐이라고 그 우스개는 말한다. 그래서 우리는 또 한번 광복의 고개에 올라설 수 있었다. 광복은 이렇게 더디고 더디지만 그 최초의 정신이 우리를 내내 지켜주기도 했다. 나는 그 정신이 "아버지 학교에 보내주세요"라는 노래와 여전히 얽혀 있다고 생각한다. (2017. 8. 18.)

내가 아는 것이 무엇인가

세계적으로 성공한 총서들이 여럿 있지만, 그 가운데서도 프랑스 대학 출판사에서 발간하는 '크세주' 문고를 아마 첫손가락에 꼽아야 할 것이다. 가로 11.5센티미터 세로 17.5센티미터의 문고본 판형 128쪽에 학식과 문화의 모든 영역에 걸쳐 백과사전적 지식을 항목별로 담고 있는 이 총서는 현재 3천 표제를 훨씬 웃도는 책이 40여 개의 언어로 옮겨졌으며, 그 가운데 일부는 한국어로도 발간되었다. 다양한 분야에 관심을 지닌 독서 대중을 위해 각 학문 분야의 전문가들이 집필을 담당한 이 '백과문고'는 우리 시대의 학술을 대표할 만한 기본 지식의 저장고다.

'내가 알고 있는 것이 무엇인가?'라는 뜻의 '크세주'는 널리 알려진 것처럼 서양에서 에세이란 장르를 창시한 르네상스 시대의 사상가 몽테뉴의 『수상록』에서 가져온 말이다. 몽테뉴는 이 말을 통해 진리를 탐구하기 위해서는 항상 의심하는 상태에 남아 있어야 한다는 자신의 주장을 담았다. 오늘날의 학자들은 그 주장을 방법적 회의주의라고 부르는데, 지식을 탐구하기 위한 방법으로 모든 지식을, 특히 자신이 알고 있다고 생각하는 것을 먼저 의심해본다는 뜻이다. 한 개인이 이 세상에서 일어나는 모든 일을 다 알 수도 없거니와 어떤 사안이나 현상에 대해 일정한 지식을 지녔다고 하더라도 그것이 그 앎의 끝일 수 없다. 그 지식은 그의 지적 조건과 근면성과 주어진 자료에 따른 현재 상태의 지식일 뿐이니 모든 지식에 관한 담론은 그 탐구 과정의 중간보고라고 말해야 옳다.

"철학이라는 것이 매우 즐거운 의술인 것이 다른 의술은 치료된 다음에만 즐겁지만 철학은 즐거움과 치료를 동시에 가져오기 때문이다." 이 말도 몽테뉴의 『수상록』에서 발견할 수 있다. 이 말은 모든 교육이 가벼운 축제 분위기에서 이루어져야 한다는 주장에 원용되기도 하지만, 모든 지식은 교리와 독단의 형식으로 전해질 것이 아니라 유동 상태에서 지속적으로 탐구되어야 한다는 뜻을 그 배후에 숨기고 있다. 의심하는 상태에서 그 의심을 깨치면서 앎을 넓히는 것보다 인간에게 더 즐거운 일도 드물다. 몽테뉴가 남긴 수많은 말 가운데 내가 이 두 문장을 같은 순간에 떠올리게 되는 것은 지식 탐구에 대한 그의 회의주의에 내가 동의하기 때문만은 아니다. 지식에 대한 몽테뉴의 태도를 내 생활에서 다시금 긍정하게 되는 경험은 의술과, 아니 더 정확히 말해서 의사 선생들과 연결될 때가 많았기 때문이기도 하다.

대학생이던 때 어떤 의사가 쓴 칼럼 하나를 읽었다. 그는 유학 시절에 사귄 미국인 의사가 한국을 방문했다가 다시 미국으로 돌아갈 때 인삼을 선물로 주었다. 그 미국인 의사는 제 나라에 돌아가 인삼을 분석했더니 치료나 건강 유지에 특별히 유효한 성분이 없다는 편지를 한국인 친구, 다시 말해서 그 칼럼의 필자에게 보내왔다. 한국인 의사는 이 이야기를 전하면서 인삼에 대한 우리의 믿음은 미신일 뿐이라고 칼럼에 적고 있었다. 홍역을 앓는 중에 피란을 가서 생사의 길을 헤매던 나는 인삼탕으로 건강을 회복한 경험이 있기에 그 의사의 칼럼을 신용하기 어려웠다. 그의 미국인 친구가 별 성의도 없이 인삼을 분석했을 것이 틀림없다. 그뒤로 인삼의 효능은 여러 실험과 분석을 통해 밝혀졌다.

여러 경험 중에 한 가지 예만 더 들자. 황희 정승이 말년에 한쪽 눈을 감고 책을 읽는 것을 보고 이상하게 여기는 하인에게 "눈을 번갈아서 쉬는 것"이라고 대답했다고 한다. 한 안과 의사가 텔레비전 방송에 나와 두 눈의 초점을 맞춰 사물을 보는 '눈의 과학'을 말하며, 황희 정승 이야기가 터무니없다고 비판했다. 그런데 나는 최근에 밤중에 책을 읽다가 두 눈을 번갈아 뜨고 있는 나를 발견했다. 나는 좌우의 시력이 다른 심한 짝눈이다. 눈이 피곤할 때는 초점을 맞추려 애쓰기보다 눈을 번갈아 뜨는 편이 더 나은 것이다. 뜨고 있는 눈은 힘이 들지만 감은 눈이 그동안 쉬고 있는 것은 확실하다.

한 지식 체계의 변두리에서는 지식이 낡은 경험을 식민화하지만, 오히려 중심부에서는 지식이 늘 겸손한 태도로 세상을 본다. 제가 무지 앞에 서 있을 뿐만 아니라 무지에 둘러싸여 있음을 자각하는 것이 공부하는 사람의 태도다. (2017. 8. 25.)

4
부

폐쇄 서사

─영화 〈곡성〉을 말하기 위해

드니 디드로는 이미 18세기에 『라모의 조카』에서 악이 그 자신의 입으로 저 자신을 고발하는 서술법을 개발했다. 계몽철학자들이 새롭게 부상하는 시민 계급을 대상으로 과학적 세계관과 민주와 인권의 원칙을 전파하며 여론을 주도하고 있을 때, 그 위험을 알아 차린 귀족들은 어용 문인과 사상가 들을 식탁에 끌어모으고, 행정 조치보다 더 효과적인 프로파간다를 이용해 철학자들을 매도하였 다. 『백과전서』의 편집을 맡고 있던 디드로가 가장 먼저 그 표적이 되었다. 그들은 서로 다투어서 백과전서파의 밀도 높은 학술적 문 체를 비열하게 왜곡하여 웃음거리로 만들어놓고는, 계몽철학자들 이 알아들을 수 없는 은어를 써서 건전한 사람의 정신을 혼란시키 고 '대부분의 현대인들에게 병균을 옮긴다'라며 비판하고 풍자한 다. 반지성적인 각급의 권력자들과 실패한 문인들이 함께 모여 식 사를 하고 주연을 벌이게 되면, 그 포만감과 주흥으로 들떠 있는 정신 상태 속에서 경솔한 감정을 서로 부추기고 잔인한 언동을 함께 즐기면서 또하나의 배고픔을 달랜다. 그 굶주린 이리들의 식탁에서 곧바로 걸어나온 사람이 '라모의 조카'이다. 조카 라모는 자신이 어떻게 디드로를 비롯한 계몽철학자들을 웃음거리로 만들었는지 자랑삼아 이야기한다. 철학자 디드로는 라모가 내뱉는 상궤를 벗어난 말에 자신에게 이롭기도 하고 해롭기도 한 맥락을 세워 두 사람의 대화를 조직하고, 그 풍자의 자리에 적수들과 함께 자기 자신도 세워놓는다. 그는 말하자면 이리들의 아가리에 자기 머리를 들이미는 것이며, 그 이리들이 비공개의 사석에서 먹이를 찢어발기던 이빨과 찢어발겨지는 희생자의 모습을 만인 앞에 보여주는 것이다.

라모가 귀족들의 '식객 떨거지'로 자기 자신을 고발할 때 그는 매우 독창적이다. 『라모의 조카』의 시대에, 책임 없는 빈정거림을 직업으로 삼는 파렴치한들은 많았지만, 그러나 그 떨거지들의 어느 누구도 소설 속에서 라모의 자리를 대신할 수는 없다. 정확히 말하자면, 그들은 라모와 같은 종류의 인간들이 아니다. 그들은 자신들의 시니시즘 속에 평안하게 자리잡고 있다. 평안하기는 그들이나 그들이 자기들 나름의 양심에 따라 우롱의 대상으로 삼는 자들이나 다를 것이 없다. 그것은 거꾸로 된 모습의 순응주의이며, 훈계조의 감상적 도덕과 마찬가지로 게으름에 속하는 묵계이다. 그들이 이 묵계를 통해 한 문화가 파산되는 조짐을 보이고, 자신들이 그 마지막 작품인 한 세계의 붕괴를 증언한다 하더라도, 그것은 수동적으로, 자기들도 모르는 사이에 그러는 것일 뿐이다. 그들은 자기 박탈과 자기 붕괴 속에서, 한계에 이른 문화로부터 초래되는 극도의 타락, 올바른 의식에 반대되는 분열된 의식 속에서 살고 있지만, 인간의 삶이 처음부터 그래왔고 언제까지나 그럴 것이라고 믿고 있는 것처럼 살고 있다. 수동성이 그들의 모든 의식을 파괴해버렸다는 단순한 이유 때문에도, 그들은 자기 자신의 존재를 문제로 삼겠다고는 엄두도 내지 못한다. 라모는 그 점에서 비장하다. 시니시즘은 자기 분열을 통해서만 자기 정신을 복구할 수 있으며, 자기 삶의 모든 것을 분해하는 판단은 자기 붕괴의 작용을 자기 자신에게 행사할 때만 가치를 지닌다. 헤겔은 『정신현상학』에서 이 라모에 관해 이렇게 말한다. "정신이 자기 자신으로부터 그리고 자기 자신에 관해서 얻어내는 언술의 내용은 이때 모든 개념과 모든 현실의 퇴폐이다. 그것은 자기 자신과 타인들에 대한 보편적인 속임수이며, 이 속임수를 진술하는 파렴치함은 바로 그 때문에 가장 높은 진실이다." 디드로는 이 이상한 소설 속에서 한 세계의 와해를 진단하고 예언했다. '라모의 떨거지들'이 살던 시대는 뒤이은 프랑스대혁명으로 산산조각이 났다. 소설 『라모의 조카』가 이 진실에 맨 먼저 도달하여, 붕괴 상태에 있는 구체제와 그 문화의 독과 뜸씨를 짚어지고, 어떤 혁명도 가정하지 않으면서도 그만큼 더 깊이 혁명적인 작품의 전형을 실현하게 되는 것은 저자 디르로가 자기 시대의 은밀한 드라마 속에 함축되어 있는 이 분열된 의식을 성찰하고 체험할 수 있는 계기를 거기서 발견했기 때문이다.

그런데 사실 악이 그 악을 고발하는 가장 단순한 이야기를 찾으려면 멀리 18세기까지 올라갈 것도 없다. 하일지의 『경마장 가는 길』이 발간된 것은 1990년이니 우리 시대라고 할 만하다. 소설은 길지만 줄거리는 짧게 요약할 수 있다. "2월 16일, R이 돌아왔다. 어쩌면 2월 15일 또는 17일이었는지도 모른다." 이렇게 시작되는 소설은 프랑스에서 문학박사 학위를 얻고 돌아온 한 남자가 4개월 반 동안 한국에서 체험한 이야기를 다룬다. 소설은 주인공 R의 시선을 따라가며 기술되기에, 당연히 세상에 대한 그의 관점을 대변하게 되어 있다. 프랑스로 떠나기 전부터 아내가 있었던 그는 5년 반 동안 유학을 하며 3년 반 동안 다른 유학생 여자 J를 만나 동거를 했으며, 그 여자가 귀국하여 대학에 자리를 잡을 수 있도록 학위 논문을 대신 써주었다. 그 덕에 여자는 일찍 귀국할 수 있었다. R은 아내와 헤어지고 J와 관계를 유지하려 하지만 어느 쪽도 여의치 않다. 아내는 이 사회의 정체된 문화와 관습에 젖어 R과 헤어지려 하지 않고, J는 R을 배반하고 딴 남자와 결혼하려 한다. 주인공은 미개한 여자와 의리 없는 여자의 희생자가 되어 있는 것이다. 그러나 그가

J의 배반을 말할 수 있을까. 그는 벌써 5년 반 동안 그를 기다려온 자기 아내를 배반한 처지이기 때문이다. 그뿐더러 그는 J의 논문을 대필할 때 이미 매우 심각한 윤리적 타락을 저지르지 않았는가. 그것은 마치 은행 강도 두 사람이 강탈해온 돈을 분배하는 과정에서 한 사람이 다른 한 사람을 날강도라고 비난하는 것과 같지 않은가. 소설의 기술은 지극히 편파적이지만, R의 눈을 카메라 렌즈처럼 사용함으로써 소설은 그 편파성을 객관성으로 위장한다. 『경마장 가는 길』은 객관적 시선으로 위장한 이 철저한 편파성에 의지해 악에 의한 악의 고발을 가능하게 할 수 있었다. 게다가 소설은 이런 문장으로 또하나의 소설을 쓰는 것으로 끝난다. "2월 16일, K가 돌아왔다. 어쩌면 2월 15일 또는 17일이었는지도 모른다." 말하자면 소설은 제 꼬리를 물고 빙빙 도는데, 이는 소설의 화자가 그 편파성과 폐쇄성의 순환 고리에서 영원히 빠져나올 뜻이 없음을 말한다.

탐구와 서술을 위한 폐쇄 세계에 관해 말한다면, 기욤 니클루의 소설 『잭 몽골리』(1998, 한국어 번역본 2000)를 예로 들지 않을 수 없다. 뉴욕시에서 실종자 찾아주는 일을 직업으로 삼고 있는 사립 탐정 잭 루디빌은 어느 날 스물세 살짜리 여자를 찾아달라는 부탁을 받는다. 실종자는 다운증후군, 일명 '몽골증 환자'다. 탐정은 스스로 '몽골증 환자'처럼 생각하며, 실종자의 자취를 밟아가는 중에 현대 사회의 변두리로 밀려나 있는 별의별 사람들을 다 만난다. 인육을 먹는 월남전의 노병, 오럴섹스에 매달리는 중환자, 어린아이를 성폭행하는 살인 전과자, 유대인 남편을 학대하는 노파, 아프리카 인류 기원설에 분노하는 백인, 온갖 종류의 성소수자들, 슈퍼맨을 꿈꾸는 '몽골중 환자' 등등. 탐정 잭은 '몽골중 환자'를 쫓으면서 문제 해결의 방향을 원시 시대 사회 연구에 입각해 설정하고, '몽골'이라는 말에 홀려, 알래스카를 거쳐 아메리카로 건너간 몽골인인 인디언들의 풍습과 종교의식에서 '동양인'의 행동 성향을 이해할 수 있으리라 믿는다. 사회 주변인이 되어 대도시의 변두리로 밀려난 하층 시민들의 일상에 대자연 속에서 큰 삶을 살았던 수많은 인디언 부족이 과거에 누렸던 삶이 겹쳐진다. 게다가 수색중에 머리에 상처를 입고 '몽골중 환자'의 정신 상태에 가까워진 그는 '몽골인' 나라의 반란을 꿈꾸고 전 세계에 흩어져 있는 '몽골중 여성 환자들'의 '자기 길 가기'라는 테마로 환상 여행에 들어선다. 자기 고향이 몽골이라고 믿게 된 탐정은 '보통 사람들보다 더 나은 인간들'의 나라에서 살기 위해 지금까지의 삶에서 떠나야 한다. 한 치 앞도 보이지 않는 빗속, 기름까지 바닥이 나 더이상 달릴 수 없는 차에서 내린 주인공은 다리 아래 아득한 곳으로 제 몸을 던진다. 이 결말은 보들레르의 시집 『악의 꽃』의 마지막 시 「여행」의 마지막 구절을 생각게 한다.

오 죽음아, 네 독을 우리에게 부어 우리의 기운을 북돋아라!

이 불꽃이 이토록 우리의 뇌수를 태우니,

지옥이건 천국이건 무슨 상관이냐? 저 심연의 밑바닥에,

저 미지의 밑바닥에 우리는 잠기고 싶다, 새로운 것을 찾아서!

세상은 흘러가는 강과 같은데, 우리는 그 강 위를 떠가는 뗏목 위에 서 있다. 우리도 세상과 함께 흘러가면서 세상을 파악하려고 애쓴다. 탐구에 필요한 측정과 관찰을 위해서는 당연히 고정점이 필요하다. 그러나 『잭 몽골리』는 그 고정점을 포기하고 자신의 흘러감으로 흘러감을 측정하려 한다. 유동과 고정 사이에 끼어들 수밖에 없는 편차를 거부하고 유동하는 것들의 내부에서 그 유동을 파악할 수 있다는 생각이야말로 저 '몽골병'의 가장 위험한 증후일 테지만, '몽골리언 나라'는 그 위험을 무릅쓰고만 탄생할 것이다.

이제 영화 〈곡성〉에 관해서 이야기할 차례다. 〈곡성〉은 『라모의 조카』처럼 악이 악 그 자체를 고백하면서 와해하는 서사일 수도, 『경마장 가는 길』처럼 악이 악의 테두리에 갇혀서 스스로를 고하는 서사일 수도, 『잭 몽골리』처럼 제가 제기하려는 주제 속으로 실종하여 그 주제 자체가 되어버리는 서사일 수도 있다. 그러나 어느 쪽 서사도 철저하게 실천하지 못한 서사이기도 하다. (이어지는 글은 독자가 〈곡성〉을 관람했다는 전제 아래 쓴다. 따라서 스포일러가 있다.)

이 영화의 주제를 해설하려 한다면, 그 한끝에는, 일본 정신이 우리의 두뇌를 지배하고 있으며, 한국 무당이 일본 무당의 하수인에 불과한 것처럼, 그 일본 정신에 저항하려는 정신까지 실은 일본 정신의 아류에 불과하다는 설명이 있을 것이다. 증거는 많다. 일본인인 외지인은 죽은 다음에도 살아남으며, 그와 한국 무당 일광은 같은 '훈도시'를 입고 있으며, 그 둘은 카메라를 동일한 용도로, 즉 인간의 혼을 채집하는 용도로 사용하고 있으며, 영화에서 아마도 좋은 편일 확률이 매우 높은 무명이 그 둘을 가리켜 같은 패거리라고 말한다. 일본 귀신의 내력을 설명하는 분석이나, '현직 법사'의 조언 같은 것이 사실상 이 해석의 편을 들고 있다.

그러나 다른 한끝에는, 시골의 무지한 마을 주민들이 외지인을 핍박한 끝에 그를 살해하고, 마침내 마을 전체가 모두 거대한 재앙을 입게 되었다는 해설이 있다. 폐쇄된 사회의 무지한 믿음이 악마를 만들어낸 것이다. 증거는 넘친다. 동굴 속의 외지인이 양부제에게 '네가 나를 악마라고 믿고 찾아왔으니 나는 악마일 수밖에 없다'라는 뜻으로 말하고, 같은 시각에 무명은 경찰 종구에게 그의 가족이 겪는 환란은 '네가 무고한 사람을 의심하여 죽이려 하고, 결국 죽였기 때문'이라고 말한다. 과학적 증거까지도 있다. 첫 가족 살인 사건이 일어난 집에서 종구는 마른 버섯 타래를 응시한다(뒤이어 살인자의 정신 이상은 독버섯에 중독된 탓이라고 당국은 발표한다). 종구

네 집에서도 참사가 일어난 뒤에 처마끝에 매달아둔 마른버섯 타래가 바람에 흔들린다.

우리가 마침내 두번째 해석의 관점에 설 수밖에 없는 것은 그 해석을 지지하는 증거가 더 많기 때문만이 아니라 그 해석으로 인출된 주제가 더 보편적인 가치를 띠는 것이 분명하기 때문이다. 그런데 이렇게 말해놓고 나면 곧바로 여러 가지 의문에 사로잡혀 여러 가지 부조리 앞에 선다. '일본인 귀신설'과 연결된 모든 사건들이 헛소문에 불과한 것이라면, 그의 신력 내지 악마력에서 빚어진 것으로 보이는 모든 사건들이 또한 무지한 주민들의 헛된 망상에 불과할 터인데, 이 영화에서 가장 중요한 '낚시 미끼'인 '일광의 훈도시'는 실제일까 망상일까. 그것이 실제라면 두번째 해석 전체가 무너지며, 그것이 망상이라면 누구의 망상일까 묻게 된다. 종구를 비롯한 마을 사람들이 벌써 일광을 일본인 패거리로 의심하고 있다고는 생각할 수 없기 때문이다. 여러 가지 의혹 가운데 하나만 더 말하자. 영화의 결론에서 거의 영화의 주제에 해당하는 말로 '네가 무고한 사람을 의심하여 죽이려 하고, 결국 죽였기 때문'이라고 일본인을 변호하는 무명이 거의 같은 순간에 일본인과 일광이 한패라고 말하여 그 둘을 모두 악마로 취급한다.

이 의혹과 모순을 설명할 수 있는 길은 단 하나다. 영화감독이 문제의 산골 마을에서 태어나고 자라 한 번도 외지로 나와본 적이 없는 사람으로 그 주민들과 똑같은 지식과 정신 상태를 지니고 있다고(물론, 그런 척한다고) 생각하면 된다. 그는 주민들과 똑같이 망상에 빠지고 때로는 주민들도 보지 못한 헛것을 본다. 아니, 이렇게 말해도 여전히 불편한 것이 있다. 영화의 결론부에서 일본인과 무명이 동시에 내뱉는 저 지혜로운 말들은 무엇인가. 그것은 사실상 감독의 말이기 때문이다. 감독은 사건을 주민들의 두뇌로 추적하고 재현하다 갑자기 깨우친 사람이 되었는가. 그렇다면 싸구려 종교적 비유들을 여기저기 장치하며 '믿음'이라는 관념을 남발하지 않았을 것이다.

그래서, 나홍진 감독은 두번째 해석의 관점에서 영화의 서사를 이끌려 하였으나 그 자신이 첫번째 해석의 관점에도 강력하게 사로잡혀 있었다고 생각해야 한다. 영화에서 이른바 낚시질이라고 말하는 요소들은 거의 모두 첫번째 해석의 관점과 '공모'한다. 그 낚시질에 가장 먼저 걸려든 것은 감독 그 자신인 것이다. 영화평론가 듀나는 그의 〈영화 낙서판〉에서 "종구와 마을 사람들의 추락은 천박하기 그지없으면서도 거의 장엄하게 그려"(http://www.djuna.kr/xe/review/12983122)진다고 썼다. 이 장엄함이 저 첫번째 해석과 연결되고 만다는 것을 부인하기는 어렵다. 영화의 비장함과 공포를 동시에 생산하는 동력이 거기서 분출된다. 나홍진 감독의 상상의 뿌리도 거기서 상당량의 자양을 섭취한다고 말해야 한다.

나홍진 감독은 한 마을의 잔혹극을 재현하기 위해 그 주민들의 뇌수 속으로 들어갔지만, 마약 조직에 신분을 숨기고 잠입한 수사관이 끝내 헤어나지 못하고 그 자신이 진짜 조직원이 되어버린 꼴이다. 『라모의 조카』에서 조카 라모는 자신의 악을 철저하게 말함으로써 그 악을 붕괴시킨다. 『경마장 가는 길』의 화자는 제 시선을 객관성의 가리개로 위장함으로써 한 인간과 한 사회의 악을 가차 없이 고발한다. 『잭 몽골리』의 주인공 탐정은 죽음에 이르기까지 철저하게 제가 저주하는 문명의 희생자가 됨으로써 원시 문명 세계의 영상 하나를 희미하게 본다. 주민들의 뇌수 속에 들어가 빠져나오지 않는 나홍진 감독도 그들과 마찬가지로 철저하다고 말해야 할까. 아니다. 그는 그 뇌수 속에 침몰해서도 여전히 외부적 관찰자라고 생각하고 있다. 낚시질의 서사가 그렇게 시작한다.

　우리는 벌써 과학적이지만 국가와 민족과 사회가 제 일에 끼어들기 시작하면 비과학적 사고가 용납된다고 생각한다. 우리의 서사가 새로운 틀을 만들려 할 때 자주 머뭇거리게 되는 이유의 하나가 거기 있다. (2016. 7.)

작은, 더 작은 현실

—권여선의 「봄밤」을 읽으며

    좋은 의미에서건 나쁜 의미에서건 초현실주의의 교황이라 불렸던 앙드레 브르통은 『초현실주의 선언』(1924)을 발표하고 나서 곧바로 『소량 현실론 서론』(1925)을 썼다. 서론이 있으면 본론이 있어야 할 것이나 그냥 서론으로만 남은 이 서론은 그러나 본론으로 해야 할 말까지 다 했을 것이 틀림없다. 이 길지 않은 글이 한 권의 책으로까지 출판되었기 때문이다. 우리가 꿈을 꿀 때처럼 가능성에 대한 불안한 의문이 더이상 제기되지 않는, 그래서 현실의 억압이 '소량'으로만 남아 있는 세계를 우리가 목표로 삼지 않는다면 자유와 상상력이 무슨 소용이 있겠느냐고 그 책에서 물을 수 있는 용기를 브르통은 어디서 얻어냈을까. 그것을 과학적 유명론이라고 불러도 괜찮을까. 브르통과 그의 초현실주의 친구들에게 움직일 수 없는 현실은 없었다. 과학이 진실이라고 말하는 현상과 법칙과 이론들조차도 경험적으로 실례가 모자라지 않을 뿐이지 우리에게 습관적으로 각인된 정신적 구성물과 다른 것이 아니라고 믿고 있었다.

현실을 믿지 않으면 현실은 없어질까. 사실 문학은 현실을 자주 지운다. 그걸 문학이라고 해야 할지는 모르겠지만, 무협지에서의 '강호'는 현실에 또하나의 세계를 덧붙이기 위해 있는 것이 아니라 오히려 현실을 지우기 위해 있다고 말해야 한다. 무협지에 어디 강호 이외의 다른 세상이 있던가. 기사도 로망의 기사들의 세계도 역시 마찬가지다. 로망에서는 기사들과 그들의 애인들만 사는 세계가 따로 있는 것처럼 보이는데, 일단 그 세계에 들어가면 다른 세계가 없어진다. 랭보는 아주 분개한 어조로, 그러나 지극히 현실적인 논리로 현실을 지운다. 그는 『지옥에서 보낸 한철』에서 이렇게 말한다. "제 팔다리를 자르려는 인간이야말로 영벌을 받은 것이 아니겠는가? 나는 내가 지옥에 있다고 믿는다, 따라서 나는 지옥에 있다. 이게 교리문답의 효력이다. 나는 내 세례의 노예이다. 부모님이여, 당신들은 내 불행을 만드셨고, 당신들의 불행을 만드셨다. 그 순진함이 가엾구나!—지옥이 이교도들을 공격할 수는 없다." 이교도들은 지옥을 믿지 않으니 그들에게서는 지옥이 현실에서 사라진다. 랭보와 거의 같은 시대에 오직 사실주의자였던 모파상은 아주 점잖게, 지극히 사색적으로 현실을 지운다. 다음은 모파상이 그의 소설 『피에르와 장』의 서문에 썼던 말이다. 내가 너무 여러 번 인용했지만 다시 한번 인용한다.

중요한 것은 표현하고 싶은 것이면 어느 것이건 충분히 오랫동안 충분히 주의를 기울여 살핌으로써 이제까지 아무도 본 적도 말한 적도 없는 어떤 모습을 거기서 발견해내는 것이다. 어느 것에나 아직 탐구되지 않은 것이 있을 수밖에 없는 것이, 우리는 우리가 응시하고 있는 것에 대해 우리 이전에 누군가가 이미 생각했던 바의 추억에 의지해서만 우리의 시선을 사용하는 데에 습관이 되어 있기 때문이다. 아무리 하찮은 물건도 많게건 적게건 미지의 것을 담고 있다. 그것을 발견하자. 타오르는 불꽃 하나와 벌판의 나무 한 그루를 묘사하려면, 그 불꽃과 나무가 우리에게 다른 어떤 나무, 다른 어떤 불꽃과 더이상 닮지 않을 때까지 그것들 앞에서 떠나지 말자.

우리는 이렇게 해서 독창적이 된다.

더 나아가서, 온 세상에 완전히 똑같은 두 알의 모래나, 두 마리 파리나, 두 개의 손이나, 두 개의 코가 없다는 진실을 말하고 나서, 그는 나에게, 어떤 인물이나 어떤 사물을 단 몇 줄의 문장으로 뚜렷이 개별화하고, 같은 종족의 다른 모든 인물이나 같은 종류의 다른 모든 사물과 구별될 수 있도록 표현하라고 촉구했다.

문학의 사실주의를 설명할 때 어김없이 등장하게 되는 이 글에서, 플로베르가 모파상에게 가르치는 것은 작가가 그 자신의 시각에 질적 변화가 올 때까지 사물을 지켜보는 방법이다. 이 글은 문학의 자율성 개념이 성립되던 시기에 그 원칙을 천명하고 있다는 점에서 중요하다. 여기서 모파상이 자기 선생 플로베르를 대신하여 전하는 바의, 대상을 정확하게 드러낼 수 있도록 마침내 발견되는한마디, 새로운 말은 이제까지 그 대상을 묘사하기 위해 사용되었던 말에 다시 첨가되는 또하나의 말이 아니라 기존의 말들과 그 관념을 지워버리고 그 대상에 대해 늘 지녀왔던 인식을 전적으로 전복하는 말이 된다. 결코 바뀔 수 없던 것이 문득 다른 얼굴 다른 성질을 지닌다. 낯익은 것은 낯선 것이 된다. 다시 말해서 지겹도록무거웠던 것이 한순간 가벼워진다. 한 불꽃이 다른 불꽃과 닮지 않고, 한 나무가 다른 나무와 더이상 닮지 않을 때, 그 불꽃과 나무는자신을 포함한 모든 불꽃들과 나무들의 타자성—내가 그런 것이었어!—을 드러내면서 동시에 하나의 '시'가 되어 제 언어를 얻어낸다. 불꽃과 나무와 그것들을 보는 사람과 말하는 사람이 인습의 마법에서 동시에 풀려난다. 그렇다고 현실의 체적이 줄어들거나 희박해지기야 하겠는가. 중요한 것은 마음을 현실보다 더 높게 떠올려, 현실이 움직일 수 없는 것이라는 무서운 믿음에서 해방되는 일이리라. 낱말들을 지배하여 빈약한 내용과 죽은 지식들을 실어나르게 하는 낡은 연상을 청산하여, 그 낱말들을 낡은 의미 가치에서풀어내는 것이 그렇게 어려운 일은 아닐 것이다. 이때 현실은 파괴되거나 사라지지 않더라도 감추어져 있던 그 비밀스러운 구석들이 햇빛 속에 얼굴을 들어 다른 현실의 발명에 참가한다. 현실은 쉬지 않고 움직이며 확대된다. 그 점에서 사실주의자와 초현실주의자의 믿음은 크게 다르지 않았다.

그래서 다시 사실주의자였기에 초현실주의자였던 랭보로 돌아오게 된다. 랭보는 열일곱 살이 되던 1871년 파리로 올라가 100행에 달하는 시 「취한 배」를 베를렌의 손에 쥐여주었다. 북아메리카에서 강으로 끌려 올라가던 배 한 척이, 인디언의 습격을 받아 선원들이 모두 살해되자, 강 하구로 다시 떠내려가 대서양의 파도 위를 종횡무진 휘젓고 다닐 자유를 얻는다. 시인이 그 배의 목소리로 말한다. 그는 난바다에서 번개처럼 찢어지는 하늘과 소용돌이와 삼각파도와 해류를 알게 되었으며, 비둘기떼처럼 솟구치는 새벽과 눈부시게 내리는 초록의 밤과 들어보지도 못한 정기의 순환을 꿈꾸었다. 그는 푸른 물결의 만기 때와 노란 흡반이 달린 어둠의 꽃과 빙하들, 은빛 태양들, 자갯빛 파도들, 잉걸불의 하늘들을 보았다. 한마디로 인간들이 보았다고 믿어왔던 것들을 보았다. 그는 푸른 파도에 몸을 씻고, 작은 만들의 머리칼 아래 길을 잃고, 허리케인에 날려 새도 없는 하늘로 던져졌으며, 붉은빛 도는 하늘에 구멍을 뚫으며 나아갔다. 그는 대양에서 가장 자유로운 한 척의 배가 당할 수 있는 일을 다 당하고 할 수 있는 일을 다 했다. 그러나 그때까지 바다를 한 번도 본 적이 없던 랭보는 무엇으로 이 찬란하고 위태롭고

단 한 순간도 쉬지 않고 변전하는 저 난바다를 만들었을까. 시의 끝에서, 대양의 파도에 그 용골까지 파괴되는 배는 말한다.

> 만일 내가 유럽의 물을 원한다면, 그것은
> 검고 차가운 늪, 향기로운 황혼녘,
> 슬픔에 겨운 어린애가 웅크려 앉아
> 5월의 나비처럼 여린 배를 띄우는 숲속의 늪.

숲속의 늪에 웅크리고 띄우는 작은 배 그 자체가 아니라 그 "5월의 나비처럼 여린" 종이배에 실어 보내는 간절함이 낡은 세계의 웅덩이를 지우고 저 대서양의 허리케인과 물기둥을 마침내 초래하고 만다. 아니, 대서양의 태풍과 물보라가 문득 찾아와 한 아이의 비루한 현실에서 모든 불안과 공포를 지우고 그 간절함까지 지운다. 아니, 현실은 막중하고 육중해서 간절함이 또 그렇게 큰데, 간절함이 또 그렇게 커서 막중한 현실은 없는 것이 되고 눈에 보이지도 않는 것이 된다. 늪과 웅덩이와 간절함으로 만들어진 랭보 시 한 편을 더 읽자. 「눈물」은 여러 버전이 있으나 『지옥에서 보낸 한철』에 삽입된 버전으로 옮긴다.

새들에게서, 양떼에게서, 마을 여자들에게서 멀리 떨어져,

훈훈한 초록빛 오후의 안개 속에,

부드러운 개암나무 숲에 둘러싸인,

이 히스 우거진 땅에 무릎을 꿇고, 나는 무엇을 마셨더냐?

이 젊은 우아즈강에서 내가 무엇을 마실 수 있었더냐,

— 소리 없는 느릅나무 어린것들아, 꽃 없는 잔디들아, 구름 덮인

하늘아—!

사랑스러운 오두막에서 멀리 떨어져, 내 이 노란 호리병에서

무엇을 마셨더냐? 땀 흘리게 하는 황금빛 술을.

나는 여인숙의 수상한 주막 간판을 만들었다.

— 뇌우가 하늘을 몰고 왔다. 저녁에

숲의 물은 순결한 모래 위로 잦아들고,

신의 바람이 늪에 얼음덩이를 던졌다.

나는 울며, 황금을 바라보았고, — 마실 수는 없었다. —

산골짜기의 오후, 우아즈강 상류가 저녁노을로 물든다. 그것은
이제 시인이 마셔야 할 거대한 황금빛 술 가득한 호리병박이다. 어
린 시인은 그 술을 마시고 몸이 후끈 더워졌다. 그러나 정말로 그

영감의 광맥을, 이 세계를 지우고 다른 세계로 들어갈 새로운 종류의 레테 강물을 어린 시인은 마실 수 있는가. 시인은 마셨는가, 마시는 척만 하면서 여인숙 간판의 취한 사나이만 흉내내는 것인가. 그사이에 해는 지고 어둠이 내려와 황금빛 강물은 사라졌다. "신의 바람"이 그 영감의 시간을 폐기했다. 그 술로 사라질 현실보다 그 술이 먼저 사라졌다. 어린 시인은 그 황금빛 술을 분명히 보았으나 마실 수는 없었다.

권여선의 「봄밤」에서 영경은 현실을 마침내 사라지게 한다. 벌써 알코올에 의존해 살고 있는 영경을 만나 열두 해를 함께 살다가 그녀의 두번째 남편이 된 수환은 류머티즘 중증 환자로 요양원에 입원했다. 두 달 후에 영경도 알코올중독 환자로 같은 요양원에 입원하여 두 사람은 '알류 커플'이 되었다. 그러나 영경은 이따금씩 의사의 허락을 얻어—그리고 수환의 동의를 얻어—밖으로 나와 술을 마셔야 하고, 그 빈도가 높아진다. 소설은 영경의 마지막 외출을 기술한다. 수환이 죽어가는 그 시간에 영경은 읍내 편의점에 들어가 소주와 맥주를 섞어 마시면서, "꽉 조였던 나사가 돌돌 풀리면서 유쾌하고 나른한 생명감이 충만해"짐을 느끼며, "이게 모두 중독된 몸이 일으키는 거짓된 반응이라는 걸 알고 있었지만 그까짓 것은 아무래도 좋았다". 의사도 그녀의 모든 신체적·감정적 반응들이 거짓이라고 했다. 그렇더라도 상관없는 일이다. 그녀는 컵라면을 먹고 또다시 소주를 마신다. 시작일 뿐이다, 서둘지 말자. 수환이 죽어가는 그 시간에 그녀는 김수영의 시 「봄밤」을 작게 읊조리다 점점 큰 소리로 외친다. 애타도록 마음에 서둘지 말라. 강물 위에 떨어진 불빛처럼 혁혁한 업적을 바라지 말라. 개가 울고 종이 울리고 달이 떠도 너는 조금도 당황하지 말라. 수환이 죽어가는 그 시간에 그녀는 점점 커지는 목소리로 「봄밤」을 읊는다. "딱 오늘 하룻밤만 마시고 요양원으로 돌아가야겠다고 생각했다. 그녀는 그렇게 할 수 있고 마땅히 그렇게 할 것이었다." 그리고 「봄밤」을 읊는다. 눈을 뜨지 않은 땅속의 벌레같이! 아둔하고 가난한 마음은 서둘지 말라. 그리고 모텔로 돌아가며 시의 마지막 세 줄을 또박또박 읊었다. 절제여 나의 귀여운 아들이여 오오 나의 영감이여. 앰뷸런스에 실려간 영경이 요양원의 침대에서 깨어났을 때는 수환의 장례가 이미 끝난 뒤였다. 그녀는 몸이 어느 정도 회복된 뒤에도 수환의 존재를 기억하지 못했다. "다만 자신의 인생에서 뭔가 엄청난 것이 증발했다는 것만은 느끼고 있는 듯했다."

수환은 자신이 죽으리라는 걸 알고도 영경을 내보냈고 영경은 그것을 모르는 척하며 밖으로 나갔다. 그녀는 남편의 죽음을 외출로, 술로, 그리고 김수영의 시 「봄밤」으로, 삼중으로 지웠다. 그녀는 남편의 죽음을 지우고, 남편을 지우고, 그 지우기가 가짜라는 사실을 지우고, 끝내는 저를 지웠다. 그래서 어떻게 되었는가. 남편은 죽었고 그 고통은 없어졌다. 그래서 어떻게 되었는가. 어떻게도 되지 않았다. 다만 김수영의 「봄밤」이 쓰인 이후 이 시가 가장 고양된 마음으로 읽혔던 한순간이 남고, 그 고양됨이 남는다. 이 고양됨을 두고 거짓된 반응이라고 말하지 말라. 거짓된 반응도 참된 반응도 끝내 가라앉는 것은, 그래서 또다시 추켜올려야 하는 것은 마찬가지다. 권여선이 인용하지 않았지만, 김수영의 「봄밤」에는 이런 구절도 있다. "술에서 깨어난 무거운 몸이여/오오 봄이여". 애타도록 마음에 서둘지 말자는 것은 그 애태움을 그치자는 뜻이 아니다. 저 애타는 마음을 오늘도 내일도 날마다 간직해서 무거운 몸을 조금 떠 있게 하자는 것이다. 무거운 몸에서 그 무거움을 가능한 한 많이 지우자는 것이다. 현실을 조금 덜 현실이게 하자는 것이다.

영경은 초현실주의자들처럼 현실 너머에서 다른 현실을 발명하지 않았다. 그녀는 모파상처럼 사물에 대한 인식을 전복하지 못했다. 그녀는 랭보처럼 현실을 지우는 황금빛과 황금빛을 지우는 현실을 동시에 바라본 것이 아니다. 그러나 그 모든 문학적 시도들이 김수영의 「봄밤」을 타고 들어와 그녀에게서 남편의 죽음을 지우고, 남편을 지우고, 그 지우기가 가짜라는 사실을 지웠다. 그녀는 저 자신이 지워져서 현실 너머에 있다. 간절하게 바라보는 현실은 현실보다 조금 덜 현실이다. (2016. 9.)

미래의 기억

　미아 한센 러브 감독의 영화 〈다가오는 것들〉에서 프랑스 고등학교의 철학 교사인 나탈리는 중년의 고비를 넘기면서 몇 가지 위기를 차례차례 또는 겹쳐서 맞는다. 그는 급진주의 지식인으로 살아왔지만 과격한 학생들의 눈에는 보수 반동의 기성세대일 뿐이다. 딴 여자를 사귄 남편이 별거를 선언했고 급기야 두 사람은 이혼한다. 불안장애를 앓으며 내내 그를 괴롭히던 어머니가 세상을 떠난다. 그의 단골 출판사는 상업성이 없다는 이유로 그의 저서를 절판하고 철학 총서 필진에서 그를 제외한다. 그가 아끼는 제자 파비앙은 산골짜기에 대안 공동체를 만들어 몇 사람 젊은 지식인들과 함께 살고 있다. 나탈리는 그 공동체를 찾아가지만 생각과 행동이 일치하지 않는 이중적인 지식인이라는 파비앙의 비판이 기다리고 있다. 그는 모든 사람들에게서 배반당하고, 살아온 삶이 송두리째 부정되는 것만 같다. 영화의 결말은 매우 미묘한데, 다른 이야기로 그 결말에 대한 요약을 대신하자.

영화에는 나탈리가 철학 교사이기에 수업을 핑계삼아 이런저런 철학·문학 텍스트가 쓰인다. 영화의 끝부분에서, 첫번째 공동체 방문과 두번째 방문 사이에 루소의 텍스트 하나가 길게 인용된다. 『누벨 엘로이즈』에서, 한 '낙원'의 지도자인 볼마르의 아내 쥘리가 옛날의 애인이었으며 여전히 마음속으로 사모하는 남자 생프뢰에게 보내는 편지의 일절이다. 진보적 지식인들의 처지가 위축되어 있는 상황에서 그들의 삶의 밑바닥에 깔려 있을 한 정서를 성찰하게 하는 이 텍스트는 그래서 이 영화의 주제처럼 들리기도 한다. 영화보다 좀더 길게 인용한다.

정염情炎의 세계에서는, 정염에서 비롯되는 고통을 견딜 수 있도록 도와주는 것은 바로 그 정염입니다. 정염은 욕망에 소망을 붙여놓지요. 욕망하는 한은 행복함이 없이도 살 수 있어요. 행복해지기를 기다리는 것이지요. 행복이 전혀 찾아오지 않으면, 희망이 연장됩니다. 공상의 매력은 그 원인이 된 정염만큼 깊어지지요. 따라서 이 상태는 스스로 충족되며. 거기서 비롯한 불안은 현실을 보충하는 쾌락의 일종으로 어쩌면 현실보다 더 낫지요. 더이상 아무것도 욕망할 것이 없는 자 불행하구나! 그런 사람은 말하자면 자신이 지닌 것을 모두 잃지요. 인간은 자기가 얻은 것보다 희망하는 것으로 더 즐거워하며, 행복해지기 전까지만 행복합니다. 사실 인간은, 갈구하나 유한하며, 모든 것을 원하나 얻는 것은 적도록 만들어져 있지만, 어떤 위로의 힘을 하늘로부터 받았으니, 그 힘은 그가 욕망하는 모든 것 가까이 그를 데려가고, 어떤 점에서는 욕망하는 것을 그에게 안겨주고, 그를 그의 상상력에 복종시키고, 그에게 욕망하는 것을 대령해 감각할 수 있게 하고, 그를 그의 정염에 따라 변화시키지요. 그러나 이 모든 마력은 그 대상 자체 앞에서 사라집니다. 이 대상을 그 소유자의 눈에 아름답게 보이게 해주는 것은 아무것도 없지요. 누구도 자기가 보는 것을 머릿속에 상상하지는 않습니다. 향유가 시작되는 곳에서 공상은 사라지니까요. 망상의 나라는 이 세상에서 깃들 가치가 있는 유일한 나라이며, 인간적인 것들의 허무가 이와 같아서, 스스로 존재하는 존재자가 아니라면, 아름다운 것은 무엇이건 존재하지 않는 것일 뿐이지요.

'정염'이라고 옮긴 프랑스어 단어는 '정열'로도, '열정'으로도 번역되는 'passion'이다. 인간의 본성 속으로 파고들어와 그 본성을 뒤흔드는 어떤 외부적 힘이라는 뜻을 지니고 있지만, 그러나 이것은 고전주의적 해석이고, 계몽철학자인 루소에게서는 이 말이 벌써 제 행복을 추구하려는 생명의 격렬한 심리적 약동 같은 의미를 갖기 시작한다. 쥘리의 편지에서는 두 의미가 야릇하게 섞여 있다. 쥘리가 사랑하는 사람에게 보내는 편지에 '사랑'이라는 말이 아닌

'정염'이라는 말을 쓰는 것은 자신에게 남편 볼마르가 있고, 그를 존경하기 때문이다. 그리고 무엇보다도 '정염'이라고 불리는 그것은 이루지어지지 않았으며 이루어지지 않을 어떤 것에 대한 마음의 상태이기 때문이다. 영화에서 나탈리는 이 구절을 해설한다. "쥘리는 지난날의 정염, 생프뢰와 못 이룬 정염을 회상한다. 그와 함께할 행복을 희망하다가 희망 그 자체로 행복해진다. 꿈을 현실로 대체함으로써 만족할 수 있으니까." 나탈리는 상상력의 권능을 말한다. "상상력은 순전히 정신적인 쾌락을 통해 사랑하는 이의 부재를 보충해줄 수 있다." 그는 이런 말이 비현실적으로 들릴 것이라고도 말한다. 그러나 효과가 없는 것은 아니다. "쥘리나 루소 그 자신처럼 상상력이 풍부한 사람들에게는 이런 가상의 만족이 위안을 주고 그 위안은 관능적 쾌락을 보충하고 대체하는 것이다." 희망이 희망하는 것을 대신해줄 수 있다는 말이다. 그러나 철학 교사인 나탈리는 아마도 10대의 학생들을 대상으로 하는 수업이 아니었더라면, 이를테면 같은 주제로 책을 쓰고 있었더라면, 이런 말로 설명을 끝내지는 않았을 것이다. 희망으로 희망하는 것을 대체한다는 생각은 진보주의의 가장 중요한 원리이기도 하기 때문이다.

건강하고 아름다운 세상을 꿈꾸며 미래 세계를 환상으로라도 본다는 것은 아직 오지 않은 그 세상을 마음속에서 살고 있다는 뜻이다. 진보주의를 삶의 방식으로만 말한다면 불행한 세계에서 행복하게 살기다. 한 사람의 진보주의자가 미래의 삶을 선취하여 이 세상에서 벌써 행복하게 살지 않는다면 그는 그 미래의 삶에 대한 확신과 미래 세계의 건설 동력을 어디서 얻을 것인가. 그의 존재는 이 불행한 세상에 점처럼 찍혀 있는 행복의 해방구와 같다.

진보적 정신이 곧 해방구라는 생각은 소설이나 영화에서 자주 '작은 낙원'의 서사가 되어 나타난다. 이 작은 낙원은 수도 없이 많지만 생각나는 대로 몇 개만 적어보자. 쿤데라의 『참을 수 없는 존재의 가벼움』에서 거대한 낙원을 만들라는 명령에 시달리고 있는 나라의 망명자 토마시와 테레자는 어디에도 몸 붙일 곳이 없을 때 돼지 메피스토와 함께 사는 농사꾼 친구를 찾아간다. 그들은 산속의 작은 마을에서 잠시 행복하게 산다. 그들이 기르던 개 카레닌은 암에 걸려 이 쓸쓸한 임시 낙원에서 죽는다. 거페이의 소설 『복사꽃 피는 날들』에서 주인공 슈미는 무릉도원을 꿈꾸거나 유토피아를 건설하려던 사람들의 뒤를 이어 사회주의 낙원을 건설하려 하지만 실패하고 자기 집안의 하녀였던 여자와 함께 뜰에 갖가지 화초를 키우며 살아간다. 내내 벙어리 행세를 하던 이 여자는 세외 낙원을 계획했던 자기 아버지가 누군가와 장기를 두는 환영을 보면서 조용히 세상을 떠난다. 나루시마 이즈루 감독의 영화 〈8일째 매미〉에는 남의 아이를 납치하여 함께 도망 다니는 여자가 신분을 감추고 살기 위해 찾아가는 협동 농장 형식의 낙원이 있다. 이 영화에서는 옛 인정과 풍속을 간직하고 있는 산골 마을도 또하나의 낙원이다. 우리가 첫머리에서 말했던 영화 〈다가오는 것들〉에서도 파비앙과 그의 친구들이 모여 사는 산골의 농가가 그 작은 낙원에 해당하는 것은 말할 것도 없다. 이들 작은 낙원은 저 행복한 세계가 이 불행한 세계에 설치한 연락처이며, 이 결여된 세계에서 저 완전한 세계의 확실한 얼굴을 잊어버리지 않기 위한 예행연습이다. 그것은 어떤 관념 속으로의 망명이 아니다. 잊어버리지 않는다는 것보다 더 꾸준한 실천은 없기 때문이다.

가질 수도 누릴 수도 없지만 잊어버리지 않는다, 이렇게 말하고 보면 우리가 시에 요청하는 모든 것이 이 짧은 말 속에 들어 있는 것 같다. 시는 누릴 수 없는 것을 희망하는 뛰어난 방식이자 그 희망을 가장 오랫동안 전달하는 수단이기 때문이다. 폴 발레리의 시 「발걸음」을 떠올리면, 앞에서 길게 인용한 루소의 텍스트는 한 세기도 훨씬 전에 이 시를 예견하며 미리 써놓은 해설처럼 들린다.

내 침묵의 아이들인 너의 발걸음들,

성스럽게 천천히 놓으며,

내 불면의 침대를 향해

말없이 냉정하게 전진하는구나.

순수 인칭, 거룩한 그림자,

너의 조심스런 발걸음, 그들은 얼마나 사랑스러운가!

희한하기도 해라!······내가 예감하는 모든 선물이

이 벗은 발을 타고 내게 오는구나!

만일, 네가 그 입술을 내밀어,

내 숱한 생각의 주민을 진정시키려,

그를 위한 양식으로

한 번의 입맞춤을 준비한다 하더라도,

서둘지 마시라 그 사랑의 행위를,

있음과 있지 않음의 기쁨을,

나는 그대를 기다리며 살아왔고,

내 심장은 그대의 발걸음일 뿐이기에.

  '침묵'에서, 다시 말해서 명상에서 '발걸음'이 탄생한다. 그 발걸음이 나를 찾아온다. 내가 희망하는 모든 것을 그 발등에 태우고 온다. 시인은 그 발걸음의 주인을 팔 벌려 맞아들여 그와 입을 맞춤으로써 그의 "숱한 생각의 주민" 곧 그의 정신을 위로해야 할 것이다. 그러나 시인은 이제까지 '너'라고 불렀던 인칭을 '그대'라고 불러 거리를 둔 채, "그 사랑의 행위"를 서둘지 말라고 말한다. 그리고 그 이유를 설명한다. 그는 자신이 그 "순수 인칭"을 기다리며 살아왔고, 자신의 심장은 그 발걸음일 뿐이기 때문이라고 말한다. 이 모호한 말을 루소는 훨씬 더 쉽게 설명한다. "더이상 아무것도 욕망할 것이 없는 자 불행하구나! 그런 사람은 말하자면 자신이 지닌 것을 모두 잃지요." 우리가 희망하는 그 대상은 언제까지나 거기에 확실히 존재하나 아직 여기에 존재하지 않는 어떤 것, "있음과 있지 않음의 기쁨"이다. 철학자들은 아마도 '관념은 현실이 되지 않는다'라는 말로 이 구절을 설명할 것이다. 그러나 시를 믿는 사람들은 하나의 욕망과 그에 결부된 희망이 관념으로 떨어지기 전에 지금 이 자리에 붙잡아 이 현실과 그것과의 관계를 확인하고, 그 관계 자체 속에 들어 있는 약속을 쉬지 않고 되새기는 확실한 미학적 장치에 관해 말할 것이다.

만해 한용운은 '님'이라는 말로 한국 시사에 최초로 초월적이고 절대적인 존재를 언어로 형상화했다. 절대적인 존재는 나도 아니고 너도 아니고 그도 아니면서 동시에 그 모든 것인 순수 인칭이다. 만해는 이 순수 인칭을 '당신'이라 부를 수 있는 인칭으로 만들 수 있는 오묘한 방법을 고안했다. 이 특별한 인연 장치를 만해는 '이별'이라고 부른다. 님의 성질과 님의 존재를 인간의 육체로서는 느낄 수 없고, 인간의 지성으로는 상상하기도 어렵다. 그러나 만해는 님과 '나' 사이에 오직 그만이 생각해낼 수 있는 관계 하나를 만들었다. 저 무한하고 절대적인 존재와 부족한 인간 사이의 뛰어넘을 수 없는 거리가 만해에게서는 사람의 일일 뿐인 '이별'로 바뀐다. 이별도 님과 나를 떼어놓고, 님과 나의 만남을 가로막지만, 이별은 원칙적으로 그리운 것과 그리워하는 정신 사이에 하나의 기억을 전제한다. 다시 말해서 만남이 있었고 헤어짐이 있었다는 기억. 만해는 시 「님의 침묵」에서 "황금의 꽃같이 굳고 빛나던 옛 맹서는 차디찬 티끌이 되어서 한숨의 미풍에 날라갔"으며, "날카로운 첫 키스의 추억은 나의 운명의 지침을 돌려놓고 뒷걸음쳐서 사라졌"다고 쓴다. 님과 나 사이에 "황금의 꽃같이 굳고 빛나던 옛 맹서"가 실재했는가는 따질 필요가 없다. 이별이라는 생각은 님에게 육체를 주고, 님과 나의 관계를 만들어, 현실의 "차디찬 티끌"을 저 찬란한 빛의 흔적으로 끌어올리게 될 하나의 기억을 거기서 끌어낸다. 시인에게서 이전과 이후의 삶을 칼날처럼 분명하게 가른다는 점에서 "날카로운 첫 키스"에 대한 기억도 이별이라는 말이 떠오르게 되는 순간에 대한 운명적인 기억과 다른 것이 아니다. 이별은 비록 만난 적이 없는 님이라고 하더라도 그 님과 나 사이의 인연을 상기시킨다. 정신은 있었던 일뿐만 아니라 있어야 할 일도 기억한다. 억제할 수 없는 욕망에 휩쓸리는 사람들이 자신의 소망을 실제의 기억이라고 여기는 경우에서도 볼 수 있듯이 기억은 아직 없었던 시간의 기억, 곧 까마득한 태고의 기억이 되고 미래의 기억이 된다. 그래서 님의 거대한 넓이가 이별을 말하는 사람의 기억 속에 들어올 수 있다.

루소의 쥘리가 말하는 것처럼, 희망하는 것을 상상하는 매력이 그 원인인 정염만큼 깊어지는 순간은, 만해에게서처럼, 희망이 곧 미래의 기억이 되는 순간이다. 제가 가졌던 것을 기억하는 사람은 결코 희망의 끈을 놓지 않는다. 희망으로 미래의 기억을 만드는 시의 깊은 감각은 멀리서 오고 있는 아름다운 삶을 지금 인간의 육체 속에 구현한다. (2016. 11.)

키스의 현상학

연말을 앞두고 창간된 사진 잡지 『VOSTOK』에서 사진에 관한 에세이를 청탁하면서 여러 점의 사진을 보내왔다. 나는 그 가운데 레스(less, 아마도 '없음'이라는 뜻일 것이다)라는 예명을 쓰는 작가의 사진에 주목했다. 그러고는 「키스」라는 제목에 "눈을 감고 혹은 눈을 뜨고"라는 부제를 붙여 소정의 분량을 조금 넘겨 글을 썼다. 그러나 인쇄된 글을 읽어보니, 비록 철저할 필요가 없는 에세이에서라도 키스에 관해서라면 반드시 해야 할 이야기가 빠져 있다는 생각을 하게 된다. 마음이 흡족지 않아 그 글을 세 배쯤 더 늘려서 쓰려고 한다.

레스의 그 사진이 내 마음을 끌었던 것은 내가 오래전부터 만해의 「님의 침묵」에서 읽게 되는 한 구절 "날카로운 첫 키스의 추억은 나의 운명의 지침을 돌려놓고"에 대해 무언가 쓰고 싶은 생각을 늘 품고 있었기 때문이다. 한용운 선생은 독립지사였고 도가 높은 선사였지만, 바로 저 구절을 쓸 때 만남과 떠남의 인연 장치가 어떻게 두 존재의 육체적 감각과 깊이 연결되어 있는지를 누구보다도 더 정확하게 알고 있었다. 첫 키스가 날카로운 것은 그 '사랑의 행위'(지난 호의 에세이를 읽은 사람은 이 말이 어디에서 왔는지 알 것이다) 이전과 이후에 두 사람의 삶이 칼로 금을 그은 듯 달라지기 때문만은 아니다. 입술의 얇은 피부는, 혀는, 심장의 근육은, 뇌수의 주름은 그 위기를 날카롭게 예감하면서 환희의 관능에 빠진다. 문제의 사진에서는 그 순간에 날카로운 광채 하나가 두 사람의 목 언저리에서 터져나와 입술과 얼굴을 지나 머리보다 더 높은 자리로 솟아오른다. 남자의 머리 뒤쪽에서 비스듬하게 떨어진 밝은 햇빛이 어떤 거울에, 어떤 수면에 반사되어 두 연인의 목 사이 빈 공간으로 그렇게 쏟아져나온 것인가. 붉은 색조를 띤 이 광채가 사랑의 행위를 약간 가려주면서 화면의 단조로움을 깨뜨린다. 그 빛을 피하려는 듯 두 사람은 눈을 감고 있다. 이 감은 눈에 대해 김소연은 그의 시 「수학자의 아침」에서 이렇게 쓴다. 시의 전반부만 인용한다.

나 잠깐만 죽을게
삼각형처럼

정지한 사물들의 고요한 그림자를 둘러본다

새장이 뱅글뱅글 움직이기 시작한다

안겨 있는 사람은 보이지 않는다는 것에 대해

안겨 있는 사람을 더 꼭 끌어안으며 생각한다

이것은 기억을 상상하는 일이다

눈알에 기어들어온 개미를 보는 일이다

살결이 되어버린 겨울이라든가, 남쪽 바다의 남십자성이라든가

　얼굴을 마주하고 안겨 있는 사람은 눈을 감지 않아도 서로가 서로에게 보이지 않는다. 눈의 초점을 맞출 수 없을 만큼 너무 가까이 있는 얼굴은 성적 판타지 속에서 그 자체가 한 덩어리의 빛일 뿐이다. 감은 눈만이 이때 안겨 있는 사람을 더 온전히 느낄 수 있다. 보는 것이 세계를 파악하는 수단의 전부는 아니기 때문이다. 눈을 감은 사람이 오히려 더 많은 것을 알게 되기도 한다. 몸의 온기가 섞이고 숨소리가 귓전에 들락거린다. 눈을 감아야 더 잘 보이는 것을 보기 위해 연인들은 더 긴밀하게 끌어안고 혀를 더 깊은 곳으로 들이민다. 세계가 깊이를 얻고 그 깊이 속으로 내려가려는 몸이 또 그만큼의 깊이를 얻는다. 수학자보다 잠깐 죽은 수학자가 더 많은 것

을 안다. 그래서 키스는 하나의 인식론 교육이다.

그러나 모든 것을 제 눈으로 확인해야 하는 사람들이 있다. 보이지 않는 것은 믿지 못하는 사람들이 있다. 어쩌면 그들은 자신들이 더 많이 믿을수록 더 확실하게 보려고 하지 않을까. 김록은 시 「각도」에서 어떤 키스의 순간을 다음과 같이 묘사했다.

> 속눈썹은 무언의 각을 이루고 있다
>
> 눈은 코의 경사면을 타고 미끄러진다
>
> 두 개의 동공은 코끝을 매만진다
>
> 마주보고 있는 섬 사이에
>
> 예각적 조응이 이루어진다
>
> 교차점에서 절벽을 타고 내려오면
>
> 평원이 펼쳐진다
>
> 들판 사이를 가로지르는 바람이 있다
>
> 짧은 입맞춤이 있었다

한 사람이 그의 연인과 입을 맞추었는데, 그 순간에 두 사람은 모두 눈을 뜨고 있었다. 그 이유는 짐작할 수 있지만 말하기 어렵다. 입맞춤이 그들에게 아무런 감동도 주지 않았기 때문이라거나 그들이 그 감동을 하찮게 여겼기 때문이라고 이해할 수는 없다. "예각적 조응"이 시선의 각도에서 비롯된 표현인 것은 분명하지만, 한용운의 "날카로운 첫 키스의 추억"과도 같은 그 접촉의 운명적 성질에 관해서도 말하고 있기 때문이다. 시의 화자는 절벽을 타고 내려오듯 가파른 감정을 느끼기도 하고, 평원으로 펼쳐지는 새로운 전망을 보기도 하고 낯선 바람 소리를 듣기도 한다. 눈 뜨고 있기는이 정서를 배반한다기보다 오히려 그 심정을 구성하는 필수적 요소인 것처럼 보이기도 한다.

그러나 눈 뜨고 키스하기는 키스를 비평하면서 키스하기와 같다. 돌고 있는 팽이를 신기한 눈으로 바라보는 아이가 팽이를 더 확실하게 보기 위해 팽이를 손아귀에 쥐는 순간 팽이는 나뭇조각 하나에 지나지 않을 것이다. 팽이를 더 잘 보기는 마침내 팽이를 사라지게 하고 만다. 팽이가 돌도록 놓아둔 채 팽이를 가장 잘 볼 수 있는 거리의 경계는 어디일까. 말하자면 팽이의 회전과 그 빛을 '서프라이즈' 할 수 있는 거리는 어디일까. 그러나 돌고 있는 팽이와 멈춰버린 팽이 사이의 거리는 없다. 오직 돌고 있는 팽이와 멈춘 팽이가 있을 뿐이다.

초현실주의자들처럼 자동기술을 하고 있는 사람은 그 자신이 도는 팽이이면서 돌고 있는 저 자신을 '서프라이즈'하는 사람이다. 의식의 흐름에 자신을 맡기면서 동시에 그 흐름을 기술하기 위해 관찰한다는 것은 유혹적인 일이지만 가능한 일이 아니다. 그 순간을 상상한다는 것은 그래서 초현실이다. 키스에 '초현실주의'의 딱지를 붙인 것이 실은 앙드레 브르통이다. 그는 『초현실주의 선언』을 쓸 때 초현실주의의 선배들을 열거하면서 그들이 어떻게 초현실주의자들이었는지를, 정확하게 표현하자면 어떻게 '부분적으로' 초현실주의자들이었는지를 말한다. 보들레르는 모럴에서 초현실주의자이며, 랭보는 삶의 실천과 '다른 곳'에서 초현실주의자이며, 말라르메는 속내 이야기에서 초현실주의자라는 식이다. 그런데 제르맹 누보에 관해 이렇게 쓴다.

누보는 입맞춤에서 초현실주의자다.

누보는 '키스' 또는 '키스들'이라는 제목으로 여러 편의 시를 썼다. 내가 아는 것만 해도 다섯 편이다. 한 편의 「키스들」과 번호가 붙은 4편의 「키스」가 모두 시집 『발랑틴』에 들어 있다. 「키스들」에서는 여러 종류의 입맞춤들이 열거된다. 단순한 우정의 키스, 존경의 키스, 윗사람이 아랫사람에게 보내는 애정의 키스, 고결한 모성의 키스, 이웃들 간의 다정한 키스, 위로의 키스 그리고 마침내 정염에 불타는 사랑의 키스가 온다.

그녀의 입술 위에, 그녀의 약속 위에,

날빛처럼 깊고 맑은,

큰 미사를 집전하는 사제보다 더 긴,

그대 잊었는가, 사랑의 키스를.

묘사가 단순해서 오히려 실망스럽다. 그러나 이 범박한 진술에는 부인할 수 없는 진실이 담겨 있다. 사랑의 키스가 날빛처럼 맑고 깊은 것은 그 키스를 통해 세상에 대한 세상의 모든 감정의 추이가 하나로 통일되기 때문이고, 그 순간이 사제의 미사 집전보다 더 길게 느껴지는 것은 저 길고 긴 시간이 그 순간 속에 수렴되기 때문이다. 짧은 키스건 긴 키스건 키스를 하는 사람에게서 시간은 사라진다. 키스를 하면서 과거를 후회하거나 미래를 걱정하는 사람이 있다면 그는 건성으로만 키스를 하는 사람이다. 그러나 집중된 시간은 얼마나 쉽게 깨지는가. 그 순간을 두 번 다시 체험하는 일이 가능하기나 한가. 그래서 그 순간을 박제하거나 방부 처리하여 실험관 속에 담아두려는 사람들도 있다.

프랑스의 낭만주의 작가 쥘 자냉의 잔혹소설 『죽은 나귀와 기요틴에 목이 잘린 여인』(1842)에는 매우 끔찍하게 설정된 키스가 있다. 젊은 목수가 제 집 정원에 기요틴을 세우고는, 때맞춰 찾아온 예쁘고 청순한 자기 애인을 묶어 기요틴의 두 기둥 사이에 눕힌다. 칼날이 서서히 내려오는 동안 젊은 목수는 제 애인에게 두 번 키스를 한다. 이 난폭하고 범죄적인 키스는 그 깊고 맑은 순간을 영원으로 연장시킬 수는 없어도 영원히 썩지 않게 할 수는 있을 것이다. 아니, 그렇지 않다. 그 깨끗한 순간은 그 폭력으로 벌써 타락했다고 말해야 한다. 키스는 그 깨지기 쉬운 성질로만 오직 순결하다. 물거품보다 더 맑은 것과 이슬보다 더 순결한 것은 머지않아 저버리게 될 맹세에 스스로를 송두리째 던지는 인간의 마음밖에 없다. 그때 마음은 초현실적이다.

키스에 관해 말하면서 주세페 토르나토레 감독의 영화 〈시네마 천국〉(1988)에 관해 언급하지 않는다면 그건 범죄 행위와 다를 바 없다고 말해야 할 것이다. 〈시네마 천국〉은 영화와 영화관의 인류학이면서 한 남자의 성장 서사이지만, 또 한편으로는 키스의 현상학이기 때문이다. 제2차세계대전 후 시칠리아의 작은 마을 광장에 세워진 영화관 '시네마 파라디소'에서는, 영화가 상영되기 전 마을 성당의 신부가 먼저 검열을 하여 웬만한 키스 신을 모두 가위질하게 한다. 마을 사람들은 키스 신을 보지 못한다. 신부가 너무 엄격해서? 심술궂어서? 사제는 제 할 일을 한 것이다. 그는 키스가 음란하거나 악하다고 판단한 것이 아니다. 그는 차라리 키스를 보호했다고 말해야 한다.

키스하는 연인은 한 개의 섬과 같다. 한 연인의 의식은 다른 연인의 의식 속에 삼켜진다. 의식이 의식 속에 들어갈 때 한 의식은 다른 의식의 은폐 막이 된다. 그들은 비평의 시선이 닿지 않는 자리에 있어야 한다. 그들에게는 감시도 관찰도 없어야 한다. 그러나 영화에서 키스하는 두 사람은 사실 카메라 앞에 있다. 관찰자의 눈앞에서 그 하나의 의식은 다른 하나의 의식 속에 삼켜지지 않는다. 그들은 저 관찰자의 시선으로 서로를 보고, 자신을 보고, 키스하는 자신들을 본다. 키스하는 자신들을 보고 키스를 본다. 눈을 감으면서 동시에 뜨고 그들은 사랑의 행위를 하는 자신들을 본다. 키스는 없고 키스하는 사람만 있다. 그것이 배우의 일이다. 마을의 사제는 관찰되는 키스로부터 키스 그 자체를 보호하고 키스하는 연인들을 보호한다.

영화에서 사건의 관찰자이며 주인공인 어린 토토는 훗날 세계적인 영화감독이 되어 고향에 돌아온다. 그에게 마을을 떠나 큰 세상으로 가라고 말했던 늙은 영사 기사 알베르토는 죽기 전 그에게 필름 한 통을 남겼다. 토토였던 살바토레 감독은 초현대식 전용 극장에 홀로 앉아 그 필름을 상영한다. 옛날 검열하는 사제가 경고의 방울을 울릴 때마다 잘라내야 했던 키스 신들을 한데 모아놓은 필름이다. 살바토레는 감격하지만 그 키스 신들 때문은 아닐 것이다. 거기에 이르기까지의 모든 사연으로부터 잘려져나온 이 '사랑의 행위'에 관해 말한다면, '빈 키스'라는 명명이 아마도 적절할 것이다. 그것은 벌써 사랑의 표현이 아니어서 비어 있고, 사랑을 갈구하는 사람들의 시선으로부터 어떤 동력도 얻지 못해서 비어 있다. 그것이 끌어모을 수 있는 시선이 있다면 관음의 시선밖에 없다. 그러나 영화에는 그 비어 있음을 채울 수 있는 다른 입맞춤이 있다. 살바토레는 고향에서 끝내 맺어지지 못했던 젊은 날의 사랑을 더듬는다. 마침내 그는 소식이 끊어졌던 엘레나를 만나고, 중년이 된 두 사람은 진한 키스를 나눈다. 단 한 번으로 그칠 수밖에 없는 이 키스가 그 비어 있는 키스들에 생명과 사연을 만들어 넣는다. 관찰되는 키스, 비평되는 키스는 어떤 관찰과 어떤 비평에도 견디어낼 수 있는 키스를 또다시 발명하려는 하나의 절차라고 말해야 한다. 비평과 관찰의 시선이 닿지 않는 키스, 벌써 그 시선의 지평선 너머에 있는 키스는 어쩌면 저 소박한 "날카로운 첫 키스의 추억"에서 다시 찾아야 할지 모르겠다. 이때 추억은 추억이 아니라 희망과 그 기억에 붙이는 다른 이름이기 때문이다. 어느 자리에서도, 어느 시간에서도 희망보다 더 강렬한 것도, 희망보다 더 오래 살아남는 것도 없다. 영화 속 연인들이 늘 헤어져야 하는 이유가 이것이다. 키스의 시간은 얼마나 짧으며 희망은 얼마나 격렬한가. 첫 키스가 날카로운 것도 그 때문이다. (2017. 1.)

시간과 기호를 넘어서서 1
—영화 〈컨택트〉에 붙이는 짧은 글

"호반문장 먹이 없느냐, 오뉴월 바쁜 날 팔이 모자라냐, 죽으면 널이 없느냐." 전라도 어촌에서 갑오징어를 기리는 말이다. '호반문장'은 무인과 문인을 함께 뭉뚱그리는 표현이지만, 여기서는 그저 문장가를 구성지게 부르는 말이다. '널'은 널판인데, 널판으로 짓게 마련인 관도 널이라고 말한다. 갑오징어에게는 문장가라면 필히 지녀야 할 먹이 있으며, 여덟 개의 팔이 있어 한꺼번에 많은 일을 할 수 있으며, 관보다는 배를 닮은 오징어 뼈가 있다. 오징어 먹은 질 좋은 단백질이지만 실제로 먹으로 사용되기도 했다. 내가 초등학교에 다닐 때 습자 시간에 오징어 먹을 가져오는 아이가 여럿이었다. 오징어 먹으로 쓴 글씨는 인간의 먹으로 쓴 글씨보다 더 반짝이기도 했지만, 그러나 오래 견디지 못했다. 여름날 아침 교실에 들어가보면 뒷벽에 붙여두었던 동무들의 작품에서 글씨는 간 곳 없고 습자지만 나풀거리는 일이 다반사였다. 검은 단백질이 변색하여 글씨가 보이지 않게 된 것이지만, 어린 마음에 글씨는 어디로 사라진 것일까 물으며 신비한 질문을 만들기도 했다. 나같이 섬 소년이었던 사람이 아니라면 허공으로 사라지는 글자 앞에 오래 서 있는 일은 없었을 것이다.

영화 〈컨택트〉에 관해 말한다면, 나는 여러 개의 행운을 누린 사람이다. 오징어가 바닷물에 먹물을 뿌리는 것을 본 적도 있고, 오징어 먹으로 글씨를 써본 적도 있다는 것이 우선 희귀한 경험이지만, 말의 시간적 선조성에서 해방된 어떤 유토피아에 관해 말하는 이 서사를 테드 창의 단편소설 「당신 인생의 이야기」를 읽기 전에 영화를 통해 먼저 알게 된 것도 행운에 속한다. 소설에서 쓰는 시간적 선조성의 언어로 그 해방의 논리를 말할 수는 있지만 그 실례를 보여주기는 쉽지 않을 테니까 말이다. 인간 세계에서 기초적 수준에서나마 그 개념을 꿈꾸고 그것을 실천하려고 애썼던 노력을 알고 있다면 그 역시 더할 수 없는 행운일 텐데, 나는 다행하게도 아폴리네르의 시를 오래 읽었으며, 그 후유증으로 한때 시 언어의 특징 내지 이상을 개미나 꿀벌들에게서 보는 '페로몬 효과'로 설명하려 한 적이 있다.

엄격하게 말해서, 동물들의 울음소리를 언어라고 하지는 않는다. 언어는 음절의 음운, 어절의 의미와 기능, 통사적 연결 관계가 분석적으로 설명될 수 있어야 한다. 그리고 이 분석에 순응하는 언

어의 성격은 곧바로 시간적 선조성으로 이어진다. 하나의 음절이
다른 음절과 겹치거나 주어와 목적어와 동사가 동시에 발음되는
언어는 없다. 말을 글자로 적은 문장은 평면 위에 긴 줄을 지어 늘
어서며, 거기에는 시작과 중간과 끝이 있다. 말로 표현되는 우리의
마음에 관해 말한다면, 그것은 시작과 끝을 가진 긴 줄이 아니다.
마음은 때로는 들판이고 때로는 물속이며, 때로는 시간조차 들어
올 수 없는 막장 탄갱의 어둠이다. 입은 동시에 '두 말'을 하지 않아
도 마음은 한꺼번에 둘 이상의 시간을 수직으로 품으며, 우리는 그
수직의 시간을 '시적 순간'이라고 부르기도 한다. 말은 시간을 겹
쳐놓지 않는다. 그러나 사물 그 자체인 말이 있다면, '떡'이라는 단
어 그 자체가 떡이고, '바람'이 바람이고, '돌'이 돌이라면, 사정은
달라질 것이다. 시의 언어는 '바람'이라고 말할 때 바람 그 자체가
되려고 한다. 동물들, 특히 개미와 꿀벌들이 분비하는 페로몬은 완
전한 소통수단, 아니 완전한 소통 그 자체가 된다. 꿀을 지닌 꽃을
발견한 꿀벌이 분비하는 페로몬은 동료 꿀벌들에게 꿀의 존재를
알리는 것에 그치지 않는다. 페로몬은 동료들의 지각에 꿀을 향한
완벽한 욕망이 되고 꿀을 향해 날아가 꿀을 채취하려는 수행의 의
지가 된다. 페로몬의 작용 속에서 꿀벌은 다른 꿀벌을 설득하는 것
이 아니라 다른 꿀벌들을 설득된 꿀벌로 만든다. 그것은 마음을 창
조한다. 이 마음의 창조는 시의 언어가 내내 수행하려던 일이 아니

었던가. 그래서 '마음의 창조'는 벌써 국어 교사들이 입에 달고 사는 말이 되었지만, 그 뜻은 대개 암시라는 말과 다르지 않다. 그러나 여기서는 훨씬 더 물질적인 수준에서 기호를 넘어서려는 시의 시도를 우선 짚어두는 것이 좋을 것 같다.

현대 시의 언어 혁명에 가장 큰 책임이 있으며, 그만큼 혼란을 불러오기도 했던 아폴리네르를 가장 강력하게 사로잡았던 개념은 '동시성'이었다. 그래서 아폴리네르는 말을 무기로 삼는 예술, 곧 문학이 회화나 조각처럼 시작과 중간과 끝이 없이 '동시적으로 받아들여질 수 없다는 것'을 평생 동안 한탄하며 다른 종류의 언어를 창조하려고 했다. 그가 개발한 시의 모험적 형식 가운데 가장 유명한 '상형시'는 개념상으로 볼 때, 근대 시가 사용하기 시작한 시간의 선조성에서 벗어나려는 목적의 단편화와 재구성의 기술을 곧바로 회화적 평면에서 실천하려는 방책이다. 상형시의 실험 역시 지각과 의식의 동시성을 강력하게 환기하거나 재현하기 위해서는 담화적 표현과 함께 시행 중심의 전통적 시 형식을 포기해야 한다는, 다시 말해서 랭보가 『지옥에서 보낸 한철』에서 말한 것처럼 "모든 감각에 이해될 수 있는 시의 언어"를 창조하는 데 목적이 있었다. 상형시는 따라 하는 사람이 많았지만, 이론가들 사이에서는 크게 인기를 끌지 못했다. 초현실주의의 역사에서 아폴리네르의 제자급인 엘뤼아르는 상형시를 '글과 그림의 동어반복'이라고 폄하했으며, 그의 전기를 쓴 파스칼 피아조차 "포도주라는 말을 술병의 모습으로 늘어놓으면 술맛이 더 좋아지는가"라고 비아냥거리기도 했다. 그러나 상형시가 단순한 문자 그림이 아니라, 저 〈컨택트〉의 헵타포드들이 오징어 먹을 흩뿌려 그린 수묵의 원문자처럼 시간의 선조성에서 벗어난 수많은 정보를 동시에 소통하며 그에 대한 종합적 지각의 창출을 지향한다고 주장하기 위해서는 상형시 「맛의 부채」 한 편을 살피는 것으로 충분할 것 같다.

그림의 측면에서 볼 때 이 시 전체는 우선 한 마리의 새이다. 꼭대기의 "브라우닝……"은 새의 도가머리에, "태양의 빙하들……"은 새의 두부에, "내 맛의 카펫……"은 등과 꼬리에, 맨 아래쪽의 "들어라 들어라……"는 배와 발에 각기 해당하며, 새의 목과 가슴살을 나타내는 "1마리 아주 작은 새……"는 바로 이 새의 수준에서 이 그림을 정의하면서, 이와 아울러 이 새의 특별한 성격을 소개한다. 그런데 이 새의 각 부위는 제목이 말하는 것처럼, 여러 가지 맛을 '부채'처럼 진열하고 있다. 아폴리네르는 지금 싸움터에서, '환초'가 섬을 에워싼 것처럼 총구가 생명을 에워싼 곳에서, 위태로운 '삶의 맛'을 강하게 느끼지 않을 수 없는 순간에 있다. 그 온몸으로 이 맛을 펼치고 있는 새는 "꼬리가 없으나" 그 꼬리를 "하나 달아주면", 즉 그 맛을 지금 느끼고 있는 시인에게 어떤 타격이 주어지면,

맛의 부채

브라우닝 권총들의
기이한 환초 이 무슨
삶의 맛
인가 아!

태 양의 빙하들 속
여러 색깔 호 수들

1 마리
아 주
작은 새
꼬리가   내 맛의 카 펫   알 수 없는 소리의 계절풍들
없으나   그리고 네 입술 그 숨결은
하나 달
아주면   하늘빛
날아간
드 다

들어라 들어라 비명 발자국 소리 죽음
기 소리 들어라 들어라 알로에
터지는 소리와 작은 풀피리 소리

허무하게 날아가버릴 것이다.

  시는 또한 입체파 회화에서와 같은 방식으로 한 여자의 얼굴을
그리고 있다. 위의 권총 부분은 여자의 이마에 늘어진 머리칼을 닮
았으며, "태양의 빙하들 속 여러 색깔 호수들"은 그림으로도 텍스
트의 의미로도 바로 눈을 묘사하며, "1마리……"는 그 코에, "내 맛

의 카펫……"은 그 귀에, "들어라 들어라……"는 입술에 각기 해당
한다. 한편 텍스트는 이 여자 얼굴과 관련하여 어떤 성적 관심을 드
러낸다. 입술에 해당하는 부분이 귀의 기능과 관련된 언술을 담고
있는 반면, 귀 부분의 텍스트는 입술을 언급하고 있을 뿐만 아니라,
입 맞추는 사람이 그 입술에서 느낄 수 있을 "맛"에 관해 말하고 있
다. 그림으로도 그것은 입술을 닮았다. 이 입술과 귀는 귀와 입술
이, 입술과 입술이 포개져 있음을 드러낸다. 코 부분의 텍스트는 더
직접적이다. 여자인 이 "1마리 아주 작은 새"는 "꼬리가 없"지만 그
것을 달아주면 성적 환상 속으로 "날아간다"(재치를 뽐내는 남자들
은 '처녀성의 상실'을 '날아간다'는 말로 표현할지도 모르겠다). 이 관
점에서는 "브라우닝 권총"이 성기의 암시라면, 입술의 텍스트는 그
성적 흥분 속에서 지르게 되는 '비명'의 가치를 지닐 것이다. 전쟁
은 그 자체가 거대하고 압도적인 성행위의 일종이며, 한 사람의 생
명의 '맛'은 그 성적 환상으로 팽창된다.

그러나 이 상형시는 또한 그 전장의 한 풍경을 나타낸다. "브라우
닝 권총"은 모든 전투 무기의 제유이며, "여러 색깔 호수들"을 품고
있는 "태양의 빙하들"은 하늘의 호수를 쪼개며 화려하게 폭발하는
포탄이다. "1마리 아주 작은 새"는 날아가고 있는 탄환이다. 탄환
에는 "꼬리"가 없지만, 텍스트 마지막 부분의 뇌관(·)을 격발 장치
가 "꼬리"가 되어 때리면 "날아간다". "내 맛의 카펫"은 그 탄환의

탄도이다. 탄환은 "하늘(빛)" 위로, "네 입술"의 푸른 "숨결" 같은 "알 수 없는 소리의 계절풍"이 되어, 마술의 "카펫"처럼 곡선을 그리며 날아간다. 맨 아래 그림은 양편에 둑이 있고, 그 사이에 통로가 있는 참호를 보여준다. 병사들은 "비명"을 지르고 "발자국 소리"를 내며 이 참호 속에 뛰어든다. 그 소리들은 시시로 반복되는 소리이기에 "축음기 소리"에 비유된다. "알로에 터지는 소리"가 포탄의 폭발음이라면, "작은 풀피리 소리"는 그 포탄의 비행음과 다른 것이 아니다. (아폴리네르는, 그 시대의 유럽 사람들이 그렇듯, 실상은 용설란인 식물을 '알로에'라고 불렀다고 한다. 용설란은 단 한 번 폭발하듯 꽃이 피는데 민간에서는 이를 전쟁의 전조로 여겼다.)

상형시 「맛의 부채」는 펼칠 때마다 색깔이 변하는 마술사의 부채처럼, 그 흩어져 있는 텍스트들과 그림들에 대한 종합이 시도될 때마다 항상 다른 그림을 펼쳐낸다. 이 변덕스러운 그림을 통해, 한 사람이 느끼는 죽음의 위협은 성적 욕망의 동력을 타고 처절한 살육전의 광기로 팽창되고, 전쟁의 우주적 동요는 그에 맞먹는 거대한 성적 흥분 상태를 거쳐 죽음의 위기 앞에 놓인 한 시인의 생명 감속에 집약한다. 그러나 그 층위들의 관계는 시작과 끝을 보여주지 않은 채 복잡하게 엇물려 있다. 시는 헵타포드들의 먹물 원처럼 독서의 어떤 프로그램도 포함하고 있지 않으며, 하나의 의미를 일관되게 파악하여 그것을 다른 의미에 접합시키도록 도와줄 어떤 지표도 제시하지 않지만, 시를 더듬어가는 시선 속에서 의미와 지표가 동시에 생산되고 동시에 뒤바뀐다. 그래서 상형시에 대한 우리의 독서가 그 의미 생산의 과정에서 방황하는 것처럼, 상형시 역시 그것이 지각하고 표현하려는 사물들의 중간에, 지각과 표현의 중도에 있다. 그 효과는 우주적이다. 다시 말해서 기호 이전의 사물인 페로몬의 효과와 같다. (2017. 3.)

시간과 기호를 넘어서서 2

—영화 〈컨택트〉에 붙이는 짧은 글

　우리는 인간만이 언어를 지니고 언어를 사용하고 있다고 생각한다. 그러나 발터 벤야민은 「언어 일반과 인간의 언어에 대하여」에서 언어의 개념을 인간의 언어보다 훨씬 더 넓게 상정하여, '언어 일반'이라는 말로 사물과 사물 간의 소통 관계 전체를 포괄한다. 물과 나무 간에 어찌 소통이 없겠는가. 바람과 흙 사이에는 어찌 소통이 없겠는가. 그러나 그 소통은 인간의 언어 형식에 의지하지 않는다. 거기서는 음성도 문자도 사용되지 않지만, 아주 소박하게만 생각해도 무생물과 생물이 모두 유기적으로 얽혀 있다는 사실은 어떤 '정신적 소통'을 부인할 수 없게 한다. 어떻게 한 사물이 독립하여 존재할 수 있겠는가. 어떻게 소통 없이 연대할 수 있겠는가. 그러나 벤야민의 말 가운데 흥미로운 것은 그 소통의 존재 여부나 방법이나 내용이 아니라 미학적 위엄이다. 이 메시아주의의 철학자는 자연이 인간에게 소통할 "언어가 없다는 것은 자연이 갖는 커다란 아픔"이라면서 "모든 슬픔에는 말없음의 깊은 경향이 내재한다" 고 말한다. 영화 〈컨택트〉에서 우주인들이 인간에 대해 품는 안타 까움과 비교될 수 있을 이 자연의 슬픔은 아마도 분석과 논리에 갇 혀 있는 인간의 언어로는 자신들의 정신적 내용이 결코 이해될 수 없으리라는 데서 올 것이다. 이 삼라만상의 언어를 말하면서 벤야 민도 분명 염두에 두었을 보들레르의 「만물조응」에서, 자연이 인간 을 바라보는 "정다운 눈길"은 저 말없음의 연민과 다른 것이 아닐 것이다.

자연은 하나의 신전, 거기 살아 있는 기둥들은

간혹 혼돈스러운 말을 흘려보내니,

인간은 정다운 눈길로 그를 지켜보는

상징의 숲을 건너 거길 지나간다.

실제로 벤야민은 이 시구들을 설명이나 하듯이 이렇게 덧붙인 다. "언어는 어떤 경우이건 전달 가능한 것의 전달이기만 한 것이 아니라 동시에 전달 불가능한 것의 상징이기도 하다." 기표signifiant 와 기의signifié라는 말이 지니고 있는 어떤 비극성이 이 말과 함께 드 러난다고 해야 할까. 우리가 의미를 기표와 기의로 분리해야 하는 것은 기표가 기의와 항상 일치하는 것이 아니라는 생각 때문이다.

기표가 기의를 정확하게 지시하지 못하고 그 언저리를 맴돌면서 상징으로만 기능할 뿐이라면, 우리가 우물에서 하늘을 보는 개구리들일 뿐이라면, 우리의 정신적 삶과 운명은 어떤 가치를 지닐 것이며 어디에 도달할 것인가.

그러나 나는 상징에 불과한 것들의 힘을 우리의 문화 환경에서 심각하게 체험했다고 말해야 한다. 아니 내가 아니라 우리라고 말해야 한다. 나는 지금 '한국의 랭보'에 관해 말하려는 것이다. 한국에서 랭보는 운이 없었다. 식민지 시대는 말할 것도 없고 광복 이후에도 랭보에 관해 말하는 사람은 거의 없었고, 정확하게 말하는 사람은 전혀 없었다. 1990년대에는 랭보 전집도 나와 있었지만, 그 전집은 처음부터 끝까지 한 문장도 제대로 번역된 문장이 없는 몇몇 프랑스 책 가운데 하나였다. 그 정황에서도 2000년대 초에는 랭보의 영향을 받은 한국의 젊은 시인들이 적지 않았다. 그리고 내가 보기에 이 영향은 진정한 것이었다. 나는 이 신비를 설명하려고 애썼다. 독자들은 벌써 눈치챘겠지만 그것은 그렇게 어려운 일이 아니었다. 시에는 모든 문화에, 모든 언어에 공통되는 어떤 법칙이 있다. 그래서 우리의 번역이라고 하는 기표는 랭보의 시라고 하는 기의의 근처에 가보지도 못했지만, 우리의 용감한 감수성들은 저 용감했던 랭보가 무슨 말을 하려는지 알고 있었다. 사실을 말한다면 랭보도 제가 표현하려던 것은 다 표현하지 못하고 그 주변을 돌며 온갖 몸부림을 쳤던 것이 지옥에서 한철을 보내며 했던 일이 아니겠는가. 우리의 감수성들은 좋은 번역을 통해 랭보를 직접 만나기보다 번역을 빙자한 글을 통해 랭보가 벌였던 일을 다시 감행했다고 해야 하지 않겠는가. (달리 보면 랭보와 깊이 관련된 다른 현대 시들을 통해 우리의 독자들이 랭보를 미리 체득하고 있었을 수도 있다. 그들에게 랭보 번역판 읽기는 운전은 잘하나 면허가 없는 사람들이 운전면허 시험을 보는 것과 같았을지 모른다.)

번역이라는 말은 본뜻 그대로 쓸 때나 비유적으로 쓸 때나 모두 '언어가 전달 불가능한 것의 상징이기도 하다'는 말의 진실성을 여러 수준에서 요약해준다. 나는 최근에 보들레르의 『악의 꽃』을 번역하면서 이상한 결심을 했다. 프랑스어 시를 한국어로 번역하다 보면 용납할 수 없는 구멍을 만들어내는 시구들이 가끔 있다. 그래서 번역을 5년 넘게 미뤄둔 시가 있다. 그러나 그 5년 동안에 내 번역의 역량이 달라졌는가. 달라지지 않았으며, 앞으로 5년 후에도 달라지지 않을 것이다. 그러니 저 구멍을 의식한 채 내 부족한 번역을 최종 번역으로 확정해야 한다. 그리고 이 확정을 결심할 때의 내 자세는 지극히 능동적이어야 한다. 그 용납할 수 없는 구멍이 메워지는 것은 내 번역 역량에 의해서가 아니라 두 언어를 둘러싼 문화적 환경의 발전과 독자들의 드높아질 통찰력에 의해서일 것이기 때문이다. 이런 결심은 번역의 세부 기교의 선택에도 적용될 수 있다. 보들레르의 어떤 운문시는 자신의 눈앞에 펼쳐지는 환각의 풍경을 서술하기 위해 다섯 개의 4행 연, 곧 20행의 시구를 마침표 없는 한 문장으로 쓴다. 연마다 문장을 끊어서 번역하면 내용을 전달하기는 쉽지만 그 풍경의 연속성을 시의 형식 그 자체로 전달하기는 어렵다. 나는 문장을 끊지 않고 번역하기로 한다. 이런 경우에 부족한 의미의 전달은 독자의 통찰력에 의해 보충될 수 있지만, 깨진 형식을 재건할 수 있는 능력은 문화의 변화나 감수성의 훈련으로 길러질 수 없다고 보기 때문이다. 말하자면 나는 번역에서 언어의 전달 기능보다 상징 기능에 더 많이 의지한 것이다.

영화 〈컨택트〉에서 언어학자 루이스와 물리학자 이안은 외계인들의 언어를 번역하기 위해 크고 작은 수많은 도표를 그리지만, 어떤 노력으로도 지구인들의 분석 언어를 도구로 우주인들의 통합 언어 분석을 끝낼 수는 없었을 것이기에, 그 도표를 통한 분석의 과정은 두 종류의 인간과 두 종류의 언어 간의 이해와 통찰력을 높이는 과정에 대한 하나의 은유에 불과할 것이다. 그 두 사람의 뛰어난 지구인이 외계인들을 가까운 자리에서 직접적으로 대면할 때만 언어에 대한 이해의 속도가 증진된다는 점이 그 증거일 수 있다. 게다가 어떤 분석도 시간과 공간을 초월한 이해를 가능하게 할 수는 없다. 선지자나 예언자는 분석가가 아니다. 분석은 오히려 공간에 칸막이벽을 두르고 시간의 복합 장치를 평면화한다.

아마도 고등학교 국어 교과서에서 읽었을 우화가 생각난다. 한 선비가 어린 아들의 교육을 당대의 유명한 학자인 제 친구에게 맡겼다. 그러나 아들의 교육에는 진척이 없었다. 아들을 맡긴 지 3년이 지났지만 여전히 천자문을 읽고 있었다. 참다못한 선비는 아들을 데려와서 자신이 직접 글을 가르쳤다. 그런데 아들은 벌써 사서삼경을 모두 이해하고 있었다. 선생은 아이에게 천자문을 가르치며, 이를테면 하늘 천天에서 하늘과 관련된 모든 글을 읽게 하는 방식으로 아이의 지성을 연마했던 것이다. 이 이야기는 독서에서 정독의 이상을 과장되게 설명하는 것이지만, 저 종합적 언어가 어떤 것일지에 대해서도 확실한 개념을 담고 있다. 우리가 '꽃'이라고 말하면 듣는 사람의 편에서는 저마다 꽃에 대한 추억과 인상이 다르고 꽃에 대한 지식과 정보가 한정되어 있기에, 똑같은 말도 듣는 사람에 따라 전달되는 내용이 달라진다. '꽃'이라는 동일한 말로 동일한 것이 전달되기 위해서는, 모든 청자들이 절대적인 지성을 지녔다는 전제 아래, 꽃과 관련된 모든 학문적 내용, 꽃의 역사와 이력, 꽃과 관련된 인간의 모든 경험과 정서가 한꺼번에 전달될 수 있어야 할 것이다. 모든 낱말은 그 낱말의 백과사전이 되어야 하고 그 낱말의 예술적 총화가 되어야 할 것이다. 이때, 한 사물은 다른 모든 사물과 연결되어 있을 것이므로 한 사물을 지시하는 한 낱말 속에 우주 전체가 담기게 될 것이며, 어떤 낱말이나 그 뜻은 거의 같아질 것이다. 이런 낱말은 당연히 미래를 예견한다. 미래 역시 그 낱말이 지시하는 사물의 필연적 성질로 그 낱말에 담겨 표현될 것이기 때문이다. 그래서 종합적 언어는 신적인 정신 상태를 가정하지 않을 수 없다. 영화 〈컨택트〉의 언어학자와 물리학자는 우주인의 언어를 분석하면서 신의 지성 앞에 서 있었다고 말해야 한다.

이 신의 언어와 신의 소통을 인간이 누릴 수는 없다. 그러나 그에 대한 관념은 인간이라도 만들어 가질 수 있다. 말라르메는 「운문의 위기」라는 평문에서 인간의 언어가 종합적 언어가 될 수 없는 운명에 대해 다음과 같이 썼다.

복수이며, 최상의 언어가 없다는 점에서 불완전한 언어들: 생각한다는 것은 부수적인 도구들도 속삭거림도 없이 쓴다는 것이기에, 그러나 불후의 언어가 아직도 침묵하고 있기에, 지상에서 관용慣用의 다양함은, 그렇지 않았더라면, 단 한 번의 발음에 의해 물질적으로 진리 그 자체로 될 낱말들을 아무도 말할 수 없도록 저지한다. 이러한 금지는 자연(인간은 거기에 한 자락 미소로 맞부딪친다) 속에 엄혹하게 군림하기에, 스스로를 신으로 여길 만큼 가치가 있는 이성은 없다.

인간이 나라마다 민족마다 다른 언어를 쓰고 있다는 사실은 인간의 언어가 불완전하다는 점을 증명한다. 나라마다 언어가 다른 것은 그때그때 나라와 민족의 역사적 형편에 따라 그 언어가 자의적으로 만들어졌기 때문이다. 이렇게 만들어진 언어로는 낱말과 지시되는 사물 간에 필연적 일치를 기할 수 없다. 인간에게 불후의 언어, 말과 사물이 일치하는 진리의 언어는 없으며, 나라마다 그 형편에 맞는 습관의 언어가 다양하게 널려 있을 뿐이다. 이 자의적 언어는 인간에게 "스스로를 신으로 여길 만큼 가치가 있는 이성"을 보장해주지 못한다. 인간으로 하여금 영화 속의 우주인들이 사용하는 것과 같은 종합적인 언어를 발음할 수 없도록 금지하는 자연 현실 앞에서 인간이 지을 수밖에 없는 "한 자락 미소"는 벤야민이 언급한 말없는 자연의 슬픔을 다시 생각하게 한다. 자연만큼 슬픈 인간은 공간을 박차고 나갈 수도 없고 시간을 뛰어넘을 수도 없다.

그러나 보들레르는 조금 다른 생각을 가졌던 것 같다. 아니 적어도 다른 구석에서 작다고는 할 수 없는 위안을 얻었던 것 같다. 『악의 꽃』의 시 「시체」는 보들레르에게 좋은 의미에서도 나쁜 의미에서도 큰 명성을 얻어주었다. 이 시에서 시인은 자기 애인과 함께 나섰던 산책길에서 보았던 썩은 짐승의 시체를 상기하며 서술한다. 부패할 대로 부패한 시체는 햇볕에 끓어오르고 거기서 구더기들이 하얀 물결처럼 흘러내린다. 마침내 시인은 자기 애인에게 말한다 : 내 눈의 별이며 내 본성의 태양인 당신도 이 오물과 다름없을 것이라고.

그래요! 당신도 이렇겠지요, 오 우미의 여왕이여,

종부 성사 끝나면,

그대도 무성한 풀과 꽃잎 아래, 백골들 사이로 가서,

곰팡이가 슬 때엔.

그때엔, 오 나의 미녀여! 말하세요, 그대를

입맞춤으로 파먹는 구더기들에게,

해체된 내 사랑의 형상과 거룩한 정화는

내가 간직해두었노라고!

인간의 지성은 한정되고 그 수명은 짧지만, 그가 가진 기억에 의해 인간은 정신의 불멸성을 획득한다. 인간의 생명은 연약하여 머지않아 스러질 것이기에 오히려 영원할 수 있다. 인간이 인간에게 바치는 사랑은 변덕스럽고 불완전하지만 스러지는 인간은 그 사랑을 가장 완전하고 가장 영원한 "형상으로 간직"해둘 수 있다. 삶은 덧없어도 그 형상과 형식은 영원하다. 그래서 한번 살았던 삶은 그 것이 길건 짧건 영원한 삶이 된다. 그래서 〈컨택트〉의 루이스는 자신의 몸에서 태어날 딸이 20년도 채 살지 못할 것을 이미 알고 있지만, 그 딸을 낳기 위해 이안과의 결혼을 두려워하지 않는다. 벌써 한 낱말로 삼라만상 전체를 말하고 들을 줄 아는 루이스에게는 짧은 생명과 긴 생명이 따로 없다. 한 사람의 삶은 우주 전체의 삶이며, 한 사람이 이 세상에서 누리는 시간은 그것이 아무리 짧아도 영원에 이르는 시간이다. 이 삶이, 영화의 저본이 된 테드 창의 소설 「당신 인생의 이야기Story of Your Life」에 적힌 바로 그 삶이다.

(2017. 7.)

미라보 다리와 한국

내가 대학교를 다닐 때, 학교 앞 제기천변에는 '미라보 다리' 라는 작은 술집이 있었다. 술집이라 했지만 요즘의 포장마차보다도 못한 그 시설물에 '집'이라는 말을 붙이는 것이 타당한지 모르겠다. 개울가의 옹벽에 기대 기둥 몇 개를 박고 그 위에 판자들을 가로질러 붙여서 밑바닥을 만든 다음 또다시 판자들을 엮어내 벽을 세우고 지붕을 씌운 상자 집에 '미라보 다리' 라는 그 간판을 달아놓은 것이다. 넓이는 세 평 남짓, 연탄난로 서너 개를 놓고 꽁치 같은 생선구이를 안주로 막걸리를 팔았다. 파리의 센강에 '미라보 다리' 라는 다리가 있다고 한국에 알려진 것은 순전히 아폴리네르의 시 「미라보 다리」 덕분이었다. 그 술집에 드나드는 사람 가운데 미라보 다리를 본 사람은 아무도 없었을 터이지만 벌써 전설 속에 들어간 다리이니 무척 아름다울 것이라고만 모두들 생각했다. 그 술집 옆에도 다리가 하나 있기는 했다. 보행자용 시멘트 다리였다. 다리도 술집만큼 초라했다. 그래서 술집 이름 '미라보 다리'는 패러디였다고 해야 할까. 단연코 그렇지 않았다. 사람들은 그 간판을 보고 '지랄하네'라고 한마디씩 부조를 했는데, 지랄은 패러디가 아니다. 오히려 일종의 짝사랑이었다고 해야 한다.

짝사랑이라는 말을 쓰고 보니 아폴리네르의 다른 시가 생각난다. 지금은 우리가 '사랑받지 못한 사내의 노래'라고 번역하는 시의 제목을 어떤 책에서는 '짝사랑의 노래'라고 번역하기도 했다. 어떻게 보면 좋은 번역 같기도 한데, 그 긴 시를 읽어보면 같이 사랑하다가 한쪽이 등을 돌린 경우이니 그 사랑이 본래 의미에서의 짝사랑은 아니다. 아폴리네르에게는 '둘이 사랑하다 혼자 사랑하는 시'가 많다. 「미라보 다리」도 그런 시에 속하고 우리가 뒤에 다시 말하려는 시 「마리」도 마찬가지다.

그런데 한국 사람들만 본 적도 없는 미라보 다리나 누군지도 모르는 아폴리네르를 사랑했던 것은 아니다. 본 적도 없는 한국을 아폴리네르도 사랑했다. 그의 중편소설 「달의 왕」에는 당시 서양인들이 어렴풋이 알고 있던 한국에 대한 지식이 고스란히 적혀 있다. 소설의 주인공은 조현병으로 시달리다 결국 물에 빠져 죽은 것으로 알려진 바이에른의 왕 루트비히 2세의 혼령이다. 소설에서 죽은 왕의 혼령은 신하들과 함께 동굴에서 살고 있지만, 그 지하 처소에는 현재의 시점에서 보아도 첨단 장비라고 할 수 있는 기계 장치들이 있다. 무엇보다도 오늘날의 홀로그램처럼 역사의 죽은 혼들을 입체적으로 불러오는 홀로그램 비슷한 장치가 있다. 왕은 이 장치를 통해 고대 세계에서 가장 아름다웠던 여자 헬레나를 동굴로 초대하기도 한다. 시간상으로도 공간상으로도 세계를 꿰뚫고 있는 이 루트비히 2세의 혼령은 특이하게도 한국을 (물론 일제 강점기의 한국이지만) 방문할 뜻을 비친다. "어느 날 달의 왕 짐이 짐에게만 어울리는 창백한 주홍빛 옷을 여전히 입고 있다면, 짐은 네 풍경을 찾아가 구경하고 더없이 쾌적하다는 네 기후를 즐기리라." 여기서 '너'는 물론 한국이다. 아폴리네르에게 한국은 또한 새벽을 준비하는 곳이다. "그러나 은자의 왕국에서 들려오는 아득한 수런거림은 내게 너무도 간절하여 흰옷의 땅으로부터 찾아오는 매력에 나는 이끌리지 않을 수 없었다. 새벽의 두런거림을 주의깊게 듣고 있노라면, 순결한 속옷과 겉옷을 언제까지나 두들기며 빨래하는 여자들의 소리와, 다리미를 대신하는 끝없는 다듬잇방망이 소리가 들리는 듯했다. 그녀들이 빨고 다듬는 것이 하얀 새벽 그 자체인 것처럼." 우리가 근대 세계에서 서양인들과 처음 만났을 때 그들의 마음에 새기려 했던 '한국의 이미지'가 이 글 속에 고스란히 담겨 있다. 그뿐만 아니라, 저널리스트로서 아폴리네르는 한국에 관해 여러 편의 기사를 썼으며, 그가 젊은 시절에 습작 노트로 사용했던 공책에는 두 편의 '한국의 시'가 적혀 있었다. 이 공책은 현재 일실되어서 그 시의 내용을 확인할 길이 없지만, 아폴리네르가 그의 친구들과 함께 창간한 잡지 『파리의 야회』 1912년 8월호에는 그의 친구 르네 달리즈—그는 아폴리네르에게 자주 이름을 빌려주었다—의 이름으로 시조 두 편이 프랑스어로 번안되어 있다. 그 가운데 하나인 「유배중의 시인에게」는 왕방연王邦衍의 시조,

천만리 머나먼 길에 고운 님 여의옵고
내 마음 둘 곳 없어 냇가에 앉았으니
저 물도 내 안 같아야 울어 밤길 예놋다

의 번안인 것으로 추정된다. 친구의 이름으로 발표되었지만 여러 정황으로 보아서 아폴리네르가 꾸려내었을 것이 분명한 이 번안시를 다시 한국어로 번역하면 다음과 같다.

비단옷 아래 창백한 얼굴로,
느릿느릿 떨어지는 석양에,
우리 사랑의 시냇물 가까운
숲에서 나는 갈피를 잃었네.

어둠 속에서 불안에 떨면 나는 들었다,

돌 끝에 걸터앉아 몸을 기울이며,

저주받은 자의 한숨 소리를 듣듯,

맑은 물이 흐느끼는 소리를 나는 들었다.

너의 임이다, 시냇물이 말했다,

저 높은 곳에 유배중인 너의 임,

그의 변함없는 사랑 노래가

내 흐느낌이 되어 이렇게……

시내여 거꾸로 거슬러 흘러라,

내 부탁하노니, 어서 돌아가,

그에게 말해다오, 나 홀로 여기 앉아

내 임을 향해 울고 있다고……

번안을 위해 삽입된 몇 가지 장식, 어두운 숲과 그 숲에서 마음의
갈피를 잃기, 냇물의 역류 등을 제외하면 이 시는 왕방연의 시조에
서 초장과 중장을 가져와 매우 자유롭게 옮긴 것이다. 왕방연이 시
조를 쓴 배경과 아폴리네르의 시에 표현된 상황이 같지는 않다. 번
안 시는 한 여인이 유배중에 있는 자신의 연인을 그리워하는 내용
을 담고 있지만 왕방연의 시조는 훨씬 더 비극적인 역사와 연결되

어 있다. 다 아는 이야기지만, 왕방연은 조선 초기의 문신으로 사육신을 중심으로 한 단종 복위 사건이 사전에 발각되어 강원도 영월에 유배중인 노산군에게 사약이 내려질 때 그 책임을 맡은 의금부 도사였다. 그는 마음의 고통이 극에 이르렀을 그 책무를 수행하고 서울로 돌아가는 길에 냇가에 앉아 위의 시조로 그 슬픔을 읊었다고 전해진다. 시조에서 왕방연의 심정이 가장 잘 표현된 것은 종장이지만 번안 시에 그에 해당하는 것은 없다. 종장의 내용은 냇물에 역류를 청원하는 시구들로 바뀌었지만 사실을 따지고 보면 아폴리네르가 또하나의 시를 쓰기 위해 남겨둔 것이라고 말해야 한다. 시인은 이 번안 시에 이어서 다음과 같은 시 「마리」를 썼기 때문이다.

그대는 소녀일 때 저기서 춤추었지
할머니가 되어서도 저기서 춤추려나
그것은 깡충거리는 마클로트 춤
모든 종들이 다 함께 울리겠지
도대체 언제 돌아오려나 그대 마리

가면들은 조용하고
음악은 하늘에서 들려오듯
저리도 아득한데

그래 나는 그대를 사랑하고 싶다오 그러나 힘겹게 사랑하고 싶다오

그래서 내 고통은 달콤하지요

털 송이 은 송이

암양들이 눈 속으로 사라지고

병정들이 지나가건만 내겐 왜 없는가

내 것인 마음 하나 변하고

변하여 내 아직도 알지 못하는 그 마음

네 머리칼이 어디로 갈지 나는 몰라

거품 이는 바다처럼 곱슬거리는

네 머리칼이 어디로 갈지 나는 몰라

우리의 고백에서도 떨어져내리는

가을 잎 네 손이 어디로 갈지

팔 밑에 낡은 책을 끼고

나는 센강 변을 걸었네

강물은 내 고통과 같아

흘러도 흘러도 마르지 않네

그래 언제 한 주일이 끝나려나

이 시는 1912년 『파리의 야회』 10월호에 처음 발표되었으며, 거의 같은 시기에 다른 잡지 『운문과 산문』에도 발표되었다. 그러나 이때는 현행의 텍스트처럼 구두점이 모두 삭제되었다. 아폴리네르가 그의 시에서 구두점을 모두 삭제하기 시작한 것은 바로 이 무렵부터이다.

시인이 센강 변을 걸을 때 미라보 다리도 물론 걸었을 것이다. 화가 마리 로랑생은 일곱 해 동안 아폴리네르의 애인이었고 아폴리네르는 마리를 만나기 위해 자주 이 다리를 건넜다. 그는 로랑생과 결별하며 그 "통렬한 추억을 기념한 시" 가운데 이 시가 "가장 통렬한 시"라고 말하곤 했다. 그러나 이 시에는 시인이 마리 로랑생을 만나기 이전에 썼을 것으로 확인되거나 짐작되는 시구들이 들어 있어서, 서로 다른 기회에 쓴 짧은 시들을 한데 모아서 한 편의 시를 만드는 아폴리네르식 몽타주 시법의 한 예를 볼 수 있다. 시에서 말하는 '마클로트 춤'을 추었던 여자는 아폴리네르가 젊은 시절 한때 체류한 적이 있는 왈롱의 소녀. 한 사랑의 슬픔을 말하려면 여러 사랑이 필요하다고 말해야 할까. 둘째 연에서 "가면들은 조용하고/음악은 하늘에서 들려오듯"이라는 시구가 있다. 우리들 인간을 휘어잡는 운명은 얼굴이 없다는 뜻의 이 시구는 시인이 한때 사랑했던 영국 여자 애니 플레이든과의 이별을 안타까워할 때 쓰던 시구와 비슷하다. 떠나보낸 사람은 다르지만 슬픔과 시는 늘 같다고 말하는 편이 더 나을 듯하다. "털 송이 은 송이"로 시작하는 제3연에는 눈 속을 걸어가는 암양들과 병정들의 모습이 그려진다. 마테를링크의 시집 『온실』에도 이 풍경을 연상하게 하는 시구가 있다. 이와 관련해서는 마리 로랑생이 지니고 있던 『온실』의 한 사본에 아폴리네르가 삽화를 그려넣어주었다는 일화가 있다. 저자는 사라지고 슬픔만 풍경 속에 스며 있다. 이미지가 이미지를 물고 들어와 슬픔은 일종의 '범슬픔'이 된다. 슬픔은 땅에 깔려 비통한 에로스의 홑이불이 되고, 시간 속에 침투하여 면면한 강물로 흘러간다. 아폴리네르가 왕방연을 다시 한번 만나게 되는 것도 이런 몽타주를 통해서다. 아폴리네르가 왕방연의 시조로 번안 시를 꾸리면서 은밀하게 감춰두었던 한 구절이 이런저런 몽타주의 단편들 가운데 또하나의 단편이 되어 이 시에 뛰어들어온다.

제23행에서 제25행에 걸치는 마지막 3행은 아폴리네르의 절창이라고들 흔히 말한다. 강물처럼 끝없는 고통과 눈물로 늘어나는 강물의 사연이 한데 어우러져 아련하면서도 동시에 강력한 통증을 만들어낸다. 일주일이 끝나면 또 일주일이 온다. 달력에는 마디가 있어도 시간에는 마디가 없다.

강물은 내 고통과 같아

흘러흘러 마르지 않네

그런데 우리는 "저 물도 내 안 같도다 울어 밤길 예놋다"를 여기서 다시 보게 된다. 아폴리네르는 이 시조의 초장과 중장으로 한 편의 번안 시를 쓰고, 종장을 빌려 또하나의 시에서 그 결구를 삼은 것이다. 아폴리네르는 이 종장을 사용하게 될 날을 오랫동안 기다렸던 것처럼 보이기도 한다.

시와 시조의 배경이 된 사건은 그 크기가 다르다. 하나는 연인 사이에 일어난 지극히 사소한 애정의 이력일 뿐이지만, 다른 하나는 한 나라의 운명과 연결된 사건이다. 그러나 거기에 담긴 감정의 크기가 다르다고 말하기는 어렵다. 어쩌면 이제는 구체적인 생활 감정이 될 수 없는 임금과 신하 사이의 정서보다는 어느 공간 어느 시간에서도 늘 같은 호소력을 지니는 연인 사이의 정서가 우리 시대의 사람들에게 더 큰 울림을 줄지도 모르겠다. 아무튼 연인 간의 사사로운 인연과 한 국가의 대사가 같은 말로 표현될 수 있다는 사실은 언어의 신비와 인간 심정의 깊이를 동시에 요약한다고 말할 수도 있겠다. 간판 '미라보 다리'가 어떤 갈증을 요약하듯이.

(2017. 9.)

5
부

거꾸로 선 화엄 세계
—김혜순 시집 『피어라 돼지』

지난 한 해의 결산은 아니지만, 그동안에 출간된 시집 가운데 아무리 자주 언급해도 지나칠 수 없고, 아무리 깊이 뜯어 읽어도 다 뜯어 읽기 어려운 시집을 몇 권 고르라면, 김혜순 시인이 햇볕 따뜻한 봄날에 발간했던 『피어라 돼지』가 빠질 수 없다. 날이 따뜻해서 땅이 풀리기보다는 발효부터 시작했던 날이라고 할까. 내 말이 괴이한가. 무엇보다도 이 시집은 우리가 여러 해 전에 산 채로 땅에 묻었던 수백만 마리 돼지에 바치는 만가로부터 시작하는데, 그 돼지들은 아직도 땅에 묻혀 있기에 하는 말이다.

시인은 구제역 파동으로 축산 농가들이 절망에 빠져 있던 2010년 어느 날 경기도 땅 어느 곳을 여행하다가 수만 마리 돼지가 한꺼번에 땅에 묻히는 것을 보았다. 마음에 충격이 커서 며칠간 잠을 이루지도 밥을 먹지도 못했지만 그 상처로 시를 쓸 수 있게 된 것은 수년이 지나서였다고 한다.

시집 전체 4부 가운데 제1부 '돼지라서 괜찮아'는 사실 그 제목으로 쓰인 시 한 편이다. 아니, 보통 길이의 시 열다섯 편이 줄줄이 이어져 한 편의 시가 되는 연시다. 돼지들은 이름이 없고, 얼굴이 없고, 눈 맞춰줄 눈이 없기에, 돼지떼는 좁은 축사에 갇혀도 괜찮고, 오물 속에 드러누워도 괜찮고, 땅속에 산 채로 파묻혀도 괜찮다. 죽어도 괜찮다. 돼지라서 괜찮다.

그러나 괜찮은가. "나는 돼지인 줄 모르는 돼지예요/두통이라는 뚱보 여자예요/구토라는 뚱보 여자의 그림자예요/날개도 없는 검은 기름가방이에요/제 몸을 제가 파먹는 돼지예요/전 세계의 부처들이 돌아앉아 않는 소리를 내고 있는 방/나는 겨드랑이에 털이 가득한 돌덩이에요"(「돼지禪」). 돼지들이 돼지라서 학살을 당할 때, 모욕을 받는 것은 생명 그 자체다. 생명이 모욕이고, 살아 있음이 고통이고, 삶이 저주인 곳, 그곳이 지옥이다. 거기서는 기도도 참선도 부활도 해탈도, 어느 것 하나 지옥의 놀음 아닌 것이 없다. 그래서 시집은 하나의 지옥도, 뽐내면서 썩고, 큰소리치면서 죽어가는 어떤 화엄 세계, 거꾸로 된 화엄 세계, 검은 화엄 세계의 그림을 그린다.

우리 시의 가장 유명한 돼지는 김광균의 「사향도」에서 읽었던 '어두운 교실 검은 칠판'에 그려진 '날개 달린 돼지'였다. 그 돼지는 미움함과 희망을 동시에 지닌 우리의 모습이었다. 그러나 날개 같은 것은 생심도 낼 수 없이 무참하게 죽어가는 저 돼지들도 여실히 우리의 모습이다. 또다시 조류인플루엔자에 걸린 천만 마리 닭과 오리를 땅에 파묻으면서, 법도 질서도 없이, 더러운 흙에 묻혀 땅을 일렁이고 악취를 품으며 썩어가는 생명들처럼, 부패의 끝에 이른 권력의 상층부를 우리는 지금 바라보고 있다. 이름이 없기에 번호가 붙은, 번호로도 구별되지 않기에 아예 모든 돼지에 '돼지 9'라는 번호를 붙인 시 '세상에서 제일 맛있는 당신'은 똑같은 말을 두 번 반복하고 끝난다. "돼지 9 똥 위에 젖가슴을 대고 엎드린다." 한 번은 돼지들에게 하는 말이고 한 번은 우리에게 하는 말이다.

(2017. 1. 7.)

세기말의 해방

—이수명 평론집 『공습의 시대』

'일제 강점기'에 태어났으면 독립운동을 했을 텐데. 한국에서 민족주의 교육이 한창이던 1950년대나 1960년대에 이렇게 말하는 초등학생들이 있었다. 그들은 도시락 속에 폭탄을 숨길 수 없었으며, 애석하게도 이국의 역 앞에서 비장하게 설 기회가 없었다.

물론 과장이지만, 1990년대에 등단하는 신인 시인들도 비슷한 생각을 품을 수 있었다. 그들은 10년 전에만 등단했어도 피할 수 있었던 고뇌 앞에 서 있었다. 이 땅은 그때 민주화의 중요 고비를 넘겼으며, 무엇보다도 동구권이 무너지고 현실 사회주의의 추악한 모습이 드러났다. 그들이 모두 사회주의에 희망을 건 사람들이 아니었을지라도 존 스타인벡의 소설 제목처럼 '생쥐와 인간'은 뾰족한 수가 없다는 것을 다시 확인할 수밖에 없었다.

이수명 시인의 비평집 『공습의 시대』는 1990년대에 첫 작품집을 낸 시인들의 시집 열세 권에 관해 말한다. 이른바 사회참여시의 신용이 떨어진 자리에서 이 땅의 시가 얼마나 절망적으로 길 찾기를 하였는지 분석적으로 회고하는 책이다. 저자를 따라 몇 권의 시집을 우리도 다시 회고하자.

박상순의 시집 『6은 나무 7은 돌고래』는 사회에서 고립된 한 청년의 의식으로 이미 의미를 잃은 낱말들의 기호 놀이를 한다. 그에게 '새벽'은 이미 새 시대의 전조가 아니며 '폭풍'은 성난 해방 전사들이 아니다. 그러나 이 놀이는 우리를 해방시킨다. 말의 은유적 가치를 부정하는 것도 일종의 혁명이기 때문이다.

함기석의 시집 『국어선생은 달팽이』는 표면적으로는 국어책을 문제삼지만, 그 비난은 수학책에 더 잘 들어맞는다. 배 한 척이 시속 20해리로 달려간다. 다른 배가 20해리 뒤에서 시속 22해리로 뒤쫓는다. 우리가 그 일을 왜 간섭해야 하는가. 쫓기 같은 것은 사실 없다. 이렇게 말하다보면 결국 우리의 행동이 부조리하다고 말해야 한다. 그러니 애쓸 필요 없다. 또는 있다.

최정례의 시집 『내 귓속의 장대나무 숲』은 기억에 관한 시집이다. 그의 어머니는 '병점'에서 떡 한 점을 떼어먹고 그를 낳았으며, 가족들이 삶아 먹었던 내력이 그의 핏속에 있다. 기억으로 환치되는 인간의 모든 행위들은 의미가 깊어질수록 오히려 무의미하다. 깊은 맛이란 맛이 없는 맛이듯이.

장경린의 시집 『사자 도망간다 사자 잡아라』는 자본주의의 야전

교범이자 난중일기다. 여기서 사자는 이자利子다. 죽은 사물이 저절로 일어난다는 것, 그게 얼마나 신기한 일인가. 신기한 일은 시가 된다고 배웠는데 그보다 더 신기한 일이 있겠는가. 장경린은 그 자신이 은행원이기도 했다. 시인은 모든 상처를 다 시로 바꾼다.

저자가 이야기하지 않은 시집 한 권만 더 이야기하자. 저자 그 자신의 시집 『왜가리는 왜가리놀이를 한다』. 간단히 말해서 이 시집은 꿈속에 들어갈 수 없는 시인이 어떤 계획에 따라 그 꿈속으로 들어가는 '꿈의 시나리오'다. 어떤 일도 꿈에서는 가능하고 영화에서는 가능하다. 그것이 1990년대의 발견이었다. (2017. 2. 11.)

편집자 소설과 염소

—김선재 연작소설집 『어디에도 어디서도』

볼테르의 유명한 소설 『캉디드』에는 "랄프 박사가 독일어로 쓴 글을 번역"이라는 말이 표지에 명시돼 있다. 물론 거짓말이다. 랄프 박사는 가공의 인물이며, 문제의 소설은 볼테르 자신이 처음부터 프랑스어로 쓴 것이다. 18세기 계몽주의 철학자들은 자신들의 사상을 소설로 우의할 때 자주 번역자나 편집자 행세를 하며 자신은 뒤로 물러섰다. 그래서 후세 사람들은 이런 방식으로 출간된 소설들을 편집자 소설이라고 부르며, 권력의 검열을 피하려는 목적에서 그 이유를 찾기도 한다. 그러나 동일한 저자가 논증을 필요로 하는 철학적이거나 정치적 논설에서는 더욱 큰 위험을 무릅쓰면서 자신의 이름을 밝혔으니 검열에만 그 원인을 돌리기는 어려울 것이다.

소설은 논설과 달라 감수성의 문을 열고 독자의 마음속에 들어가 그 밑바닥을 흔들어야 한다. 편집자 소설의 저자들은 지루한 세상에서 새로운 소식을 기다리는 독자들에게 낯선 인물이나 외국 작가의 이름이 그 신비로운 분위기를 통해 생산해낼 수 있는 매혹에 기대를 걸었을지 모른다. 한 세기 후의 일이지만, 보들레르의 산문시에 결정적인 영감을 주었다는 알루아시우스 베르트랑의 『밤의 가스파르』가 그 예증이 될지 모른다. 이 책의 서문에 기이한 이야기가 있다. 디종의 한 공원에서 추레한 사내를 만나 '예술'에 관해 장시간 진지한 토론을 하던 끝에 사내의 '예술'이 완전히 들어 있다는 글의 원고를 떠맡게 되었다는 것이다. 원고를 돌려주기로 약정한 날 그는 디종 시내를 헤맸으나 사내를 만나지 못하고, 그가 악마일지도 모른다는 암시만 받는다. 그 원고가 바로 『밤의 가스파르』다. 알루아시우스 베르트랑은 산문시라고 하는 새로운 문학 장르가 지니게 될 기이한 매혹을 아마도 이런 방식으로밖에 설명할 수 없었을 것이다.

김선재 연작소설집 『어디에도 어디서도』는 네 편의 단편소설을 담고 있지만, 그 앞에 '틈'이라는 제목의 짧은 글 하나를 더 싣고 있다. 일종의 서문이다. 어느 날 새벽에 염소임이 분명한데 문명인의 옷을 입은 한 존재가 찾아왔다. 그는 저자가 찍은 설경 사진 한 장을 문제삼으며 눈 덮인 숲 언저리의 얼룩이 '이 세계의 질서를 유지하는 데 위험이 된다'는 뜻의 말을 하며 "눈은 더 눈답게, 숲은 더 숲답게" 만들기를 당부한다. 그러고는 '그간의 사례에 대한 연구보고서'라는 두툼한 서류 뭉치를 내놓고 저자에게 서명할 것을 강요한다. 저자가 서명을 끝냈으니 그의 소설집이 그 염소 인간의 서류에 대한 우리말 버전일 것이 분명하다. 사실 뒤에 이어지는 네 편의 소설은 저 눈밭의 얼룩들, 다시 말해서 상처 입은 기억의 시간에 대한 고찰이다.

아는 것이 많고 문장이 유창하다고 해서 시인이나 소설가가 될 수 있는 것은 아니다. 부끄러움을 모르는 인간만이, 마음속의 처절한 상처를 염소처럼 무심한 표정으로 말할 수 있는 인간만이 시인이 되고 소설가가 된다. 그래서 시와 소설의 진실도 아름다움도 인간의 처절함과 염소의 무심함 사이에서 결정된다. (2017. 3. 11.)

이 경쾌한 불안

—김개미 시집 『자면서도 다 듣는 애인아』

　무슨 문학상 심사 같은 것을 하기 위해 시집과 소설을 키 높이로 쌓아놓고 보는데 그 작품이 그 작품인 것 같고 그 수준이 그 수준인 것 같아 당황하고 낙담할 때가 적지 않다. 이런 정황에서는 답안지를 선풍기 바람에 날렸다는 어떤 교수의 전설까지 떠올리게 된다. 그러나 모든 작품이 다 고만고만하게만 보일 때 끈끈하게 엉겨붙어 있는 것만 같은 수면을 경쾌하게 깨뜨리고 위로 올라오는 작품이 늘 하나 이상은 있게 마련이다.

　김개미의 시집 『자면서도 다 듣는 애인아』 같은 시집은 어떤 자리에 끼이건 늘 그런 역할을 한다. 우선 말이 힘차고 경쾌하다. 시에서 이런 문체의 미덕은 진실성에 대한 신뢰를 반은 확보한 것이나 같다. (김수영의 시를 난해시라고 말하고, 그래서 무슨 초현실주의 시라고 여기던 시절에 알아들을 수 없어도 그 시가 엉터리는 아니란 것을 알게 해준 것도 그 힘찬 문체였다.) 그런데 훈련이 잘된 육상 선수의 몸놀림을 보는 듯한 그 문체가 안고 있는 주제는 '불안'이다. 어쩌면 불안만이 경쾌하고 힘찬 문체를 만들어낸다고 말해야 할까. 마음이 불안에 젖어드는 순간은 최소한 일상의 덤덤한 순간은 아니다. 불안은 그것을 느끼고 바라보기에 따라 머리를 물에 처박고 목숨이 끊어질 때까지 숨을 참는 놀이 같고, 어지러워 쓰러질 때까지 두 팔을 벌리고 뱅글뱅글 도는 장난 같다. 그래서 불안과 초조는 가끔 축복 같을 때가 있다. 「한여름 동물원」을 읽어보자.

> 안녕, 기억에 사로잡힌 앵무새야/안녕, 검은 바위에 꽃핀 이구아나야/안녕, 편도선이 부은 플라밍고야/안녕, 환청에 들뜬 원숭이야/안녕, 돌을 집어먹은 코끼리야/안녕, 눈동자에 시계를 가둔 고양이야/안녕, 버저를 눌러대는 풀매미야/안녕, 안녕, 안녕, 오늘의 태양을 기억해두렴/죽기도 살기도 좋은 날씨란다

시인은 자신을 압박하는 불안의 형식을 마치 어린이가 장난감을 모으듯 끌어모아 한자리에 나란히 세워놓는다(사실 김개미는 이 첫 시집을 내기 전에 동시집을 낸 적도 있다). 그렇다고 불안과 초조가 장난감일 수는 없다. 가슴의 밑바닥에서 검은 물처럼 차오르는 불안은 어디서 어떤 얼굴을 들고 우리를 덮칠지 모른다. 시인은 시 「즐거운 청소」를 이런 말로 끝맺는다. "싫어 싫어, 거긴 싫어/이불 밑

의 엄마는 하나도 안 궁금해/죽었으면 어쩌려고 자꾸 나보고 보래?"

병을 친구로 삼는다는 말은 있어도 불안을 친구로 삼는다는 말은 없다. 끈질기게 찾아오는 불안과 마주설 때 우리가 할 수 있는 일은 매우 제한돼 있다는 뜻이기도 하다. 물론 불안이 축복일 수도 없다. 불안의 저 검은 얼굴에 대해 말할 수 있는, 그것이 우리를 갉는 그 줄칼에 대해 노래할 수 있는, 적절한 언어가 축복이라면 아마도 축복일 것이다.

이 시집의 제목은 '자면서도 다 듣는 애인아' 이지만 이런 제목을 지닌 시는 이 시집에 없다. 물론 시집에 수록된 어떤 시의 한 구절이다. 이 시를 찾아내는 것도 이 시집을 읽는 재미 가운데 하나겠다.

(2017. 4. 8.)

시의 만국 공통 문법
—천양희 시집 『새벽에 생각하다』

천양희 시인은 1965년 시를 쓰기 시작했으니, 시쓰기의 이력이 50년을 넘는다. 시를 오래 썼다고 해서 더이상 쓸 말이 없는 시인은 없다. 오히려 어느 나이를 넘기면, 아침에 잠 깨어 일어날 때마다 옹달샘의 샘물처럼 시가 한 편씩 고여 있는 시절이 온다. 시가 쉽게 써진다는 뜻이 아니라 시가 이미 벗어날 수 없는 운명이 되었다는 말.

시인들에게는 흔히 '시에 관한 시'라고 부르는 시가 한 편 이상 있게 마련이다. 일반적으로는 젊은 시인이 자신의 주제와 방법을 터득했을 때 어떤 감동 속에서 그 터득한 내용을 터득한 방법에 따라 적어놓는 시라서 '시법'이라는 제목이 늘 어울리는 시들이다. 그렇다고 이런 시가 항상 말에 대한 자신감만을 표현하지는 않는다. 시인이 시에 관해 시를 쓰기 시작한다면 시가 벌써 모호한 것이 되어 있기 때문이기도 하다. 시의 주제와 방법을 터득하는 순간이 시의 모호함을 깨닫는 순간과 겹친다는 것은 시의 오래된 아이러니이기도 하다.

　나이든 시인들도 자주 시에 관한 시를 쓴다. 그러나 시가 무엇인지 따지려는 것은 아니다. 다만 시가 자신에게 무엇이었는지를 말한다. 시를 어떻게 써야 하는지도 말하지 않는다. 다만 자신이 시를 쓸 때 시가 어떤 방식으로 찾아왔는지를 말한다. 평생 동안 짊어지고 온 주제와 방법을 한 묶음씩 그렇게 방생하는 것이라고 말해도 무방하다.

　천양희 시인의 최근 시집 『새벽에 생각하다』에도 시에 관한 시가 많다. 시집 머리에 실린 '시인의 말'부터 "새벽에 생각하니 시여 고맙다"로 시작하니 시에 바치는 시인의 우정을 짐작할 만하지만, 반백 년 세월을 혼자 살아온 시인에게 시가 친절했던 것만은 아닌 듯하다. 시 「뒷모습」에서는 여자들만 사는 여인국에, 죄를 짓고 가슴에 주홍글씨를 단 여자 죄인들의 마을이 있다 한다. "그 여자들은 다리로 우는 벌레처럼 울고 복수개미처럼/바닥에 머리를 부딪치며 소리를 냈다는구나/여자들은 절벽 위에 평생을 올려놓고 바람과 물과/세월처럼 흘러갔는데 그 여자들의 뒷모습에는/하지 못한 말이 씌어져 있었다는구나". 그 말은 "저무는 뒷모습에 노을이 섧구나"라는 한 문장이다. 시는 이렇게 애절하게, 게다가 죄의 형식으로 찾아오니 이 또한 시의 영원한 아이러니다.

「누군가의 시 한 편」의 마지막 연은 이렇다. "나는 그만/아무 생각 없는 듯 쓴 누군가의 시 한 편이/너무 좋아서 미울 정도라네/눈물의 뼈 같은/침묵의 뿔 같은/누군가의 시 한 편". 한 시인이 다른 시인의 시를 알아본다는 것은 시와 관련된 기쁨 가운데 가장 큰 기쁨이다. 무심하게 쓴 시일수록 더 그렇다. 시라고 이름을 붙일 수 있는 시에는 어떤 시이건 '시의 만국 공통 문법' 같은 것이 있다. 그 무심함 속에 만국 공통 문법을 알아본다는 것은 시인이 제 인생을 발견하는 것이나 같다. 말이 시가 되어 날개를 다는 그 순간이 나이 든 한 시인의 등에 저녁노을처럼 섧게 비친다. 공통 문법은 그것을 알아본 자에게 늘 슬프고 아름답다. (2017. 5. 6.)

새롭게 그 자리에
—신영배 시집 『그 숲에서 당신을 만날까』

이른바 '순수'를 지향하는 시적 사고는 늘 인간 인식의 한계를 말하려 하며, 그러기 위해 대개 두 가지 방식 가운데 하나를 취한다. 먼저 끝없는 부정의 방식이 있다. 이것도 그것이 아니고 저것도 그것이 아니라는 식으로 아닌 것들을 끝없이 열거하여 우리가 인식할 수 없는 것의 거대하거나 미묘한 성질을 미루어 짐작하게 하는 방식이다. 프랑스의 상징주의 시인 말라르메가 그 방식을 썼다. 그의 시는 난해하지만 갈래를 지어 해석해놓고 보면 이 세계 전체를 벗어나는 것만 같은 어떤 빈 바탕, 불자들이 흔히 말하는 '공'에 관해 말하고 있다. 뺄셈의 방식이라고 부를 만하다.

그러나 비어 있음이 곧 이 세계요, 이 세계가 곧 비어 있음이라고 하지 않는가. 그래서 반대로 덧셈의 방식을 쓰는 시인들이 있다. 말하려는 그것을 다 말할 수는 없지만, 이것도 그것이며 저것도 그것이라고 말할 수 있다. 한용운의 시 「알 수 없어요」를 생각해보면 이 방식을 금방 이해할 수 있다. '임'을 필설로 형언할 수는 없지만 우리가 눈으로 보고 귀로 듣는 모든 것이 그 임의 얼굴이고 숨결이고 발자취다. 끝없는 긍정의 시학이다.

이 두 방식을 연결시키고 싶은 시인들은 자주 물의 이미지를 떠올린다. 개울의 물은 끊임없이 흐르지만 늘 거기에 있다. 바닷물은 쉬지 않고 출렁이며, 때로는 노호하고 때로는 수정같이 잔잔하지만 그 끊임없는 운동으로 늘 변함없는 하나의 얼굴을 유지한다. 이 세기의 초에 지금은 없어진 시 잡지 『포에지』로 등단했던 시인 신영배는 새 시집 『그 숲에서 당신을 만날까』에서 스스로 만든 말, 때로는 부사이고 때로는 명사인 '물랑'으로 물의 그 끝없는 변화에 관해 말하려 한다.

'물랑'은 '물렁'의 '물'과 '말랑'의 '랑'을 합친 말 같지만, 실제로는 물의 모든 성질을 포괄하는 낱말이다. 이 낱말은 스스로 물이면서 동시에 물의 모든 현상과 운동에 참여하여 우리의 생명과 삶을 물로 바꾼다. 이 '물랑'이 닿는 곳에서 나의 존재는 그 질을 바꾸어 세계 속으로, 또는 밖으로 사라진다. 그러나 또한 항상 거기 있다. '물랑'이라는 말을 끼고 그만큼 자주 나타나는 '소녀'는 날마다 사라지는 존재이면서 늘 새로워져서 다시 태어나는 존재다.

"끝을 안으면 가슴이 다시 생기는 기분/같이 살고 싶다/끝을 읽으면 시를 쓰는 밤들이 늘어나지/물랑물랑/끝내 그녀는/ 내가 사랑하는 사람"

시「그녀의 끝」의 마지막 여섯 개 시구다. 시 전체를 읽어보면 '그녀'는 시일 것이다. 바다처럼 끊임없이 변화하기에 실상은 변화함이 없이 늘 그 자리를 지키는 존재는 시인이 보기에 시밖에 없을 것이다. 시는 일각도 쉬지 않고 다시 쓰이기를 거듭하지만 시는 늘 같은 얼굴을 들고 거기 있다. 그것이 '물랑'한 것들의 비밀이다. 시로 바뀌면서 시로 다시 태어나는 삶은 수몰된 마을과 같다. 삶은 시에 덮여 물처럼 액화하고 물처럼 기화하지만, 그 물을 흔들고 시 밖으로 다시 안개처럼 피어오른다. (2017. 6. 3.)

한국 로망의 기원

―조선희 장편소설 『세 여자』

로망은 원래 로마의 말이라는 뜻으로 라틴어에 뿌리를 둔 언어를 통칭하는 말이지만, 현실에서는 전혀 다른 뜻으로 쓰인다. 그것은 소설일 수도 있고 드라마일 수도 있는 거대 서사의 한 종류다. 일반적으로 그 서사에는 고결한 주인공과 순결한 사랑과 사회적 정의의 실현이 있어야 하고, 그 관계는 유기적이어야 한다. 월터 스콧의 역사소설 『아이반호』에서 기사 아이반호와 로워너 공주는 고결한 인간이고 그들의 사랑은 순결하지만 그들의 결혼이 흑기사로 변복한 사자왕 리처드 1세와 로빈 후드 일당에 의한 사회적 정의의 실현과 결합되지 않았더라면, 소설은 거대 서사의 미학도 위엄도 누리기 어려웠을 것이다.

식민지 시대의 서사에는 사실상 로망이 없다. 주인공들의 품성은 고결하지만 사회의 결함이 늘 개인의 인격을 허물고, 그들의 사랑이 순결하다 해도 이 세상에 안착하지 못한다. 자기 미래를 자신이 설계하지 못하는 사람들이 사회적 정의를 실현할 수도 없는 일이다. 식민지 시대를 포함한 한국 근세의 역사에는 여러 개의 기원이 있다. 개항도, 한일 병탄도, 3·1운동도, 해방도, 4·19도, 5·18도 모두 그 기원이다. 그러나 조선희 장편소설 『세 여자』(전 2권)는 식민지 시대 한복판의 가장 암울한 삶에 로망의 기원이라고 불러야 할 것이 있음을 알려준다. 로망은 본질적으로 지금 있는 세계와 아직 없는 세계의 접점에서, 실은 접점이라고 믿었던 지점에서 시작한다.

1991년 12월 박헌영과 주세죽의 딸이며 소련의 모이세프 무용학교 교수인 비비안나 박이 서울에 들어왔을 때, 그가 들고 온 몇 장의 흑백 사진 가운데 식민지 조선에서 최초로 단발을 한 세 여자가 청계천에서 물놀이를 하는 사진이 특별히 눈길을 끌었다. 주세죽과 허정숙과 고명자, 이 세 여자는 사회주의와 페미니즘이라는 같은 길을 걸어갔지만 저마다 운명이 달랐고 죽음의 자리가 달랐다. 박헌영·김단야·임원근 같은 혁명가들을 만나 때로는 그들의 애인과 아내가 되고, 때로는 그들의 동지가 됐던 세 여자는 한국 공산주의의 역사와 함께 살며 그 핵심을 관통하기도 하고 그 변두리에서 등을 돌렸다가 다시 돌아오기도 했다. 식민지 시대의 한복판에서 합쳐지고 엇갈리는 그들 세 사람의 운명이 로망의 기원이 될 수 있었던 것은 그들이 삶과 사랑과 행복을, 심지어는 자신들의 인간적 품성까지 미래의 세계에 걸었기 때문이다. 로망에는, 다른 서사도 그렇지만 때로는 드러난 슬픔이, 때로는 감춰진 슬픔이 있다. 이 소설에는 두 슬픔이 함께 들어 있다. 현실의 삶은 처절했고 미래의 삶은 와야 할 길도, 가야 할 길도 끊겼기 때문이다.

한국 로망의 기원과 같은 깊이를 지닌 이 방대한 소설은 한번 손에 잡으면 놓기 어렵다. 그들의 삶이 지금 우리의 삶에 비극적으로 연결돼 있기 때문이기도 하지만 지극히 순탄한 저자의 문체 때문이기도 하다. 사건이 붓끝에서 솟아오르는 것 같은 그 순탄함은 그러나 이야기를 둘러싼 전후좌우의 방대한 지식과 그에 대한 높은 통찰력에서 온다. (2017. 7. 1.)

슬픔의 관리

—신철규 시집『지구만큼 슬펐다고 한다』

한 15년 전쯤의 일이다. 시 낭독회가 엄숙하게 진행되고 있다. 예의바르고 매사가 깔끔한 신철규 시인이 자기 차례를 맞아 단상에 오른다. 마이크의 높이를 조정하고 원고를 펴드는 짧은 절차 뒤에 이윽고 시가 낭랑한 목소리를 타고 울려나온다.

그런데 '토종 경상도' 억양이었다. 저 얼굴, 저 태도에서 저 억양이 나오다니. 그것도 시를 낭송하면서. 사람들은 웃음을 참느라고 어금니를 물었다. 지금도 그날의 기억이 새롭다.

그러나 그날 시인은 늠름했고, 그래서 분위기는 곧 가라앉았다. 눌러앉힌 웃음 때문에 청중들은 오히려 더 시에 집중하는 것 같기도 했다. 이 이야기는 흔한 에피소드 가운데 하나일 수도 있지만, 사람들의 기대 밖에 있었던 그날의 토종 억양은 신철규 안에 또다른 신철규가 있다고 믿게 하는 어떤 기운을 만들어냈다.

신철규 시인의 새 시집『지구만큼 슬펐다고 한다』도 우선 그 제목에서부터 또다른 신철규를 생각나게 한다. 저 단정한 신철규에게도 슬픔이 있는가. 물론 있다. 그것도 깊고 넓은 슬픔이 있다. 다만 그의 다른 모든 행동처럼 그 슬픔이 잘 관리되고 있을 뿐이다. 바로 시집의 저 제목이 시구로 들어가 있는 시 「슬픔의 자전」에서는 "타워팰리스 근처의 빈민촌에 사는", 그래서 "반에서 유일하게 생일잔치에 초대받지 못한 아이"가 그 묵은 기억을 떠올리고 있다.

시인은 그 정황을 "혀끝에 눈물이 매달려 있다"고 쓴다. 그 기억을 지닌 사람의 말이 모두 눈물이고, 그 말의 재료들이 들어 있는 심장과 뇌와 신체 조직이 모두 눈물이며, 그 슬픔의 몸과 신토불이身土不二의 관계를 이루고 있는 삼라만상이, 다시 말해서 이 지구가 모두 눈물이라는 말일 터인데, 그 눈물이 흘러나와 땅바닥에 떨어지지는 않는다.

눈물이 떨어진다는 것은 그 눈물을 가득 담고 자전하고 있는 이 지구가 파열할 위험과 다른 것이 아니기 때문이다. 슬픔은 잘 관리돼야 한다.

넓고 깊은 감정과 철저하게 관리되는 감정 사이에서 신철규의 무심한 듯하면서도 긴장도 높은 언어가 만들어진다. 시인은 '돌이 되는 눈물'에 관해 자주 이야기하는데, 눈물이 진정으로 돌이 될 수는 없지만, 투명한 말—현실은 덕지덕지 불투명한데 남의 말 하듯이 오직 맑기만 하기에 오히려 유머처럼 읽히는 말—이 되어 백지 위에 적힐 수는 있다. 그때 돌은 시인의 가슴속에 들어가 앉는다.

(2017. 7. 29.)

미당의 '그러나'
—『미당 서정주 전집』

    은행나무 출판사가 최근『미당 서정주 전집』전 20권을 완간했다. 스무 권이나 되는 그 분량에 놀라는 사람이 있을지 모르지만, 미당未堂은 2000년 말 86세로 세상을 떠날 때까지 여러 장르에 걸쳐 거의 거르는 날이 없이 글을 썼다. 양이 방대하고 좋은 글도 그만큼 많다.

    전집은 시가 다섯 권이고, 자서전이 두 권이고, 이런저런 산문이 네 권이며, 시론도 있고 희곡도 있고 번역도 있다. 물론 쓰지 않았어야 할 글도 있다. 미당은 어떤 방식으로 서두를 끌어내어 이야기를 엮어도 중간에 '그러나'를 넣지 않고는 말하기 어려운 시인이다.

    미당은 명백하게 친일시를 썼고 광복 이후에도 몇 차례에 걸친 정치적 과오를 저질렀다. 그러나 이 '그러나' 이후의 말은 복잡하고 섬세할 수밖에 없다. 그러나 역시 명백한 것은 한국어를 아름답게 일으켜세운 그의 공로를 부인할 수 없다는 점이다. 미당은 한국어가 말살될 위기에 처했던 1930년대와 1940년대에 한국어에 새로운 생기를 불어넣고 새로운 깊이를 만들었다.

그것은 작은 일이 아니다. 그가 한국 근대 시의 기초를 닦았던 시인 가운데 한 사람이고, 그 영향이 우리의 거의 모든 시에 여전히 그리고 깊이 남아 있다는 점도 우리가 위선적이 아니려면 반드시 말해두어야 한다.

미당의 문학적 공로와 정치적 행적을 구분하자는 말도 있지만 그 구분은 불가능한 일이다. 비중이 크건 작건 그의 정치는 그의 문학적 영광을 등에 업은 것이어서 그에게서 그 경계가 뚜렷하지 않을뿐더러 자신의 문학을 자신의 정치에 이용한 사람은, 아니 최소한 그렇게 이용당하도록 협조한 사람은 바로 미당 자신이었기 때문이다. 그래서 오히려 미당을 옹호하기 위해서도, 비판하기 위해서도 그의 전모를 알고 그를 하나로 묶어서 이해할 필요가 있다.

미당의 정치적 과오는 하나같이 우리의 역사적 비극과 연결돼 있다. 그 접점에서 미당은 옹호되고 비판돼야 한다. 미당의 과오를 그의 문학과 연결시켜 비판하고, 그 결과를 역사적으로 정리하자는 것은 그의 업적을 폄하하자거나, 그의 명예에 먹칠을 하자는 것이 아니라 그 고뇌의, 혹은 그 비겁함의 짐을 역사의 이름으로 함께 나누어 져야 한다는 것이다. 우리의 근대 문학이 그렇듯이 미당은 안타깝게도 흠집 많고 일그러진 진주지만 또한 안타깝게 여전히 빛

나는 진주다. (2017. 8. 28.)

시인과 소설가

—이경자의 『시인 신경림』

시인들을 제외하면 소설가들이 시를 가장 잘 이해할 수 있을 것 같지만 꼭 그렇다고 보기는 어렵다. 프랑스 시인 보들레르는 사실주의에 대해 자주 불평을 늘어놓았는데, 사실 따지고 보면 소설과 소설가들에 대한 불평이었다. 소설과 시는 글쓰기의 발상법이 다르다. 소설은 아는 것을 정확하게 표현해야 하지만 시는 반드시 정확해야만 하는 것이 아니다. 그래서 시와 소설은 각기 글쓰기의 다른 측면을 대표한다고 말할 수도 있다.

그러나 한국에서 가장 훌륭한 시인 평전은 소설가들의 손에서 나오곤 한다. 송우혜가 쓴 『윤동주 평전』이 그중 한 권이고, 나머지 한 권은 지금 우리가 이야기하려는 이경자의 『시인 신경림』이다.

신경림 시인의 생애가 특별히 파란만장한 것은 아니다. 1935년 4월 충북 충주의 제법 부유한 집에서 태어났지만 한국전쟁에 의해, 투기성 사업을 하던 아버지에 의해 장차 몰락하게 되는 집의 장남이었다. 그 나이 또래 한국의 많은 지식인처럼 가정교사로, 아르바이트로, 때로는 장돌뱅이로 한국 천지를 누벼야 했던 대학생 시절부터 숱한 고난을 겪어야 했다. 신경림 시인을 우리 시대 민주 시인으로, 마침내는 '시인'으로 키운 것도 이때다.

이 고난은 소설가의 직접적 서술보다 평전 중간중간 적절하게 배치된 시편에 의해 더욱 잘 드러난다. 이를테면 제1부 '신응식의 시간들'에는 기고만장했지만 실제로는 초라했던 아버지의 초상을 그린 시 「아버지의 그늘」이 나온다(신응식은 시인의 할아버지가 붙여준 이름이다). 또 마지막 7부 '우리가 지나온 길에'에서는 지난겨울 광화문의 촛불 혁명을 다룬 시 「별이 보인다」가 등장한다. 평전 속의 시들은 서사를 보충할 뿐만 아니라 새로운 서사를 촉발하고 확장한다.

신경림 평전에는 이런 책에 자주 나오기 마련인 각주나 미주 같은 것이 전혀 없다. 단지 한 사람의 생애와 이야기와 그 예술이 거기 있다. 시인은 서울 성북구 정릉동에 살고 있다. 최근에 성북문화재단은 신경림문학관을 건립할 계획을 세웠다. 시인이 극구 만류하는 바람에 이 계획은 무산됐지만, '시인의 집'을 세우고 거기에 신경림 선생의 방 하나를 마련하자는 안에는 어쩔 수 없이 찬성했다고 한다. 그래서 성북구의 솔샘 골짜기에 한국 시의 메카가 탄생할 수도 있을 것이다.

"창밖에 쌓이는 것을 내어다보며/그는 귀엽고 신비롭다는 눈짓을 한다. 손을 흔든다./어린 나무가 나무 이파리들을 흔들던 몸짓이 이러했다." 신경림의 시 「유아」의 첫 연이다. 신비로운 것은 어디나 있다. 그러나 여린 것들만 신비로운 것을 알아본다.

(2017. 9. 23.)

문학의, 문학에 의한, 문학을 위한 2인칭

—김가경 소설집 『몰리모를 부는 화요일』

오래전 일이지만 한국어로 2인칭 소설 쓰기가 가능한지를 묻는 논의가 있었다. 프랑스어에서는 동사가 인칭에 따라 변하지만 그에 해당하는 문법 장치가 없는 한국어에서는 2인칭 서술이 사실상 불가능하다는 주장이 대세였다. 그러나 프랑스어로 쓴 2인칭 소설을 한국어로 번역하는 것이 불가능하지는 않으며, 그 번역 소설에 2인칭 동사 어미가 따로 없어도 한국의 독자들이 그 소설을 읽는 데 크게 지장을 받지는 않는다. 따지고 보면 '문학'의 발명품인 2인칭 소설의 성립 여부는 문법이나 통사의 문제가 아니라 문체 유희의 감수성에 관한 문제라고 말해야 할 것이다.

원칙적으로 말한다면 1인칭 소설이나 3인칭 소설의 독자는 세상의 모든 사람이지만 2인칭 소설은 단 한 사람의 독자를 상정한다. 그렇다고 2인칭 소설을 읽는 '너'가 따로 있는 것은 아니다. '문학'은 운명과 환경이 다른 만 명의 독자를 '너'로 만든다.

김가경의 소설집『몰리모를 부는 화요일』에서 그 표제작 단편은 2인칭 소설의 이 '문학'을 이용해 현실과 환상의 중간 어름에 기이한 세계 하나를 구성한다. 무대는 '다문화인들'이라고 불러야 할, 인종과 문화를 달리하는 사람들이 밤이면 야시장을 벌이는 대도시 근교의 어떤 거리. '너'라고 불리는 주인공은 그 거리의 식당에서 서빙 일을 하는 젊은 여자. '너'에게는 가혹한 현실을 대표하는 아버지가 있고, 가끔 영화에 단역으로 깡패 역을 맡아 출연도 하고 실제로 깡패처럼 살기도 하면서 그 현실에 발을 붙이지도 떼지도 못한 '애인'이 있다.

그리고 그 현실 위에 풍선처럼 떠 있는 또하나의 남자가 있다. 그 남자는 야시장에서 아무도 사가지 않는 짝짝이 신발을 팔며, 피그미족의 악기 몰리모를 만들겠다고 나뭇가지의 속을 긁어내고 있다. '너'에게서 돈을 뜯어가던 애인은 '너'를 폭행하고 떠나고, 여행벽이 있는 남자는 날마다 다른 소리를 낸다는 몰리모의 새로운 소리를 찾아 여행을 떠난다. '너'는 아버지와 현실만 있는 그 세계에 혼자 남는다.

이 2인칭 소설에서 현실은 모두 엄연한 현실이지만 늘 환상적 효과를 거두면서 서술된다. 문학적 2인칭이 이 떠다니는 세계에 구체성을 빌려주고, 거꾸로 그 세계의 부박한 성격이 2인칭 서술에 소설의 굳건한 토대를 만들어준다. 이 2인칭을 다른 인칭으로 바꾸면

서술은 허물어질 것이다. (2017. 11. 4.)

계획에 없던 꽃피우기
—정진규 시집 『모르는 귀』

한 나라의 지도자가 현명해도 지진은 일어나고, 사람들이 착해도 재난은 찾아든다. 하늘은 무심하다. 포르투갈 리스본 대지진이 일어난 1755년 11월 1일은 가톨릭의 모든 성자를 함께 기리는 만성절萬聖節이었다.

그래서 규모가 9.0에 가까운 이 강력한 지진에 가장 큰 피해를 본 것은 교회에 모인 신도들이었다. 지진 직후 곧바로 높이 10미터가 넘는 해일이 닥치고, 해일이 닿지 않는 곳은 화재가 일어나 돌과 옥을 가리지 않고 태웠다.

당시 볼테르 같은 계몽철학자들은 이 세상을 신이 관리하고 있는 게 아니라는 자신들의 주장을 이 재난을 통해 다시 확인했다. 신의 섭리가 어떤 것이라 하더라도 수많은 어린애와 어른이 한꺼번에 불에 타 죽는 참상을 설명해줄 수는 없다. 신이 이 세상의 관리자가 아니라고 말하게 되자 시인들은 당황했다. 신이 없다면 어디서 영감을 얻을 것인가.

시인들은 신보다 대자연에 더 의지하며 "자연은 하나의 신전"이라고 말했다. 하지만 지리상의 모든 발견이 사실상 끝나자 저 자연이라는 신전은 귀신 없는 사당과 같다는 사실을 고백하지 않을 수 없었다. 이 세상에 물질의 법칙을 벗어나는 것이 없으니 정신의 비밀도 없고 비밀스러운 정신도 없다. 우리는 이 깊이 없는 일상의 사막을 죽을 때까지 걸어가야 한다. 그러나 황무지에서도 황무지 밖을 꿈꿀 수는 있다. 일상의 권태 속에도 예외적인 시간이 있다.

정진규 시인은 마지막 시집 『모르는 귀』의 서문에서 시를 '번외番外의 꽃'이라고 말했다. 번외란 애초의 계획에 없었다는 말이다. 그런데 누구의 의도고 누구의 계획일까. 신의? 자연의? 신이 죽은 어머니라면 자연은 가진 것도 몸뚱이도 다 털린 무능한 어머니다. 그러니 '번외의 꽃'도 시인 자신이 피울 수밖에 없다.

"아침마다 연꽃 장엄 보러 몸 열고 나가는 나의 봉행奉行이 또한 꽃장엄이다 이 외로움 일행一行으로 꽃장엄하며 여기까지 왔다 상처로 꽃 터뜨려 여기까지 왔다."

짧은 시 「연꽃」의 전문이다. 시인은 베풀어준 것 없이 상처만 입힌 이 세상에서 자신의 존엄을 자신의 힘으로 증명해야 한다. 사람들은 시인이 갈등 없는 세계의 지혜를 경구로 표현하곤 했다고 평가하지만 그 갈등 없음 자체가 갈등 많은 세계에서 얻어낸 전리품이며 번외의 꽃이었다. 정진규 시인은 지난 9월 말 세상을 떴다.

(2017. 11. 25.)

바람 소리로 써야 할 묘비명
—장석남 시집『꽃 밟을 일을 근심하다』

시인들은 시론에 해당하는 시를 가끔 쓴다. 시가 어떤 방식으로 착상을 얻고 어떻게 끝을 맺게 되는지를 말하는 것이지만 모든 시가 그렇게 쓰였다거나 그렇게 쓰여야 한다고 주장하는 것은 아니다. 그보다는 차라리 자기 시에 대한 해설이거나 자신이 시인으로 독자적인 세계를 구축하게 된 어떤 계기에 대한 기념일 경우가 많다. 그렇더라도 이 '사적 시론'은 모든 시대의 독자들에게 특별한 재능을 지닌 시인 한 사람을 증명해주는 어떤 신표 같은 것이 된다.

시인들은 시로 자신의 묘비명을 쓰기도 한다. 흔히 '잘살지 못했던' 나날을 슬픔 반, 해학 반으로 서술하는 이 묘비명 시는 그 시를 쓰는 시인 자신의 시이건, 남의 시이건 시의 청결함을 증명하는 매우 오래된 수단이었다.

장석남의 시집『꽃 밟을 일을 근심하다』에는 시론이기도 하고 묘비명이기도 하며 또다른 것이기도 한 시「불멸」이 있다. 금석에 새

거야 할 「불멸」의 비문을 시인은 "갈잎 소리 나는 말"로 쓰려 한다. 그 말은 낙엽처럼 소곤거리는 말이겠지만, 어쩌면 갈필渴筆, 곧 마른 붓으로 쓰는 말일지도 모르겠다.

이 가랑잎 소리 나는 행장의 기록은 매우 길어서 그 가랑잎을 몰고 가는 "사나운 눈보라가 읽느라 지쳐" 몸이 기울고 "굶어 쓰러져 잠들"기도 하지만, 사시사철의 모든 바람이 그 읽기에 참여하니 바람 소리가 곧 비문 읽는 소리가 된다. 비문을 쓴 시인도 비문을 읽는데, 오는 봄마다 "꽃으로 낯을 씻고 나와" 읽는다는 말은 시인 그 자신이 바람처럼 산다는 말이겠고, "미나리 먹고 나와 읽을" 것이라는 말은 나물 먹고 물 마시는 삶을 살겠다는 뜻이겠다.

시인은 또한 "가장 단단한 돌을 골라" 자신을 새기려 하는데 그 방법이 특별하다. "꽃을 문질러 새기려" 하고 "이웃의 남는 웃음을 빌려다가 펼쳐 새기려" 한다. 가장 허약하거나 가장 가벼운 것들이 어떻게 가장 단단한 것에 저 자신의 위력을 남길 수 있을까. 시인은 시의 끝에 자신을 "그렇게라도 기릴 거야"라고 결심하는데, 오히려 그렇게밖에는 기릴 수 없을 것이라는 말로 읽는 게 옳겠다. 가장 섬세한 것에서 가장 강력한 얘기를 채집해온 것이 바로 시의 역사다.

「불멸」은 시론이고 시인론이다. 늘 섬세했고 여전히 섬세한 장석남은 시의 한 고개를 넘어가면서 이렇게 제가 해온 일의 가치를 정리하고 또 한번 단단한 결심을 한다. 장석남은 새해에 쉰셋이 된다.

(2017. 12. 23.)

황현산의
사소한 부탁
ⓒ황현산 2018

초판 1쇄 발행 2018년 6월 25일
초판 12쇄 발행 2024년 3월 15일

지은이 황현산
펴낸이 김민정
편집 김필균 도한나
모니터링 이희연
디자인 한혜진
저작권 박지영 형소진 최은진 서연주 오서영
마케팅 정민호 박치우 한민아 이민경 박진희 정유선 황승현
브랜딩 함유지 함근아 고보미 박민재 김희숙 박다솔 조다현 정승민 배진성
제작 강신은 김동욱 이순호
제작처 영신사
펴낸곳 난다
출판등록 2016년 8월 25일 제406-2016-000108호
주소 10881 경기도 파주시 회동길 210
전자우편 nandatoogo@gmail.com **페이스북** @nandaisart **인스타그램** @nandaisart
문의전화 031-955-8865(편집) 031-955-2689(마케팅) 031-955-8855(팩스)

ISBN 979-11-88862-13-9 03810